닳아지는 것들

닮아지는 것들

가재산 지음

자신을 변화시키려는 마음 훈련을 지속하면
마음 근육, 생각 근육도 몰라보게 자라고
어느덧 굳은살처럼 단단해진다.

책을 내면서

  수필을 쓴다는 것은 자신을 되돌아보는 계기가 되고 살아온 삶의 해상도를 높이는 일이다. 하지만 내가 변변한 백일장에도 한번 나가 보지 못한 주제에 문학적 글쓰기에 도전한다는 것은 애당초 무모한 일인지도 모를 일이었다. 글을 쓰면서 길을 잃고 헤매기 일쑤였다. 그동안 책을 내고 칼럼은 많이 써 왔어도 문학적인 책을 쓰거나 글쓰기는 차원이 달랐다.

  나는 본래 타고난 글재주가 없다. 문학적 글쓰기라는 새로운 세계에 발을 들여놓는 것은 늘 두려운 일이었다. 한국 수필계의 거목이신 손광성 선생님의 지도를 받기 시작해 수필쓰기 공부를 한 지도 15년이 넘었다. 여기까지 오게 된 것은 '그대로가 좋다'고 포기하지 않도록 격려해 주신 손광성 선생님과 《한국산문》 종로반 김창식 교수님 덕분이다. 특히 김창식 교수님께서 내 글이 칼럼과 수필 사이에서 나름 색깔이 있고 글에 정채精彩가 있다고 용기를 북돋아 주신 데 대해 감사를 드린다.

  2년 전 예기치 않았던 《한국산문》에서의 수필 등단이 내 삶의 터닝 포인트가 되었다. 아이들처럼 늘 설레는 마음으로 공부하며 계속 글을 쓰다 보니 어느덧 부끄러운 한 권의 책이 나오게 되었다. 이 책은 나의 서른 다섯 번째 책이자 최초의 수필집이요, 자기계발서이기도 하다. 물론 여기에는 기존에 칼럼으로 썼던 글을 《한국산문》 종로반에서 문우들과 함께 합평을 받으며 수필 형태로 가필한 글들이 다수 포함되어 있다.

'녹스는 것'과 '닳는 것'은 다르다. 닳아 없어지는 것들 중 세월이 지나 기억 속에서 희미하게 사라져가는 것들도 많다. 숫돌, 맷돌, 빨래판, 부지깽이 같은 것들은 눈에 보이지 않는 사이에 자신은 닳아 없어지거나 얇아진다. 그렇지만 그 희생으로 삶은 풍요로워지고 새로운 것이 탄생한다. 사람의 마음도 마찬가지다. 자신을 변화시키려는 마음 훈련을 지속하면 마음 근육, 생각 근육도 몰라보게 자라고 어느덧 굳은살처럼 단단해진다. 나는 앞으로의 삶이 육체는 물론 마음까지도 녹슬지 않고 살아가려는 각오로 이 책을 썼다.

이 책을 쓰는 사이 그동안 살아왔던 방식을 그만두고 삼미三味를 찾아 낯선 여행을 떠나기로 마음먹었다. 삼미란 흥미, 재미, 의미意味다. 흥미는 나이를 잊고 새로운 일이나 세상 변화에 호기심을 잃지 않는 일이요, 기왕 하는 일이라면 재미있고 신나게 하자는 모토다. 의미는 나를 위한 일보다는 이타심으로 남을 도와주고 봉사를 통해 사회적으로 의미 있고 보람 된 일을 시작해 이른바 '노년의 사치'를 부려보자는 뜻이다.

로마 최고의 지성으로 꼽히는 키케로는 "욕망과 갈등, 야망과의 전쟁이 끝나고 자기 자신의 자아와 함께하는 노년이 얼마나 좋은 것인지 알아야 한다."고 말했다. 나는 그동안 앞만 보고 나름 열심히 달려왔지만, 이제 철이 들어야 할 나이가 되었다. 조금이라도 아름다운 뒷모습을 남기기 위해 '무언가 의미 있는 일을 시작하자'는 마음으로 부끄럽지만 이 책을 세상에 내놓기로 했다. 좀 더 의미 있게 부지깽이의 자세로 살아가기 위한 나와의 약속이요, 앞으로 지켜 나가야 할 삶의 등대이기도 하다.

삶의 방향을 잃은 채 어느 길로 가야할지 막막할 때, 그때 비로소 진정한 무엇인가를 할 수 있다고 말했던 시인 나짐 히크메트의 말처럼 미지의 여행은 이제 막 시작되었다. 느리더라도 뚜벅뚜벅 발걸음을 옮겨 보려 한다.

2023년 초하의 새벽녘에

가재산 씀

목 차

1장

·

마음의 문

마음의 문이 열린 정도는
사람마다 각기 다르다.

추억의 부지깽이

오랫동안 부지깽이의 존재를 잊고 있었다. 그러던 어느 날 시골 친척집을 방문한 적이 있다. 마침 마당에 걸어 놓은 솥에 불을 지필 일이 있었는데 부지깽이가 없어 곤란했다. 그제서야 오랫동안 기억에서 사라졌던 부지깽이가 생각났다. 그동안 부지깽이의 고마움을 까마득히 잊고 있었다.

어릴 적에는 요즘 살아가는 방식과 많이 달랐다. 특히 주방시스템이나 난방 방식은 물론 거기에 사용하는 연료 자체가 완전 달라졌다. 그 당시 연탄을 때던 도심 지역을 제외하고 대부분 시골에서는 산에서 솔잎이나 나뭇가지 같은 나무를 해다 땔감으로 사용했다. 산등성이는 피가 나도록 갈퀴에 긁히고, 나뭇가지들은 송두리째 잘려 나갔다. 허가도 없이 남몰래 나무를 잘라 땔감으로 쓰던 사람들이 많아 산이란 산은 모두 벌겋게 등짝이 드러나고 헐벗은 민둥산이 되고 말았다. 그렇게 마련한 땔감들을 아궁이에 넣고 불을 지필 때 꼭 필요한 도구가 부지깽이였다.

요즘엔 부지깽이를 모르는 젊은 사람이 많다. 그도 그럴 것이 아파트나 현대식 주택에서는 옛날처럼 아궁이가 달린 '부엌'이 사라졌다. 부엌에서 긴요하게 쓰이던 그 부지깽이를 알 턱이 없다. 부지깽이는 부엌에서 아궁이에 불을 지피거나 밖에서도 모닥불을 피울 때 쓰는 가느스름한 막대기다. 짚이나 나무, 솔잎 등으로 불을 지필 때 불꽃이 좀 더 잘 일어나 탈 수 있도록 하는 역할을 했다. 즉 땔감에 공기가 들어가게 들추거나 타던 땔감을 아궁이 깊숙이 밀어 넣는 데 아주 긴요하게 쓰였다. 부지깽이는 재래식 부엌의 필수품으로 타고 남은 재를 긁어낼 때 쓰는 잿고무래와 한 조를 이루어 사용되는 도구였다.

부지깽이는 만들고 말고 할 것도 없다. 부엌 구석에 쌓인 나뭇가지 중 미끈한 것을 골라 잔가지를 치는 게 전부다. 잔가지가 많아 우둘투둘한 소나무보다는 단단하고 매끈한 오리나무가 제격이었다. 그것을 오래 사용하면 손잡이 부분이 손때가 묻어 반들반들해진다. 부지깽이로 불을 들출 때 땔감과 함께 쉽게 타지 않게 끝부분에 구부러진 쇠꼬챙이를 박아 사용하기도 했다.

밥을 주로 하는 안 부엌에서 사용하는 부지깽이와 외양간 앞에서 쇠죽을 끓일 때 사용하던 부지깽이는 달랐다. 쇠죽은 무쇠로 된 큰 솥에 많은 양의 물과 볏짚 같은 여물을 넣고 오랫동안 푹 삶아야 한다. 보통 아궁이보다 커서 솔잎 같은 자잘한 땔감보다 장작처럼 굵고 화력이 좋은 땔감을 써야 하므로 상대적으로 부지깽이는 굵고 훨씬 더 길어야 했다.

이 부지깽이는 용도도 다양했다. 불을 다스리는 것 외에 부엌 앞에서 떼를 쓰며 칭얼대는 어린 자식들을 제압할 수 있는 엄마들의 유일한 무기이자 말 안 들을 때 쓰는 회초리이기도 했다. 아버지는 자식들에게 사랑의 매를 때릴 때 회초리나 손에 잡히는 막대기를 매채로 이용했다면, 늘 시간에 쫓기는 어머니들은 손쉽게 잡히는 부지깽이로 대신한 셈이다. 실지로 해방 이전의 소설이나 문학작품들 속에는 부지깽이가 애들을 혼내 줄 때 흔히 등장하기도 하고, 누군가가 사람을 때리려 할 때 방패막이가 되는 장면들이 자주 등장하곤 한다.

게다가 하루 왼 종일 손에 물이 마를 새 없었던 어머니들에게 부지깽이는 허허롭던 손을 꼭 잡아주며 마음을 터놓고 이야기하게 만드는 다정한 친구 같은 존재였다. 과거 어머니들 대부분은 고부간의 갈등, 고된 시집살이, 호통이나 지르며 술 주정하는 지아비들에게 화풀이할 데가 딱히 없었다. 타는 속을 마음속으로 달래려 애꿎은 아궁이를 뒤적거리면서 질곡 같은 삶을 살아가야만 했던 유일한 동반자였을지도 모른다.

부지깽이는 사그라드는 불을 되살리고, 꽉 막힌 구들장 밑까지 시원하게 뚫어주는 숨은 일꾼인지라 부엌살림의 일등공신이기도 했다. 농촌에서 일 년 중 가장 바쁜 농번기가 되면 일손이 모자랐다. 사람들로 부산했던 마을 안길이 한산해진다. 그래서 "가을철에는 부지깽이들도 나선다"는 속담이 있다. 부지깽이 자체로는 볼품이 없지만, 없으면 안 되는 꼭 필요한 물건이다. 그런 이유로 "선거철에는 부지깽이도 빌린다"라는 말도 나왔다.

추운 겨울날 할아버지가 재롱둥이 손자 녀석들과 함께 불이 다 타고 난 아궁이 앞에 옹기종기 둘러앉아 잔불에 고구마를 구워 먹을 때도 부지깽이는 특별한 만남의 중매쟁이 역할을 했다. 그렇게 유용하게 쓰던 부지깽이가 없어져도 크게 아쉬워할 필요가 없다. 없어지면 그만이고 구태여 찾으려고 애쓸 것 없이 아무 막대기나 적당한 것을 다시 골라서 쓰면 된다.

오래 사용하여 계속 타 들어가 못 쓰게 되면 자신도 땔감으로 생을 마감한다. 그리고 아궁이에 재가 계속 쌓이면 부지깽이를 이용해서 삼태기에 가득 담아 퇴비장으로 향한다. 타 버린다는 것은 희생을 의미한다. 부지깽이가 따뜻한 온기를 퍼주며 마지막 순간까지 다 베풀고 나서야 자신도 모르는 사이에 하얗게 타 들어가 결국 재로 남는 것이 마치 부모님의 사랑과 꼭 닮았다.

세상살이가 점점 힘들고 팍팍해지고 있다. 삶이 힘들고 쪼그라들 때 아픈 마음을 보듬어 주고, 얼어붙었던 마음에 따스한 불씨가 되살아나게 저어줄 '마음의 부지깽이'가 많아졌으면 좋겠다. 그래서 나부터 추억 속에 사라져가는 부지깽이가 아니라 도움의 손길이 필요한 누군가의 부지깽이가 되어보면 어떨까 생각해 본다.

코로나가 우리에게 고통을 주었지만 한편으로는 많은 생각을 하도록 해주기도 했다. 그동안 무심코 지나쳤던 것들이 새삼스레 소중하게 여겨진다. 쓰다 남은 화장실 비누처럼 당장 필요하지 않아 그냥 버렸던 것들의 귀한 존재를 깨닫게 해주었다. 만나면 손을 내밀어 늘상 하던 악수, 어릴 때 친했던 친구들과의 만남. 그리고 자주 만나지 못하는 사랑하는 가족들, 뜻을 같이하며 봉사에 함께 했던 마음 착한 사람들…. 언제까지나 내 곁에 있을 줄로만 알았는데 그들을 잃는다면 얼마나 아쉬움이 클까?

활활 타오르는 장작불이나 모닥불도 부지깽이로 밑불을 잘 들쑤셔 주어야 불이 더 잘 타고 아래쪽에 공기 통로를 자주 만들어 주어야 불길이 싸진다. 곰곰이 생각하니 내가 요즘 하는 일 중에는 시니어들의 로망인 책과 글쓰기를 곁에서 도와주는 일, 미얀마 청소년들에게 장학금을 주며 꿈을 갖도록 교육하는 일 그리고 가끔 하는 재능기부도 부지깽이 역할 중 하나가 아닐까 싶다. 그들에게 마음의 부지깽이 역할을 좀 더 부지런히 하는 게 내 작은 소망 중 하나다.

마음의 문

세상에는 여러 문이 있다. 쪽문, 창문, 대문, 성문, 자동차문…. 문은 살아가는데 아주 유용하다. 밖이 시끄러울 때 창문을 닫으면 되고, 날씨가 더울 때는 베란다 문을 활짝 열면 시원한 바람이 실내로 들어온다. 반가운 손님이 올 때는 미리 문을 열어 제쳐두지만 도둑 침입을 막으려면 대문을 굳게 걸어 잠그면 된다. 이런 문들은 손잡이나 문고리가 있어서 쉽게 여닫을 수 있고 밖에서도 남이 열 수 있어 편리하다.

19세기 영국의 '윌리엄 홀먼 헌트'라는 화가가 그린 작품 중에 〈등불을 든 예수〉라는 그림이 있다. 한밤중에 정원에서 그리스도가 한 손에 등불을 들고, 다른 한 손으로는 문을 두드리는 그림이다. 예수님이 두드리는 문에는 보통 문과는 달리 문고리가 없다. 혹자는 문을 잘못 그렸다고 생각할지 모르지만 사실은 이 그

림은 '마음의 문'을 그려 유명
해진 그림이다.

　사람의 마음에도 문이 있
다. '마음의 문'은 손잡이나
문고리가 없다. 꽉 닫힌 마음
의 문은 안에서 열어주지 않
으면 밖에서 절대로 열 수 없
다. 마음의 문이 열린 정도는
사람마다 각기 다르다. 어떤
사람은 처음부터 아예 열어
젖혀 놓기도 하지만 아무리
노크해도 열리지 않는 사람도 있다. 마음의 문은 마음먹고 닫으
면 노크해도 소용없고 힘으로는 열 수 없다. 그 대신 마음이 열리
면 앙드레 지드가 괴로워했던 '좁은 문'마저도 쉽게 열 수 있다.

　인간이 동물과 다른 특권 중에는 의사표현과 그 전달방법이 다
양하다는 데 있다. 이러한 의사전달이 말로 주로 전달되는 것으
로 생각하는데 사실은 그렇지 않다. 의사전달에는 7:3이라는 법
칙이 있다. 언어가 차지하는 것은 단지 30%에 불과하고 말 이
외의 것들, 즉 표정, 제스처, 분위기, 느낌 등으로 전달되는 것이
70%다. 이 30%의 언어적 표현 중에서도 말에 의한 것은 단지
7%에 불과하고 나머지는 목소리의 억양, 톤, 크기 등으로 전달된
다. 젖먹이를 키우는 엄마가 아이들의 불만이나 욕구를 울음소리

하나만으로도 금방 알아차리는 이유다.

래리 바커와 키티 왓슨 같은 세계적인 커뮤니케이션 전문가들은 평생 인간의 듣는 습관에 관해 연구해 온 사람들이다. 그들은 오랜 연구를 통해 모든 대화의 성패를 좌우하는 것은 말하는 입이 아니라 말을 듣는 귀, 즉 '경청傾聽'이라는 사실을 밝혀냈다. 최고의 설득도 먼저 들어주는 경청에서 시작된다. 잘 알아도 막상 실천하기 힘든 것이 경청이기도 하다.

어느 교수가 대학생들에게 '대화'하자고 하니까 모두 자리를 피했다고 한다. 그 교수는 학생들에게 늘 일방통행이었기에 대화가 아닌 '대놓고 화딱지 내기'로 유명한 교수였기 때문이었다. 공감해 주고 잘 들어주는 경청의 능력이 없으면 요즘 MZ세대와는 대화하기 힘들다. 자신만의 사고와 세계에 갇히지 말고 상대의 말에 귀 기울이는 게 바로 꼰대를 피하는 지혜다.

한때 나는 미국의 고든 리더십에 푹 빠진 적이 있다. 그는 세 번이나 노벨 평화상 후보에 올랐던 사람이다. 그의 리더십 과정은 전 세계 50여 개국에서 5백만 명 이상이 이수할 정도로 유명한 프로그램이다. 20년 전 이 프로그램에 매료되어 고급과정을 이수하고 내친김에 강사과정까지도 이수해 한국 최초 1호 강사가 되었다. 이 교육과정의 핵심은 경청이다. 공감하며 들어만 주는 방식으로 훈련을 통해 말하는 습관을 바꾸면 자신은 물론 상대방도 하나둘씩 행동의 놀라운 변화가 서서히 일어난다.

이 모델은 창안자 고든Gorden 교수가 오랫동안 정신과를 찾아오는 환자들 상대로 임상 실험한 결과, 들어만 주어도 치유되는 '경청의 힘'에서 착안했다. 여기에는 닫힌 창과 열린 창이 등장한다. 닫힌 창에는 아무리 좋은 이야기를 해도 들리지 않기 때문에 열림의 크기를 넓히는 훈련이다. 이 과정을 통해 사람을 움직이는 가장 확실한 방법이 적극적 경청Active listening에 있다는 사실을 스스로 깨닫게 한다. 교육 효과는 컸다. 나도 그 교육을 받은 지 20년이 흘렀지만 자녀들에게 크게 화를 내 본 기억이 없다. 들어만 주어도 내 편이 된다는 게 이 교육 덕분이 아닐까?

경청의 힘은 곧 공감으로 이어진다. 공감은 물체의 진동수가 일치해 진폭이 커지는 공명현상과 같은 이치다. 주파수가 동일하면 공명이 일어나 소리가 커지지만 진동수가 서로 다르면 울림은 전해지지 않는다. 남녀가 서로 사랑할 때 시간이 갈수록 애정이 깊어지는 것도 이런 이유 중 하나다. 반면 아내나 부모의 잔소리는 듣기 싫고 별 효과도 없다. 주파수가 맞지 않아 공명이 일어나지 않기 때문이다. 잔소리는 '옳은 말을 기분 나쁘게 하는 표현방식' 중 하나다. 잔소리가 사랑으로 바뀌려면 공명의 주파수를 맞추는 공감이 우선이다.

우리들 마음 속에는 '나'가 아닌 '우리'가 한 곁에 깊숙이 자리잡고 있다. 내 엄마가 아니라 '우리 엄마'고, 내 학교가 아니라 '우리 학교'다. 그래서 한국인은 평소에는 모래알처럼 흩어져 있다가 위기나 큰 사건이 벌어졌을 때 공감이 되면 회오리바람처럼 중앙으로 결집하고 뭉치는 경향이 강하다. 경영도 마찬가지다. 경영자나 지도자가 공감대를 만들어 놓으면 이들은 무섭게 뭉친다. MZ 세대는 놀랍게도 한국인의 강점을 최대한 발휘할 수 있는 세대다. 그들은 공감하지 않으면 잘 움직이지 않지만 한마음이 되어 마음의 문을 열고 공감하면 놀라운 능력을 발휘한다.

조물주는 자신의 말보다 타인의 말을 잘 들으라고 '입'은 한 개, '귀'는 두 개를 만들었나 보다. 하지만 타인의 말을 들어주기보다 자신의 의견을 말하고 싶은 것이 인간의 본능이다. 경청은 진정성을 가지고 귀담아듣는 공감의 자세가 출발점이다. 쉽지 않은 일이다. 그래서인지 아이들이 말을 배우는 데는 2년이면 되지만 공자가 말한 귀가 부드러워지는 이순耳順은 60년이 걸린다고 했다.

요즘 모임에 나가면 지갑은 먼저 열되 '말은 반만 하고 두 배 듣기'를 실천하려고 노력하고 있는 중이다. 모임에서 혼자 열심히 떠들며 자기 말에 귀 기울이지 않는다고 답답해하거나 역정을 내는 사람들이 자주 눈에 띈다. 따스한 봄날 맑은 햇살이 비치고 향긋한 공기와 더불어 훈풍이 불어올 때 그 누가 창을 닫아두겠으며, 문을 열고 밖으로 나가고 싶지 않겠는가. 곰곰이 생각해보면 그 벽은 자신이 쌓은 높은 벽이고, 벽에 난 창문조차도 굳게 닫아 남이 열 수 없는 마음의 철문이 아니었나 생각한다.

마음의 문이 열린 정도에 따라 개인은 물론 가정, 직장, 사회 전체가 달라진다. 주위에 엉클어진 인간관계, 이분법二分法적 접근에 의한 사회의 많은 갈등, 무한궤도처럼 서로를 마주만 보고 달리는 정치 등 닫힌 문들이 수없이 많다. 자세히 보면 자신은 마음의 문을 굳게 닫은 채 상대방이 먼저 열기를 바라는 욕심에서 비롯된다. 내 마음의 문을 먼저 열어 굳게 닫힌 세상의 문들이 조금씩 열렸으면 좋겠다. 비록 고르디우스의 매듭처럼 한꺼번에 확 풀리지는 않을지라도….

말에도 온도가 있다

옛날에 박 씨 성을 가진 나이 지긋한 백정이 장터에서 푸줏간을 하고 있었다. 당시에는 백정이라면 천민 중에서도 최하층 계급이었다. 어느 날 양반 두 사람이 푸줏간에 고기를 사러 왔다. 첫 번째 양반이 거친 말투로 말했다.

"야, 이 백정 놈아! 고기 한 근 대령해라!"

"예, 그렇습지요."

그 백정은 대답하고 정확히 한 근의 고기를 떼어주었다.

두 번째 양반은 상대가 비록 천한 신분이지만 나이 든 사람에게 함부로 말을 하는 것이 거북했다. 그래서 점잖게 부탁했다.

"이보시게, 박 서방! 여기 고기 한 근 주시게나."

"예, 그러시지요, 고맙습니다."

그 백정은 기분 좋게 대답하면서 고기를 듬뿍 잘라주었다. 첫 번째 고기를 산 양반이 옆에서 보니, 같은 한 근인데도 자기한테 건네 준 고기보다 아무래도 갑절은 더 많아 보였다. 그 양반은 몹시 화가 나서 소리를 지르며 따졌다.

"야, 이놈아! 같은 한 근인데 왜 이 사람 것은 이렇게 많고, 내 것은 이렇게 적으냐?" 그러자 그 백정이 침착하게 대답했다.

"네, 그거야 손님 고기는 '백정 놈'이 자른 것이고, 이 어른 고기는 '박 서방'이 자른 것이니까요."

우리나라 사람들은 상대방에 대한 배려의 마음이 적은 편이다. 모처럼 던지는 말 한마디가 상대방에게 가슴에 못을 박거나 심하게 기분을 거슬리게 하는 경우가 많다. 예를 들어 운전 중에 가벼운 접촉사고가 났을 때 노상에서 삿대질하며 고성을 지르며 싸우는 경우를 종종 보는데 선진국에서는 이런 일을 목격하기 힘들다. 이는 상대방에게 말 한마디의 배려가 없기 때문이다. 가는 말이 거칠어 교통사고와 무관하게 싸움판으로 번지고 만다.

한편 일본 사람들은 유난히 남을 배려하는 마음이 습관화되어 있다. 그들은 상대방의 면전에서는 속내를 드러내지 않고 "하이 하이" 하면서 상대방에게 듣기 좋게 말하는 습관이 있다. 이를 '혼네本音'라고 하며 겉치레 말인 '다떼마에建前'라는 말도 있다. 자기의견을 피력함에 있어서 상황이나 상대에 따라 두 가지를 구별하여 사용하기에 익숙하다. 이러한 혼네와 다떼마에는 전체의 조화를 위해 개인이 존재한다는 의미에서 미덕으로 여긴다.

집안에서 고부간의 갈등, 직장에서 상하 간의 갈등, 노사갈등,

특히 요즘 여야 정치인들의 인기가 떨어지는 이유도 상대방을 배려하지 않은 거친 말씨에서부터 비롯한다. 국민을 대표한다는 최고의 기관인 국회에서 국감장이나 청문회에서 벌어지는 질문과 답변을 보면 상대를 배려하지 않는 말투와 볼썽사나운 장면들이 많아 국민들의 눈살을 찌푸리게 한다.

군이 멀리서 예를 들지 않더라도 세상살이에 지칠 때 어떤 이는 가까운 친구와 이야기를 주고받으며 고민을 털어내고, 어떤 이는 책을 읽으며 작가가 건네는 문장에서 위안을 얻을 수 있다. 최근 몇 년 만에 50년 넘게 가까이 지내던 대학 동창들을 만나 저녁식사를 하기로 하여 조그만 한식집에 모였다. 외국기업에 근무하다가 심한 당뇨병으로 퇴직 후 지금도 투병 중인 한 친구가 오랜만에 모임에 나왔다. 10여 년 만에 만난 그 친구가 나를 보자마자 첫 인사를 한다는 게 대뜸 이러는 것이다.

"야! 그동안 못 본 사이에 너도 얼굴이 팍 갔구나."

이 말을 들은 나의 표정은 일그러졌고, 오랜만에 만나 반갑기보다 '오랜만에 만났는데 하필 그런 식으로 말을 할까. 그럼 너는 어떤데…' 하는 생각이 먼저 들었다. 반면 5분 뒤에 들어온 다른 친구는 사업도 하고 세련되어 그런지 아주 반가운 표정과 말투로 이렇게 말했다.

"친구, 오랜만이다. 너는 어떻게 몸관리를 하길래 나이가 들어도 여전하냐? 요즘도 다니던 체육관에서 열심히 운동하는 모양이지?"

실제로 "칼 맞아 죽은 사람보다 말 맞아 죽은 사람이 훨씬 더 많다."라는 말이 있다. 그처럼 말은 사람을 살리기도 하고 죽이기도 한다. 나쁜 거짓말은 곤란한 상황에서 벗어나려거나 남을 속이기 위한 경우가 많다. 그래서 나쁜 거짓말을 많이 하는 사람을 사기꾼으로 간주한다.

말투는 평소에 그 사람의 습관이자 인격이기도 하다. 아무리 친한 친구 사이라도 상대방이 기분 나쁘지 않도록 예쁘게 말하는 습관이 필요하다. 흔히 나이가 들수록 어린애들처럼 잘 삐지기 때문에 더욱 그렇다. 오랜만에 만난 친구가 더 늙어 보이는 건 당연하다. 설령 입고 있는 옷이 안 어울리고 전보다 살이 쪄 보이는 경우라도 첫인사를 할 때 예쁜 거짓말하는 사람은 이렇게 말한다.

"너 오늘 따라 옷이 잘 어울리는데, 살이 붙어 왠지 더 건강해 보인다!"

반면에 돌직구 형은 이렇게 말한다.

"너 그 옷이 뭐니! 유행이 한참 지난 옷이네? 게다가 왜 그렇게 똥배까지 불뚝 튀어 나왔냐?"

같은 상황에서 이 얼마나 다른 표현인가. 대개 집안에서도 착한 며느리로 소문난 경우 어른들에게 착한 거짓말을 많이 한다. 늘 자신은 낮추고 타인을 올려 존중해 주는 말씨다. 어느 조직에서나 잘 나가는 상사들은 칭찬을 통해 상대방을 내편으로 만들기 때문에 주위 사람들이 따르고 인기도 있다.

특히 한국인의 특징 중 하나가 정情에 의해 인과 관계가 얽힌다는 것이다. 말 한마디 실수로 인간관계가 파탄이 날 수도 있어서 더욱 말을 조심해야만 한다. 한국인은 서로 공감이 되고 마음이 통하면 신바람이 나고 흥興이 솟지만, 말 한마디 잘못하여 한恨이 서리면 마음의 문을 꽁꽁 닫아버린다. 분명 말 한마디로 천냥 빚을 갚을 수도 있다. 때로는 착한 거짓말이 필요한 이유이기도 하다.

말속에는 나름의 온도가 있다. 표현에 따라 따뜻함과 차가움의 정도가 저마다 다르다. 따스한 온기가 있는 언어는 슬픔도 감싸 안아준다. 용광로처럼 뜨거운 언어에는 감정이 잔뜩 실리기 마련이다. 말하는 사람은 통쾌하고 시원할지 몰라도 듣는 사람은 정신적 화상을 입을 수 있다. 나무라는 얼음장같이 차가운 표현도 위태롭기는 마찬가지여서 상대의 마음을 되돌리기는 고사하고 도리어 꽁꽁 얼어붙게 만든다.

그렇다면 당신은 오늘 만나는 소중한 사람들에게 건네는 말의 온도는 몇 도쯤 될까? 그동안 무심결에 내뱉은 내 말 한마디 때문에 소중한 사람이 곁을 떠났다면 '말 온도'가 너무 뜨겁거나 차가웠던 게 아닐까?

글쿠나 선생

감당하기 어려운 극한 상황에 다다랐을 때 대처하는 방식은 사람마다 다르다. 죽음이라는 삶의 막다른 골목에서 네 탓, 세상 탓이 아니라 내 탓으로 돌려 자신은 물론이고 세상을 바꾸어 나가는 별난 분을 만났다.

그분은 내가 십여 년 전 청주에 강의 가서 만난 '글쿠나 선생'이다. 강의 전에 시 낭송이 먼저 있다는 사회자의 멘트를 듣고 의아했는데 글쿠나 선생의 시 낭송이 시작되었다. 올해 진갑의 나이가 지났다고는 믿기지 않을 정도로 건강한 모습과 편안한 표정으로 사람들의 마음을 사로잡았다.

강의를 마치고 그와 인사를 나눈 뒤 받은 명함에 닉네임이 '글쿠나 선생'으로 적혀 있었다. '글쿠나'라는 말은 '그렇구나'의 줄임말인데 서로 이해하고 공감한다는 긍정의 의미로 충청도 지방에서 많이 쓰는 말이다. 잠깐 인사로 짧은 만남이었기에 서울에 올 일이 있으면 연락을 달라고 하면서 명함을 건넸다.

두 달쯤 지났을 무렵 그가 서울에 잠깐 올라왔다며 전화를 했다. 사무실 근처 식당에서 만나 삼겹살에 소주를 주거니 받거니 하다 보니 거나하게 취했다. 두 번째의 만남인데 어느덧 형님 아우가 되었고 마음속 이야기까지 털어 놓게 되었다. 사람들은 초면에 자신의 치부는 가능한 숨기는 게 일반적인데 그는 자기가 살아온 이야기를 진솔하게 털어 놓았다.

"이 세상을 아름답게 바꾸어 살아가겠다는 의미로 그런 닉네임을 쓰고 있습니다."

한때 지독하게 꼬였던 자신의 드라마 같은 인생사를 들려주었다. 그는 어렵다는 행정고시 출신으로 고용노동부에서 국장까지 올라가 30년간 국가공무원으로 일했다. 그런데 청주에서 큰 음식점을 경영하는 아내가 힘들어하며 지쳐 있는 모습을 보고 가족으로서 그냥 두고 볼 수만은 없었다. 내심으로는 고령화 시대가 다가오고 있으니 미리 퇴직해 인생 2모작에 도전하는 게 어떨까 싶었다. 정년 10년을 남겨놓고 소위 '신이 내린 직장'으로 불리는 공직에 사표를 과감하게 집어 던지고 낙향했다.

요즘 몰려드는 '공시족'에서 보듯 공무원은 가장 안정적인 직업으로 평생 연금까지 나오는 직업이다. 모두가 선망하는 직장을 박차고 나온 그의 무모함은 주위 사람들을 어리둥절하게 만들었다. 아무런 사회 경험도 없이 의욕만 앞선 그의 제2모작 인생은 시작부터 결코 순탄치 않았다.

그가 해보지 않던 일이라 도움이 되기는커녕 하는 일마다 헝크러진 실타래처럼 꼬여갔다. 가게 운영은 물론 가족 간의 갈등, 특히 한식당이지만 밤 늦게까지 술도 팔아야 하는 음식점이어서 부인과 불화가 생겨 화병에다 심한 조울증까지 왔다. 결국 본의 아니게 정신병원에 수용되는 쓰라림도 겪어야 했다. 2모작은 고사하고 채 몇 년도 되지 않아 영원히 아물지 않을 큰 상처가 비수처럼 가슴에 꽂혔다.

퇴원 후 병이 나은 게 아니었다. 도리어 가족은 물론 세상에 대한 극한 분노로 고통의 나날을 보내게 되었다. 결국 집안도 망가지고 말았다. 혼자가 된 그는 술과 담배로 나날을 보내며 제대로 식사조차 못해 점차 폐인이 되어갔고 삶을 포기하기로 마음먹었다. 그러던 어느 날 우연히 시 낭송을 접하게 되었고 반기룡 시인의 시 「날마다 이런 날이게 하소서」를 혼자 수천 번 읊조리면서 자신에게 최면을 걸었다. 자신도 모르게 서서히 마음의 치유가 되면서 어느 순간 하늘에서 섬광이 내려온 듯 '그렇구나, 글쿠나!'라는 깨달음을 얻게 되었다고 했다.

내가 먼저 무거운 짐을 내려놓으니 거짓말처럼 모든 것이 사랑스럽고 아름다워 보였다. 완전 달라진 세상이 큰 선물로 다가왔다. 그 결과 진갑도 지나 은퇴할 나이였지만 휴지처럼 구겨진 2모작의 삶을 기억에서 완전히 지우기로 했다. 이제부터 내 인생의 르네상스라고 생각하고 전혀 다른 긍정의 삶을 시작했다.

그는 이를 실행하고자 청주에서 후배들과 공인노무사 활동을 재개했고, 2014년 봄에는 시인으로 등단했다. 이제부터는 남을 돕는다는 봉사의 마음으로 새로운 일 두 가지를 추가하여 인생 3 모작을 시작했다. 그 첫째가 100세 시대를 맞아 4050 중년 세대들이 인생 후반을 성공적이고 행복하게 살 수 있도록 강연과 저술을 통해 돕고 코칭도 해주는 일이었다. 두 번째는 듣는 이의 마음을 토닥여 주는 내용을 담은 시 낭송을 통해 힘들고 아파하는 사람들을 위로하는 일이었다.

시 낭송은 청주에서 그치지 않고 전국구로 뛰는 일도 점차 늘어났다. 지난달에 쓴 자작시로 아직은 습작 수준이라며 부끄러운 얼굴을 하면서 시가 적힌 종이 한 장을 호주머니에서 꺼내 보였다. 그 시가 던지는 울림이 있어 옮겨 본다.

분노와 미움과 갈등으로 가득한 삶의 연속에
오늘도 이해하고 공감하고 긍정하려 애를 씁니다.
아, 그렇구나 그랬구나 글쿠나 글쿠나! 하면서
주문 외듯 글쿠나 하는 독백에
내 마음이 어느새 평화로워집니다.
마음에 평화를 얻으니 모두가 사랑이요,
모든 순간이 꽃봉오리
하루하루가 금싸라기입니다.

요즘 세상이 점점 팍팍하고 복잡해지고 있다. 이해관계는 실타 래처럼 엉클어지고 갈등이 증폭되는 삶 속에서 우리들은 고단함 을 느끼며 살아간다. 암울하고 어두웠던 긴 터널을 지나 하루하 루 신나게 살아가며 날라다 주는 그의 긍정 바이러스 힘은 그날 따라 더욱 크게 느껴졌다.

나 자신도 때로는 삶 속에서 가끔 절망하기도 하고 인간관계 속에서 심한 갈등을 겪을 때가 있다. 그때마다 글쿠나 선생을 소 환해 "글쿠나!" 하고 외쳐보는 습관이 생겼다. 거울은 내가 먼저 웃어야 웃어 준다고 했던가. '아하, 그렇지 글쿠나'라는 말 한마디 의 효과는 만병통치약이요, 자신을 변화시켜 세상을 바꾸는 역할 을 톡톡히 해내고 있다.

그 후 2년쯤 지났을까 내가 청주에 강의를 하러간 김에 연락했 더니 만사 제치고 그가 호텔로 달려왔다. 저녁 식사도 할 겸 꼼 장어 집에 들러 소주를 두 병 시켰다. 그런데 평소 술을 마다하지 않던 그가 술잔을 역도선수처럼 들었다 났다만 하고 비우질 않 았다. 자리에서 일어설 때쯤 내가 오늘따라 술매너가 안 좋아 섭 섭했다는 말투로 농담 삼아 말을 건넸더니 돌아온 말이 이랬다.

"형님, 죄송합니다. 사실은 지난달 새 장가를 갔거든요! 한 달 간 금주하기로 약속을 해서요⋯."

집으로 황급히 향하는 그의 총총 발걸음이 평소보다 재빨라 보였다.

남한산성에서의 한마디

·
:

오래전 이야기이지만 설이 좀 지난 1월 중순이었다. 아직은 칼바람이 꺾이지 않은 한겨울, 대한이 놀러 왔다가 얼어 죽었다는 소한의 이른 아침, 백여 명이 넘는 사람이 남한산성에 몰려들었다. 삼성경제연구소가 CEO들을 상대로 조찬모임을 개최하여 한참 인기 있을 때였다. 부설로 만든 등산모임인 시애라詩愛羅 클럽에서 『남한산성』의 저자인 김훈 선생을 모시고 남한산성을 순례하는 산행 행사였다. 산을 좋아하는 나도 오랜만에 동참했다.

2007년 4월 출간된 그의 장편소설 『남한산성』은 1636년 12월 14일부터 1637년 1월 30일까지 갇힌 성 안에서 벌어진 말과 말의 싸움, 삶과 죽음의 우울한 통치에 관한 참담하고 고통스러웠던 낱낱의 기록을 담고 있다. 인조는 병자호란 당시 청나라에 항복하기 위해 서문을 거쳐 삼전도에 도달하여 청태종에게 세 번

절하고 아홉 번 머리를 땅에 조아리는 '삼배구고두례三拜九叩頭禮'를 올렸다. 정월 엄동설한 추위에 일국의 왕이 적 앞에서 언 땅에 아홉 번이나 머리를 조아려 이마에 피가 맺힐 정도였으니 그 얼마나 치욕적인가?

나라를 바치고 목숨을 부지할 것인가, 목숨을 바쳐 조선의 명예를 지킬 것인가. 김훈은 370년 전 조선 왕이 '오랑캐'의 황제에게 이마에 피가 나도록 땅을 찧으며 절을 올리게 만든 역사적 치욕을 정교한 프레임으로 복원했다. 갇힌 성안의 무기력한 인조 앞에서 벌어진 주전파와 주화파의 치명적인 다툼, 꺼져가는 조국의 운명 앞에서 고통받는 민초들의 삶이 씨줄과 날줄이 되어 무섭도록 끈질긴 질감을 보여준다.

예조판서 김상헌이 척화파의 대표요, 이조판서 최명길이 주화파의 대표였다. 끝내 최명길은 항복문서를 직접 작성했다. 이를 본 김상헌은 달려들어 항복문서를 갈기갈기 찢고 말았다. 그때 최명길이 찢어진 종이들을 모아 다시 풀로 붙이며 했던 말이 전해지고 있다.

"항복문서를 찢는 사람도 없어서는 안 되지만, 항복문서를 다시 붙이는 사람도 마땅히 있어야 한다裂書者不可無 補書者 亦宜有."라면서 찢긴 문서를 온전하게 붙여서 청군에 보내고, 인조는 무릎을 꿇고 항복하여 목숨은 건지게 되었다. 삼전도에 청나라 임금의 공덕을 칭송하는 비가 세워졌고 조선이라는 나라는 세기의 치욕을 당하고 말았다. 이 비는 지금은 석촌호수 입구에 옮겨져 있다.

김훈은 최고경영자나 임원들을 대상으로 많은 문학 강연을 했다. 소설가가 대기업 임원의 초청을 받는 건 드문 경우다. 그러나 한국의 많은 CEO들은 『남한산성』을 탐독했다. CEO들은 한결같이 그 당시 나라가 위태로워 피를 말렸던 상황에서 전개되는 리더십의 중요성에 특히 관심이 많았다. 신입사원 입사시험에서 그들에게 척화파 김상헌과 주화파 최명길 중에서 어느 입장을 택할지를 물었다는 한 대기업 임원도 있었다.

이날 산행에는 당시 상황을 그대로 복원한 성을 일주하면서 김훈 선생의 짤막짤막한 설명을 들으며 남문에서 출발하여 행궁까지 한 시간 정도 산행했다. 산행을 마친 뒤 작가가 한 시간 정도 특강했고 뒤이어 질의응답으로 이어졌다. 그의 말투는 평소의 글처럼 한 문장을 넘지 않았고 조사가 빠진 말도 그의 글처럼 강렬했다. 여러 사람들이 질문을 계속했다. 나도 질문을 하나 던졌다.

"오늘 역사적 교훈을 되새기는 정말 소중한 시간이었습니다만, 이러한 굴욕의 역사 속에서 제가 오늘 돌아가 회사의 직원들과 집에 있는 두 애들한테 꼭 한마디 이야기를 전해준다면 어떤 말을 전해주면 좋겠습니까?"

그는 특유의 짧고 투박한 말투로 이렇게 대답했다.

"인류의 큰 문제의 하나는 약육강식의 문제이며 강한 자가 약한 자를 물어뜯는 질서는 승복하기는 어렵지만, 또한 승복할 수밖에 없는 것이 운명이다. 회사가 돈을 벌고 이익을 낸다는 것은 분명 아름다운 미美라고는 할 수 없지만, 기업이 돈을 벌지 못한다면 나쁜 악惡이다. 돈을 벌지 못하면 주주, 종업원, 국가에 큰 피해를 주기 때문이다. 리더는 어려울 때 전환의 힘을 가져야 한다."

그의 말은 계속 이어졌다.

"애들도 마찬가지다. 공부를 잘해 좋은 학교를 나오거나 아무리 착한 아이일지라도 제 밥벌이를 하지 못하면 자신의 인격을 논하기 어렵고, 세상에 자신을 자신 있게 내세우는 데는 모자랄 수밖에 없다. 부모의 역할도 자식들에게 무조건 잘 해주는 것만이 능사가 아니다."

남한산성은 단지 유산객들의 놀이터라기보다 유네스코에 등재된 만큼 그 역할도 크다. 자라나는 우리 청소년들에게 조상들이 당한 치욕의 현장이라는 역사적 사실을 주지시키는 교육의 현장으로 거듭나야 한다고 생각한다.

나는 요즘도 가끔 남한산성을 오른다. 그때마다 그의 강렬한 메시지가 두고두고 나의 머릿속에 남아 있다. "개개인이 자기 밥값을 하지 못하고, 회사가 돈을 벌지 못하고, 국가가 번영하지 못하고 힘이 없으면 똑같은 치욕의 위치에 떨어질 수밖에 없다." 이 말 한마디가 남한산성이 던져주는 핵심이고 마음에 새겨야 할 교훈이었다.

'삶은 치욕을 견디는 나날'이라고 말하는 김훈 작가는 조선의 가장 치욕적인 역사를 소설로 기가 막히게 축약해 놨다. 마치 지금의 치열한 경쟁 속에 있는 기업의 경영상황과 비슷하고 미국과 중국 사이에 끼어 있는 우리의 정치 환경도 너무나 닮은꼴이다.

　그 당시 명이냐 청이냐 다투다가 오랑캐라고 청을 무시한 인조의 선택이 가져온 그 치욕이 단지 과거완료형이 아니라 현재진행형, 미래형도 될 수 있음을 작가 김훈은 에둘러 말하려는 것이 아닐까?

느림의 고향 청산도靑山島

여행은 설렘으로 시작한다. 트레킹을 시작한 지 10년이 넘고 매주 다녀도 어릴 적 소풍 가는 날처럼 마음 설레긴 매한가지다. 이번 여행지는 남해안 끝자락에 위치한 이름 그대로 푸른 섬 청산도靑山島라 그런지 밤잠까지 설쳤다. 2060 트레킹 회원들과 리무진 버스로 이른 새벽 공기를 가르며 잠실역을 출발했다. 잠이 부족한 탓에 잠시 눈을 붙였다. 여행사의 가이드가 마이크를 잡고 청산도에 대한 소개를 시작하는 바람에 잠에서 깼다.

청산도는 느림을 체험하고자 한 번쯤 가고 싶어하는 대한민국 대표 슬로시티Slow City다. 영화 〈서편제〉가 여기에서 촬영되어 크게 히트 친 후 관광객들이 몰려드는 명소가 됐다. 슬로시티는 '느리게 살기 미학'을 추구하는 도시를 가리킨다. 속도와 생산성을 외치는 무한경쟁 속에서 잠시 벗어나 자연·환경·인간이 서로 조화를 이루며 여유롭게 살아보자는 취지에서 시작되었다.

현재 20개국 132개 도시가 슬로시티 국제연맹에 가입되어 있으며, 담양 창평, 장흥 유치, 신안 증도 등과 함께 청산도가 아시아 최초로 슬로시티에 지정되었다. 심사 조건은 제법 까다롭다. 인구가 5만 명 이하이고, 자연 생태계가 철저히 보호되어야 하며, 지역 주민이 전통문화에 대한 자부심을 갖고 있어야 한다. 유기 농법으로 생산되는 지역 특산물도 있어야 하고, 반대로 대형마트나 패스트푸드점은 없어야 한다.

청산도를 제대로 체험하려면 자동차 여행보다는 트레킹으로 천천히 걸어가야 제 맛이 난다. 트레킹 코스는 11구간으로 사랑길, 고인돌길, 구들장길, 다랭이길, 돌담길, 노을길 등 청산도를 한 바퀴 도는 구간들이 모두 아기자기하다. 여기서는 다른 곳과는 달리 걸음의 속도를 낼 필요가 없다. 느릴수록 보고 느낄 거리가 많아 누구보다 앞서거나, '빨리, 빨리'를 외치며 신발끈을 단단히 묶을 필요도 없다. 느리게 걸음으로써 멋진 정경도 세세히 볼수 있고, 마음의 위안을 얻어 풍요로운 정서를 갖게 하는 것, 그것이 바로 청산도를 찾는 느림꾼들의 마음 자세다.

네 시간을 줄곧 달려 남도 끝자락에 위치한 완도항에 도착했다. 배를 타기 전 완도 시내에서 간장게장으로 점심을 하고 철부선에 올랐다. 인간들에게 이미 길들여진 갈매기들이 먹을 것을 달라고 갑자기 배 주위로 몰려들어 장관을 이뤘다. 배가 물살을 가르며 50여 분을 달려 도청항에 도착했다. 청산도 길은 도청항을 기점으로 당리와 지리 해수욕장으로 나뉜다. 길 쪽으로 흐드러지게 핀 유채꽃들이 반갑게 우리를 맞아 주었다.

당리 언덕길을 서서히 오르니 영화 〈서편제〉 촬영지가 나왔다. 영화를 본 지 30여 년이 지나 기억이 가물거리지만, 서편제는 우리나라 최초로 100만 관객을 돌파한 영화다. 남도 여러 지역에서 촬영했는데 이곳이 유독 유명한 이유는 유봉 일가가 딸 송화와 함께 당리의 황톳길을 내려오며 〈진도 아리랑〉을 부르는 장면이 아름다운 명장면으로 손꼽히기 때문이다. 황톳길 옆에는 송화가 소리 공부를 하던 초가가 있다. 영화에서는 당리 마을의 초가집에서 촬영했다. 지금은 소실되었던 곳을 관광객들을 위해 원래의 모습으로 복원시켰다.

그곳에서 바라보는 조망은 아늑하다 못해 평온한 마음을 갖게 했다. 도청항도 보이고 맞은편 도락리 포구도 바로 발아래로 내려다보인다. 고향의 정취가 배어 나오는 현대인의 안식처 도락포 마을 앞에는 세계 농업 유산으로 유명해진 '구들장 논'이 한눈에 들어왔다. 청산도에 사는 사람들의 팍팍한 삶의 단면을 보여 주었다. 그 옛날 흔하던 '다랭이 논'조차 다 사라진 마당에 '구들장 논'은 더 희귀해 각광을 받고 있다.

구들장 논이란 산비탈이나 구릉에 마치 구들장을 놓듯 돌을 쌓아 먼저 바닥을 만든 뒤, 그 위에다 다시 흙을 부어 다져서 일군 논이다. 청산도에는 돌이 많아서 물이 고이지 않아 농사짓기에 적합한 농지가 부족하여 그 방편으로 돌을 깔아 농지를 개척했다. 부족한 농지로 청산도에는 항상 쌀이 모자랐다. 오죽하면 청산도에서 나고 자란 처녀가 뭍으로 시집갈 때까지 '쌀 서 말만 먹고 가면 부잣집'이라는 말이 있었을까. 한 톨의 쌀이라도 더 얻기 위한 섬사람의 고뇌를 생각하니 눈물겹기도 했다.

이곳을 중심으로 길은 여러 갈래로 나 있다. 주변 밭들은 제주도처럼 바람 막이용 돌 담벼락을 친 게 특징이다. 거기서 직진하면 또 다른 촬영장이 나온다. 드라마 〈봄의 왈츠〉를 촬영한 장소다. 일부러 심어 놓았다는 탐스러운 유채꽃 너머로 잘 지은 유럽식 전원주택 한 채가 있는데 전남에서 수억 원을 들인 세트장이라 한다. 세트장 앞에서 직진하면 화랑포로 가는 길이 나온다.

이 길은 왠지 우리의 문화와 전통을 간직한 조상의 숨결마저 느껴졌다. 한참을 걸으니 신기한 묘 한 기가 나타났다. 나무 막대기로 입구에서부터 막아 출입을 금지했다. 이곳 청산도는 초분으로도 유명한 곳이다. 청산도에는 모두 3기의 초분이 있었다고 한다. 그러나 그 자리에 있던 초분 하나를 이장한 상태여서 지금은 도청리에 있는 초분을 합해 2기만이 남아 있다.

청산도에서 '상서 명품마을'을 빼놓을 수가 없다. 청산도를 대표하는 일종의 랜드마크다. 청산도 원형을 간직한 마을로 많이 알려지면서 탐방객들이 꼭 들르는 필수 코스로 자리매김했다. 1600년대 청주 한씨가 청산도에 처음 입도해 상서마을 내 '덜리'라는 정착지를 형성했고, 현재까지 마을을 유지하며 농어촌 마을의 전통을 이어오고 있다. 이 마을에는 구들장 논 외에도 지방문화재 279호인 옛 담장길, 긴꼬리 투구새우, 다랭이 논 등 보존 가치가 높은 자원들이 가득하다.

트레킹을 떠난다면 해안길을 걸어야만 한다. 4코스에 접어들면 "청산도는 쉼표다."라는 안내 표지판이 나오는데 여기부터는 아름다운 절경이 펼쳐지는 해안길이다. 여수 앞바다에 있는 '금오도 비렁길'처럼 해안 절벽을 걷는 길은 환상적이다. 에메랄드 빛 푸른 바다와 반짝이는 햇살에 부서지는 윤슬을 보며 한가롭게 걸을 수 있어 백미 중 하나다. 중간에 몽돌 자갈밭 해안이 나왔다. 여기서 잠시 휴식을 취하며 준비해 온 막걸리를 마시고 나니 세상이 다 내 것처럼 느껴졌다.

청산도는 아름다운 비경도 자랑거리지만, 삭막한 도시 생활 속에서 항상 그리운 고향의 아늑함과 편안함을 되찾아 주기에 충분했다. 청산도는 밤이 되면 또 다른 세상으로 안내해 준다. 잠시 고개를 들어 하늘을 보면 오랜만에 선명한 북두칠성이 눈에 들어오고 카시오페이아, 사자자리도 눈에 확 들어와 신기루를 보는 듯하다. 밤이 이슥해질 때 눈을 감고 귀 기울이면 풀벌레 소리, 바닷바람 소리, 유성 떨어지는 소리를 들을 수 있는 곳이 청산도다.

청산도는 나를 되돌아보며 많은 것을 생각하게 하는 여행 코스였다. 현대 사회는 과도한 산업화, 도시화로 인간 본연의 모습을 많이 잃어버렸다. 빠른 속도에 길들여진 우리들은 조금이라도 느리면 견딜 수 없어 한다. 마치 굶주린 야수가 먹이를 구하듯 그렇게 삶을 살아왔다. 자연주의를 주장한 루소가 자연으로

돌아가자고 외쳤지만, 아랑곳하지 않고 앞만 보고 숨 가쁘게 달려왔다. 이제 사람들은 빠름이 절대 선이 아니라는 걸 어렴풋이 깨달으며 이제서야 자연의 소중함과 느림의 철학을 새삼스레 인지하기 시작했다.

아무리 세상이 복잡하고 바쁘더라도 잠시 짬을 내어 지금 당장 청산도에 달려가 보자. 그곳은 산, 바다, 하늘이 몽땅 다 푸름 천지라기에 청산이 아니던가. 쪽빛 푸른 바다와 동물들이 누워 있는 듯한 산, 구불구불한 황토길 곡선의 부드러움과 고즈넉한 풍경이 가득한 곳이다. 음악에 쉼표가 있어 숨을 고를 수 있듯이 달팽이처럼 느림을 통해 '삶의 쉼표'를 만날 수 있는 아름다운 섬이 바로 청산도다.

마음 바이러스

코로나19 확산 초기 대면 접촉이 2인까지만 허용될 때가 있었다. 평소 코로나를 무서워하거나 피하지 않았지만 아내의 당부도 있고 해서 약속이나 외출을 삼가고 집에 있기로 했다. 이른 아침에 평소에 울리지 않던 집전화 벨소리가 요란하게 울렸다. 정치적인 설문조사나 보이스피싱같이 쓸데없는 전화일 거라 생각하고 무시했다. 전화벨이 한참 동안 계속 시끄럽게 울렸다. 못마땅해 혼이라도 내 주려고 전화를 받았는데 의외로 상냥하고 친절한 여성 목소리였다.

"안녕하세요? 요즘 코로나 때문에 힘드시죠?"

"글쎄요."

"저는 코로나로 힘드신 분들을 위해 마음의 치유를 해드리는 치유사입니다. 아버님 요즘 어떻게 보내고 계세요. 집에서 하루

하루 보내시기가 매우 어려우시죠?"

"감사하지만 저는 쌩쌩하게 잘 지내고 있으니 다른 분들한테 전화 드리세요."

서초구청 소속의 치유사가 65세 이상 고령자에게 건 전화라 감사한 일이었다. 아직은 건강하고 집에 있더라도 할 일이 있는 나는 굳이 노인이 아니라는 것을 애써 강조하려고 이렇게 말해주고 전화를 끊었다.

2000년 초 시작된 코로나19가 3년을 지나면서 긴 터널 속에 갇혔던 세상에서 벗어나고 있다. 사회적 거리두기로 외출이나 약속, 여행이 쉽지 않아 집콕 생활이 장기화됨에 따라 우울, 불안, 무기력함을 느끼는 사람들이 많아졌다. 이와 같은 상태를 우리는 '코로나 블루Corona Blue'라고 불렀는데 문체부와 국립국어원은 어려운 외국어 신조어인 '코로나 블루'를 대체할 쉬운 우리말로 '코로나 우울'을 선정했다.

국가 트라우마 센터에 따르면 코로나19에 따른 우울증 상담 건수는 계속 증가하고 있다고 한다. 코로나 우울증은 마음의 감기와 같아서 연령층이 높을수록 증가하는데 면역력이 강한 청소년들도 예외가 아니다. 코로나 바이러스는 육체만을 공격하는 게 아니라 인간의 마음도 동시에 공격한다. 코로나 바이러스 못지않게 마음 바이러스가 더 무서운 속도로 우리들의 마음을 공격하고 있다.

최근 서양의 과학계에서는 DNA나 미생물같이 자기를 끊임없이 복제하면서 인간 내면의 마음이나 문화현상에 중대한 영향을 미치는 의식에 대한 새로운 이론이 제기되고 있다. 진화생물학자인 옥스퍼드 대학의 리차드 도킨스Richard dawkins가 그의 저서 『이기적 유전자』에서 그 핵심 내용을 잘 말해 준다. 우리의 일상생활에서 인간의 생각과 판단, 행동을 결정짓는 데 큰 영향을 주는 '마음의 바이러스'가 작용한다는 것이며 그 최소 정보단위를 밈Meme이라고 불렀다.

밈은 유전자와 매우 비슷한 성격을 지니고 있다. 우리 민족의 자랑인 〈아리랑〉을 예로 들면 쉽게 이해할 수 있다. 미상의 누군가가 이 곡을 처음 만들었다. 작자가 같은 동네 친구에게 이 곡을 들려줌으로써 아리랑은 친구라는 매개체를 통해 자신을 복제한다. 그 친구는 또 다른 주위 사람들에게 곡을 들려 준다. 더 많은 사람이 〈아리랑〉이라는 곡을 알게 된다. 〈아리랑〉을 만든 작자와 친구가 사망한다 하더라도 이 노래는 사라지지 않는다. 세대를 뛰어넘어 자기를 보전하는 데 성공했다는 뜻이다. 게다가 밈은 돌연변이도 일으킨다. 이 곡을 들은 밀양에 사는 친척은 자기 고향으로 돌아가 그 곡을 전하는데, 그만 완벽하게 기억해 내지 못한다. 그래서 스스로 기억나지 않는 부분을 보완해서 '밀양 아리랑'이라는 제목으로 자기 동네 사람들에게 전파한다. 돌연변이를 일으킨 것이다. 이러한 돌연변이는 '진도 아리랑', '정선 아리랑'으로 번져 나간다. 이런 식으로 번진 아리랑은 1700종이나 된다고 알려져 있다. 이와 같이 밈이란 DNA와 같이 새로운 개념의 자기 복제를 계속한다.

본래 바이러스는 생물과 무생물의 경계에서 산다. 바이러스가
사는 환경은 세 가지가 있다. 첫째는 미생물체, 둘째는 인간이 만
든 컴퓨터 네트워크나 프로그래밍, 셋째는 인간의 마음과 생각이
다. 미생물과 컴퓨터에 바이러스가 작용하듯이 마음의 세계는 바
이러스가 살아가는 데 최적의 환경이라고 한다. 바이러스는 침투
하기, 복제하기, 퍼뜨리기 등 세 가지 프로세스를 갖고 있다. 마
음 바이러스도 똑같은 세 가지 방식으로 빠른 속도로 전파되면서
다른 사람들의 행동에 영향을 끼친다.

마음 바이러스의 최소 단위인 밈에는 긍정적이면서 밝은 것이
있는가 하면, 인간의 마음을 파괴하는 부정적인 것도 있다. 가령
사람이 불우한 환경에서 성장하여 애정결핍 같은 부정적인 밈에
감염되면 고독감을 느끼거나 정서가 불안하고 의식이 분열되어
집중력도 떨어져 마침내 마음의 병을 얻게 된다. 불안은 영혼을
잠식하고 병도 마음에서 시작되는 경우가 많다.

반면 긍정적이고 희망적인 정보를 전하는 좋은 밈이 폭넓게 퍼
진다면 사회를 정화하고 밝은 세상으로 변화시킬 수도 있다. 인
간이 자신의 질병을 극복하고자 한다면 무엇보다 먼저 '자기 생
각 중독'에서 벗어나는 게 우선이고 확산을 막으려면 '마음의 방
역'이 필요하다.

실제 바이러스의 전염 속도보다 '마음속 바이러스'의 확산이 훨
씬 빠를 수 있다. 말은 물론 컴퓨터나 휴대폰 키보드를 통해 가속

도가 붙는다. 백신이 없는 상황에서 코로나 확산에는 거리두기나 방역밖에 없지만 '마음속 바이러스'의 백신은 자신의 마음속에 있다. 마음 바이러스가 침투하더라도 복제와 증식이 되지 않도록 전파를 차단하면 되기 때문에 긍정의 마음이 최고의 백신이다. 부정하는 마음은 남 탓과 세상 탓을 하게 된다.

남미 멕시코시티에는 〈그럼에도 불구하고〉라는 제목의 유명한 조각상이 있다. 조각상에 이런 이름이 붙은 것은 그만한 사연이 있다. 조각가 카포치아는 많은 사람으로부터 존경을 받았고 뛰어난 재능을 지닌 조각가로서 선망의 대상이 되었다. 그가 이 작품을 만들기 위해 채석장에서 대리석을 채취하던 중 사고가 생겨 그만 오른손을 잃었다. 그 소식을 들은 사람들은 당연히 조각가가 작품을 완성하지 못할 거라고 생각했다.

하지만 예상과 달리 그는 왼손으로 조각하는 법을 배웠다. 마침내 오른손으로 조각을 했을 때보다 훨씬 뛰어난 조각상을 완성했다. 조각가가 오른손을 잃었으나 뛰어난 작품을 만들었다는 이유로 이 조각상의 이름이 〈그럼에도 불구하고〉로 유래되었다.

실패하는 사람들이나 잘 굴러가지 않는 조직은 '무엇 무엇 때문에 안 된다'는 식으로 남 탓이나 핑계가 많은 반면, 성공하는 사람이나 잘 나가는 조직은 '그럼에도 불구하고'라는 말을 많이 한다. 운동을 지속하면 육체의 근육이 늘어나는 것처럼 마음 훈련을 지속하면 마음의 근육, 생각의 근육도 몰라보게 자라게 될 것이다.

사랑의 거리두기

행복을 연구하는 학자들의 공통된 주장이 있다. 인간관계가 좋은 사람들이 행복하다고 한다. 한국인은 어떤 민족 못지않게 정情이 많고 인간관계를 소중하게 여긴다. 이런 정서를 가졌음에도 아이러니하게 행복지수를 포함한 정신건강 지표에서는 우리나라가 바닥권이다. 자살률은 단연 세계 1위이고 2022년 UN의 세계행복보고서에 의하면 행복지수는 59위며 그것도 OECD 국가 중 36위로 최하위권이다.

타인과 나 사이에 '건강한 거리두기'를 하지 못하는 것도 그 이유 중 하나라고 생각한다. 가까운 사람일수록 사이가 좋아지려면 거리를 두어야 한다. 지인 중 환갑이 지난 나이에 남편과 1년간 별거를 선언하고 원룸으로 옮겨 생활했던 분이 있다. 이른바 '졸혼卒婚'이다. 황혼 이혼을 생각해 보았지만 남편이 밉다는 이유만으로는 이혼 사유가 성립되지 않았다. 남들이 부러워할 정도로 잘 사는 데다 큰아들은 변호사고 작은아들은 의사다. 남편도 고위공무원 출신이라 연금만 해도 3백만 원이 넘게 나온다.

이 부부를 보며 수년 전 폭발적 인기를 끌었던 드라마 〈엄마가 뿔났다〉에서 엄마 김혜자가 남편의 양해를 얻어 1년간 안식휴가를 떠나는 모습을 떠올려 보았다. 사연이 복잡한 드라마와 달리 지인의 경우 남편이 싫어진 이유는 거리가 너무 가까웠다는 단 한 가지였다. 공직 생활을 착실하게 했던 남편이 2년 전 퇴직했다. 바쁘다는 핑계로 그동안 소홀했던 집안일을 돕기로 마음먹었다. 와이프 대신 빨래는 물론, 밥도 짓고, 장을 봐 반찬도 직접 만들어 바치는 게 아닌가. 게다가 이른 아침부터 먼지 하나 없을 정도로 집안 청소도 깔끔하게 하고 심지어 부엌살림까지 가지런히 정리했다.

처음에 그 아내는 뜻하지 않던 남편의 그러한 변화에 고마운 마음이 들어 대한민국 최고의 남편이라고 친구들한테 자랑하고 다니기도 했다. 그러나 3개월이 지나자 남편한테 무언가를 송두리째 빼앗겼다는 상실감이 들기 시작했다. 집에만 박혀있는 남편을 생각하면 식은땀이 나고, 가슴도 답답해지고, 삶이 무기력해지면서 먹은 음식조차 제대로 소화되지 않을 정도였다. 자신을 잃어버렸다는 생각에 우울증까지 찾아왔고, 급기야 숨이 막혀 도저히 같이 살 수 없다는 생각이 들었다. 결국 남편과 합의해 소위 졸혼이라는 길을 택했다.

의학적으로 '남편 재택在宅 스트레스 증후군'이라는 것이 있다. 일명 '삼식三食이 증후군'으로 불리기도 한다. 주부들이 정년 후 집에만 있는 남편이 귀찮게 여겨져 스트레스를 받고 심해지면 우울증 같은 다양한 이상 증세가 몸에 나타나기 때문에 엄연한 질병이라는 것이다. 남편으로서는 그동안 열심히 일만 하다가 모처럼 편하게 집에 있을 뿐인데 왜 그렇게 심각해지는지 좀처럼 납득이 가지 않는다. 그렇다고 남편이 나쁜 것도, 아내가 악처도 아니다.

노년의 행복을 연구하는 사이토 시게타斎藤茂太는 '행복한 노년을 즐기려면 뺄셈을 많이 하라'고 충고한다. 『나는 이제 백발도 사랑하게 되었네』에 나오는 글 중에 '40%의 마누라' 이야기가 마음에 와 닿는다. 부부는 원래 다른 인격체이므로 내가 생각하는 바람의 반만 충족해 줘도 '그것으로 대만족해야 한다'고 강조하고 있다. 게다가 나이가 들면 바람의 레벨을 한 단계 더 낮추어 40% 정도로 만족해야 한다고 권고한다. 그의 부인은 '40% 마누라'를 자칭하며 그것을 만족스럽게 받아들이고 있다고 한다.

마음의 상처는 가까이 있는 사람, 자주 만나는 사람한테서 더 많이 받는다. 주방의 그릇이나 부부, 자녀 관계처럼 많이 접촉하고 너무 가까이 있으면 금이 가기 쉽다. 심지어는 가장 가깝게 느끼는 부모와 자녀 사이라도 서로에게 안전감과 친밀감을 주는 심리적 거리가 필요하다. 달과 해 그리고 지구 사이에 절묘한 거리가 있어서 자전과 공전이 일어나 지구에는 밤과 낮이 있고 아름다운 사계절이 있듯이 사람 사이에도 적정 거리가 필요하다.

한 정신과 의사가 실제 체험했다는 모녀 가족 상담 이야기를 들어보자. 그 어머니는 외동딸과 둘이 같이 살면서 취미생활도 즐기고, 쇼핑도 다니면서 친구처럼 가깝게 지냈다. 그러다 딸이 혼기가 되어 여러 번 선을 본 끝에 미국에 사는 교포와 결혼하게 되었다. 어머니는 친밀했던 딸을 미국으로 떠나보낼 생각을 하니 못내 속상했다. 딸은 의외로 담담해하면서 떠나기 직전에 엄마에게 장문의 편지를 써 보냈다.

"엄마, 그동안 엄마랑 나는 가장 친한 사이라 좋을 때도 많았지만, 나 아주 힘들었어. 그래서 일부러 미국으로 이민 가려고 결혼 상대자로 미국에 사는 사람을 찾았는데, 다행히 좋은 사람을 만나서 떠나게 됐네. 엄마, 우리 이제 적당히 만나자. 나한테 가끔씩만 놀러 와. 나도 내 생활이 있으니까 한국에 가끔만 갈게."

엄마는 편지를 받고 청천벽력 같은 충격을 받았다. 왜 한 몸처럼 지내던 딸이 단절에 가까울 만큼 물리적 거리를 두고 싶어 하는 걸까? 딸의 내면에 엄마와 가까이 붙어살면서 느꼈던 불편함과 불안이 숨겨져 있었다는 사실을 엄마는 미처 깨닫지 못했다.

그리스의 철학자 디오게네스는 "사람을 대할 때는 불을 대하듯 하라. 다가갈 때는 타지 않을 정도로, 멀어질 때는 얼지 않을 만큼 거리를 유지하라."고 했다. 인간관계에 적당한 거리가 필요하다는 점을 강조한 것이다. 한자로 인간人間에서 '사람인人'은 두 사람이 등을 맞댄 형상이다. 서로 의지하면서 관계를 맺고 살아가는 존재가 사람이라는 뜻이다. 그런데 사람을 가리키는 '인人'에 굳이 '사이 간間'을 보탠 이유는 뭘까. 그것은 아무리 등을 맞댄 사이라도 둘로 존재하려면 필연적으로 '사이'라는 공간이 필요하기 때문이다.

'사랑할수록 멀리 둬라'라는 말이 있다. 가까운 사이일수록 쉽게 화를 내거나 가시 돋친 말을 남발한다. 가족과 가까운 지인들을 가장 쉽게 생각하고 행동한다. 서로의 본심을 훤히 들여다보고 있어 잘 안다고 착각하는 경우가 많다. 변명으로 들릴 수 있지만 그래서 나는 가장 가까워야 할 자식과 집사람은 물론 귀여운 손자들까지도 보이지 않게 일정 거리를 두려고 노력한다. 나름 사랑의 거리두기다.

틈이 있어야 다른 사람이 들어갈 여지가 있고, 이미 들어온 사람을 편안하게 한다. 틈이란 사람과 사람 사이의 여유가 있는 소통의 창구다. 그 빈틈으로 사람들이 찾아오고, 그들이 인생의 동반자가 되어 삶을 풍요롭고 행복하게 해 준다. 우리가 가장 가깝다고 느끼는 사람과의 관계에서부터 마음의 거리두기를 해야 할 필요가 있다. 도를 넘지 않는 '사랑의 거리두기'야말로 서로 상처받지 않고 긴밀한 관계가 계속 유지될 수 있는 비법이 아닐까.

2장
·
삶의 터닝 포인트

지금 이 순간은 생애 단 한 번의
시간이며, 모든 만남은 생애
단 한 번의 인연이다.

내 삶을 바꾼 한 권의 책

얼마 전 인천 계양산 밑에 꿈에 그리던 개인 도서관을 만들어 서재 겸 사무실로 꾸몄다. 40여 년간 모은 5천여 권의 책들을 서가에 가지런히 정리했다. 시력이 나빠져 책을 많이 읽지는 못하지만 서가에 꽂힌 책만 봐도 기분이 좋아진다. '책은 만져만 보아도 반은 읽은 것이다'라는 말을 믿는다. 그 많은 책 중에 제일 아끼는 책 한 권이 서가에 꽂혀 있다.

제목은 『오사카에서 부산에大阪から釜山へ』라는 책이다. 그 책은 내게 더할 나위 없이 소중하다. 그 책이 계기가 되어 지금까지 30여 권의 책을 쓰게 되었고, 2021년 8월에는 《한국산문》을 통해 생각지도 못한 수필가로 등단까지 했다. 그 책의 저자 오기노 요시가즈萩野吉和는 NHK 일본 국영방송 편집국장을 지냈고, 지한파知韓派로 한국을 꽤나 좋아했다. 그는 50여 년 전 〈안

녕하세요?〉라는 한국어 방송을 일본 최초로 기획했으며, 〈일본 속의 한국〉 등 한국 관련 소식을 일본에 확산하려고 부단히 노력한 분이다.

그를 알게 된 것은 우연이었다. 1980년 초 상사 주재원으로 오사카에 근무할 당시 경관이 좋아 외국인들이 많이 사는 '녹지공원'이라는 조그만 아파트 단지에 살았다. 그때 그가 바로 앞집에 단신 부임해 살고 있었다. 나를 보자마자 스무 살 가까운 나이 차이에도 친구로 지내자고 제안했을 정도로 친근하게 다가왔다.

그는 한국 음식을 유독 좋아했다. 한식당에 가면 한국에서 갓 들여온 김치와 소주도 함께 마시며 금방 친해졌다. 특히 그는 일본 사람들은 먹지 않던 곱창전골을 유독 즐겼다. 식사 자리에서 어느새 취기가 돌면 2차로 가라오케가 있는 술집에 들렀다. 내가 서투르지만 일본 노래를 한 곡 부르면 그는 보란 듯이 유창한 한국어로 조용필의 〈돌아와요 부산항에〉를 부르며 응수했다.

나는 5년간 주재를 마치고 서울 본사로 귀국했다. 그 후에도 가끔 연락을 주고받으며 지냈는데, 88 서울올림픽 때 그가 업무 차 서울에 와 오랜만에 만났다. 그는 책 한 권을 내게 내밀며 지난달에 정년 퇴임식을 출판 기념회로 대신했다고 했다. 그 책을 받아 보고 놀라움과 함께 진한 감동을 받았다. 그 시절만 해도 은퇴하면 '이제 끝났구나'라며 일에서는 손을 놓고 손자들과 놀아 줄 생각이나 하던 때였다. 업무상으로 해오던 일을 정리한 전문 서적도 아닌 이런 종류의 책을 써서 퇴임기념으로 출판 기념회를 한다는 것은 더욱 흔한 일이 아니었다.

그는 이 책의 서문에서 '한일관계가 어렵게 한일협정을 통해 국교정상화를 이루었다. 하지만 서로 마음과 마음이 열려야만 진정한 정상화라는 것을 염원하는 마음'에서 이 책을 썼노라고 했다. 그 책에 등장하는 한국인 서른 세 명의 이야기는 공교롭게도 독립선언문 발기인과도 같은 의미 있는 숫자로 그와 친분이 두터운 한국 사람들이었다. 나도 그 중 한 사람으로 마음을 터놓고 같이 지냈던 소소한 이야기들이 그 책 속에 20여 페이지 수록돼 있었다.

어렵지 않은 내용들이라 하루 만에 다 읽고 나서 여러 생각을 했다. '이런 내용으로 책을 쓴다면 나도 가능하지 않을까?' 책을 한 권 쓰고 싶은 마음이 불현듯 들었다. 책 쓰기에 대한 호기심이 발동하면서 욕심이 생겼다. '평생 열 권의 책을 쓰겠다'는 무모한 결심을 했다.

나는 원래 글 쓰는 재주가 전혀 없는 사람으로 학창 시절에 그 흔한 교내 백일장에도 나가 본 적이 없었다. 글을 한 페이지도 써보지 못한 데다 타고난 문학적 소질도 없다. 이런저런 핑계로 책도 많이 읽지 못했다. 더구나 야근을 밥 먹듯이 많이 하는데다 주말도 없이 일하던 때라 직장에 다니면서 책을 쓴다는 것은 쉽지 않은 도전이었다.

하는 수없이 도움을 받고자 친구인 홍익대 L 교수를 찾아갔다. 그 친구는 글을 아주 쉽고 부드럽게 쓰는 재주가 있었다. 인사관리 전공이라 우리나라에서 막 시작한 팀제도에 호기심이 꽤 있는 데다 책을 써본 경험이 많아 도움을 많이 받았다. 책을 쓰기 시작한 지 6개월 만에 첫 번째 책 『한국형 팀제』가 나왔다. 마침 팀제도에 대한 열풍이 불었던 때라 나오자마자 베스트셀러가 되어 5만여 권이 팔렸다. 인세도 꽤나 들어와 로타리식 TV도 신형으로 바꾸고 분에 넘치게 자가용도 마련하는 기회도 잡았다.

어렵사리 시작한 책 쓰기가 회사에 근무하는 동안은 거의 중단되었다. 책 쓰기에 탄력이 붙은 때는 퇴직 이후부터였다. 결국 20여 년 만에 목표로 정했던 열 번째 『셈본 인생경영』이라는 책을 환갑 기념집으로 냈다. 당초 목표했던 평생 열 권의 책 출간이 조기 달성된 셈이었다. 내친김에 스무 권으로 목표를 상향 조정했다.

퇴직 이후 회사를 차려 20년 동안 인사조직에 대한 컨설팅과 교육사업을 했다. 그간 낸 책들이 효자 노릇을 톡톡히 해 주었다. 새 책이 출간되면 바로 강의로 연결되었고, 저자 직강 세미나라고 홍보를 하면 수강자들이 몰려들었다. 2020년 11월 이건희 회장이 타계했을 때 〈강적들〉이라는 TV조선 유명 프로에 출연하게 된 것도 내 책을 읽어 본 적이 있던 PD가 내게 연락해서 성사된 일이었다. 40대에 퇴직한 후 쉽지 않을 '제2의 삶'을 사는데 책쓰기가 터닝 포인트가 되었다.

책을 쓰면 여러 장점이 있다. 자신을 되돌아보는 계기가 되고, 지나온 삶에 대한 해상도도 높아진다. 책을 쓰다 보면 어느새 그

분야 전문가가 되고 일로 연결되어 할 일이 많아진다. 새로운 인간관계도 형성되어 대인 관계를 폭넓게 할 수 있기 때문에 활기찬 삶을 살 수 있다. 더구나 100세 시대에 책 쓰기는 나이가 들어도 시간 활용에 좋고, 자기가 그만두지 않는 한 해고도 없는 평생직업이다.

『아름다운 뒤태』는 나의 70주년 고희 기념집이자 늘려 잡았던 스무 권을 훌쩍 넘어 서른 번째 도전의 결과물이다. 인간의 욕심은 한이 없나 보다. 이 책이 끝이 아니라 오십 권에 도전한다면 오만일까? 추사 김정희는 인생의 3락三樂 중 첫째로 '독서'를 꼽았다. 책을 마음껏 읽으며 지낼 수 있는 서재를 준비한데다 계속해 책을 쓸 마음까지 먹었으니 '일독一讀'이라는 첫 번째 즐거움을 누리며 사는 행운아인 셈이다.

때로는 도전이 힘들고 두렵기도 하다. 오죽하면 책 백여 권을 쓴 유영만 교수는 '책 쓰기는 애쓰기다'라고 했을까. 가 보지 않은 길을 떠나는 것이 진정한 여행의 시작이다. 책을 쓰다 보면 갑자기 쓰기 싫어지기도 하고, 왜 이런 힘든 일을 하고 있는지 의문이 들 때도 있다. 그럴 때마다 나는 습관적으로 30여 년 전 오기노 씨가 준 한 권의 책을 다시 꺼내보며 "그래, 잘하고 있어!" 하고 큰 소리로 파이팅을 외쳐 본다.

『불모지대』
세지마 류조와의 만남

『불모지대不毛地帶』는 여류작가이면서 사회성이 짙은 주제나 남성 세계를 그려낸 야마사키 토요코山崎豊子의 대하소설이다. 이 소설은 『두개의 조국』, 『대지의 아이』와 함께 전쟁 관련 소설 3부작 중 하나다.

소설의 주인공은 이키 타다시다. 실제 인물인 일본의 종합상사 이토추의 '세지마 류조' 회장을 모델로 한 소설이다. 세계를 무대로 한 종합상사의 면모를 알리는 계기가 된 스토리다. 한국에서도 1978년 번역된 이래 지금까지 많이 읽히고 있다. 일본에서는 1976년에 영화로 만들어졌고, 후지TV에서 드라마화 되어 19부작으로 방영되기도 했다.

실제 인물 세지마는 일본 종합상사인 이토추伊藤忠 상사에 입사하여 능력을 발휘, 고속 승진을 거듭해 1978년 회장까지 승진

했다. 상사의 회장에서 퇴임 후에도 상담역으로 근무했다. 이후 아세아 대학의 이사장이 되었고 여러 전몰자 추모단체의 회장을 맡았다. 네 권 짜리 대하소설의 내용을 요약하면 이렇다.

주인공 이키 타다시는 일본 육사를 거쳐 육군대학을 수석으로 졸업하고 젊은 나이에 대본영 작전참모가 된다. 관동군이 항복 명령을 믿을 수 없다며 소련군과 계속 항전하려고 하자, 대본영은 이키를 특사 삼아 만주로 보낸다. 그날이 8월 16일, 만주에 도착하여 관동군에게 항복하라는 명령서를 전해주고 돌아가려다 관동군의 반발과 군인으로서 수치를 느껴 자살을 결심한다. 그러나 타니가와 대좌의 "살아서 역사의 증인이 되라."는 말을 듣고 포기한다.

때마침 임무를 마치고 돌아오는 길에 자기의 비행기 좌석을 부상으로 의식이 없던 소년 비행병에게 양보하고 본인은 그곳에 남아서 관동군의 지휘로 들어갔다. 결국 소련군의 포로가 되어 시베리아로 끌려가 11년간 감옥생활을 한다. 그 후 포로 반환협정으로 귀국한 그는 48세에 긴끼 상사 다이몬 사장의 촉탁직 제안을 받아들여 종합상사의 회사원으로 세 번째 인생을 시작한다. 처음엔 섬유부에 들어가지만, 해보지 않은 낯선 업무에다 시베리아에 억류되었던 괴리감 때문에 고생한다. 그러나 군 시절 배운 정보와 지략으로 전투기 사업 때부터 두각을 드러내면서 작은 섬유회사를 일본 최대의 종합상사 반열에 올려놓는다.

내가 이 소설을 접하게 된 것은 종합상사 1호인 삼성물산에 입사한 인연이었다. 당시 이병철 회장의 특별 지시로 종합상사 맨들은 누구나 『불모지대』를 읽고 리포트를 내야 했다. 이 소설을 통해 막 시작한 종합상사맨으로서 가져야 할 정신과 역할을 배우도록 한 조치였다. 실제로 세지마는 1973년 "곧 중동에서 전쟁이 일어날 것이고, 기름값이 폭등할 것이다."라는 내용의 보고서를 올려 1차 오일쇼크를 예상한 것으로 화제가 된 인물이었다.

삼성물산은 삼성 본관에 있었는데 마침 7층에 이토추 상사 한국지사가 위치하고 있었다. 그 회사는 우연히도 일본의 세지마가 근무하는 회사였다. 내가 일본 주재원 생활을 마치고 막 돌아와서 만난 일본 지인 중 친하게 지내던 사람이 그 회사 지사장이었다. 그와 식사하는 자리에서 우연히 『불모지대』 소설 이야기가 나왔다. 주인공인 세지마를 본인이 잘 안다며 한번 만나보겠냐고 했다. 나는 깜짝 놀라 정말 가능하냐고 물었더니 자기가 상사로 직접 모신 일이 있기에 언제든지 가능하다며 그분과 같이 일했던 영웅담까지 늘어놓았다.

몇 개월 뒤 동경에 출장 갈 일이 생겼다. 당시에는 세지마 씨가 회장직에서 물러나 상담역으로 있었는데 외부 인사들을 많이 만나는 자리라서 그런지 사무실은 외부에 있는 호텔이었다. 유명인사인지라 사무실이 으리으리하고 대단한 규모인 줄 알았는데 막상 가보니 좁은 사무실에 달랑 책상 하나와 책꽂이 밖에 없었다. 더 놀랄 일은 책상 위치가 벽을 바라보고 있었다는 것이다. 너무나 신기해서 물어봤더니 자기가 11년 동안 시베리아 수용소에서 익숙해진 환경이 가장 마음이 편하기 때문이라며 껄껄 웃었다.

그 당시 30대 젊은 청년이었던 나를 그분이 끝까지 친절하고도 자상하게 환대해 준 사실에 놀라지 않을 수 없었다. 이런저런 흥미로운 얘기를 듣다가 왜 한국에 대해서 그렇게 관심이 많았는지 그에게 여쭸다. 그동안 일본이 한국에 대해서 잘못한 것이 많아서 자신이라도 한국 발전에 조금이라도 도움을 줘야겠다는 마음을 가지고 있었노라고 했다. 고령의 나이임에도 엘리베이터 버튼까지도 손수 눌러주며 헤어지는 순간까지 자상하게 대해 준 기억이 지금도 생생하게 남아있다….

한국에서는 이 소설이 세지마를 전쟁범죄자로 미화한다고 평가절하하는 사람들도 있고 개발독재에 대한 불편함도 있다. 하지만 일본은 2차 세계대전 패전 이후 고도 성장기를 구가하고 있었다. 우리가 일본을 롤모델로 해서 경제개발을 진행하던 때였다. 그렇기에 도쿠가와 이에야쓰德川家康 일대기를 다룬 『대망大望』과 함께 우리나라의 재벌 총수, 정치인, 고위 관료들이 그런 유의 소설을 애독했다. 그 당시 "성공한 사람들의 서가에는 『대망』과 『불모지대』가 꼽혀있다."는 말이 나올 정도로 그들의 야망과 불굴의 정신을 배우려는 분위기였다.

실제로 세지마는 만주군관학교 출신인 박대통령의 상사였다. 그 인연으로 정부의 고문으로 포항제철, 조선소 건설 같은 기간산업을 일으키는데 막후 역할을 주로 했다. 우리나라가 수출 주도성장 정책을 자문하고 수출을 늘리기 위해서는 종합상사를 만들어야 한다는 제안도 그가 한 것으로 알려져 있다. 이후 정부에서도 서울지하철 및 올림픽 유치에 대하여 한국의 대통령들에게 조언할 만큼 그는 한·일 현대사에서 중요한 인물이기도 했다.

불모지대不毛地帶는 지나친 개발정책으로 사막이 되거나, 생태계의 파괴 및 여러 이유로 식물이 더 이상 아무것도 자라지 못하는 황무지를 의미한다. 한국전쟁 폐허 속에서 불모지대와 다름없던 대한민국이 이 정도 발전하는데 일본인 세지마가 우리의 산업화와 경제발전에 기여한 셈이다. 수출주도 경제정책, 포항제철, 고속도로, 지하철 건설을 위시한 여러 산업 시설이 일본인들의 기술 지원이나 도움으로 가능했던 사실을 부인할 수 없다.

우리나라는 해외원조를 받던 나라에서 원조하는 나라로 발돋움했고 황무지에서 어느덧 선진국 문턱의 위치까지 올라 있다. 이제 우리도 어려울 때 도움 받았던 보답으로 우리보다 열악한 국가에게 연민의 마음으로 도와주려는 노력이 필요한 시점이다. 그런 의미에서 작은 일이지만 미얀마에 청소년 사업을 시작해 희망의 불씨를 지피고 있는 것에 나름 보람을 느낀다.

살아서 치르는 장례식

평소 '살아서 하는 생전장례식'에 대해 관심이 많아 책을 한권 써 볼까하고 자료를 모으던 중이었다. 코로나19가 맹위를 떨치며 우리를 불안하게 했던 2022년 봄 인간개발연구원 고 장만기 회장 따님으로부터 이런 전화를 받았다.

"가 원장님, 계획하고 있는 일 정말 잘 하시는 거예요. 출판 기념회를 살아서 하는 한국형 장례식 문화로 꼭 만드셔요!"

3년 전 장만기 회장의 출판 기념회를 할 때만 해도 본인 역시 부친의 출판 기념회를 극구 반대하며 말렸다고 한다. 하지만 부친이 살아계실 때 출간기념회를 하지 않았더라면 엄청 후회할 뻔했다는 이야기였다. 그 당시 출판 기념회에 700여 명이 왔는데 친지는 물론 전국 각지에서 온 인사들을 장 회장이 모두 만났다. 살아서 건강할 때 마지막 잔치를 멋지게 한 셈이다. 6개월 후 장

회장님은 갑자기 뇌졸증으로 병원에 계시다 돌아가셨다. 코로나로 인해 문상은커녕 가족장으로 치를 수밖에 없었으니 생전에 출판 기념회를 한 게 의미가 컸다.

천상병 시인이 말한 것처럼 삶이란 잠시 '소풍 다녀오는 과정'인지도 모른다. 그런데도 우리들은 죽음에 대해 말하기를 꺼린다. 타인이나 가족의 죽음을 언급하는 것을 금기시하기 때문에 죽음의 사전준비도 미흡하다. 코로나가 끝나더라도 예전처럼 많은 사람들이 빈소나 장례식에 가던 장례문화에 변화가 올 것이다. 그 변화의 하나가 살아서 하는 '생전장례식'이다.

최근 일본에서는 세상을 떠나기 전에 지인들에게 감사를 표하는 이별 행사가 명사들 사이에서 번지고 있다. 프로레슬러로 유명했던 안토니오 이노키는 75세 되던 그 해 10월 쓰모 경기장으로 잘 알려진 료고쿠 국기관에서 세상과 이별 파티를 했다. 아직 건강할 때 그간 삶에 힘이 되어준 분들에게 감사를 표하고 싶다며 생전 장례식을 멋지게 치러 장안의 화제가 되었다.

일찍이 초고령 사회에 접어든 일본에서는 2010년대에 들어서면서 인생을 알차게 마무리하는 활동 이른바 '종활終活'이 활발해졌다. 사전 죽음을 준비하는 현상은 이미 산업화되어 그 시장 규모도 연간 1조 엔 이상 된다고 한다. 유언장 작성, 연명치료 여부, 장례 절차, 입관 체험, 자산 정리, 생전 장례식 등을 도와주는 전문회사나 변호사도 많다. 종활 박람회도 종종 열린다. 예쁘게 만든 묘지를 친구들墓友과 견학도 다녀오고, 유골을 뿌리는 체험을 하면서 온천까지 즐기고 돌아오는 여행도 있다. 그들은 우리와 달리 죽음에 대해 능동적 자세로 대응하고 있다.

방식은 다르지만 서구에서도 살아서 하는 장례식Free funeral이 이제 흔한 일이 되고 있다. 세계적인 회계법인의 CEO 유진 오켈리는 2005년 석 달 밖에 살지 못한다는 의사의 선고를 받았다. 그의 나이 53세에 불과했다. 그는 마지막 100일을 의미 있게 계획했다. 사랑하는 사람, 보고 싶은 이들의 명단을 작성해 그와 추억이 있는 장소에서 식사를 하거나, 전화로 마지막 인사도 나누었다. 가진 재산도 암치료 재단에 기부하고 정리했다. 이 모든 과정을 꼼꼼히 글로 남겼다. 이렇게 해서 나온 책이 2006년 발간된 『인생이 내게 준 선물』이다. 그의 '임종 매뉴얼'인 셈이었다.

살아서 하는 '생전 장례식'이 우리나라에서도 벌써 시작되었다. 생전 장례식을 연 서길수 전 서경대 교수는 2009년 정년퇴직 후 강원도 산사에 들어가 3년간 죽음 공부를 했다. 그는 '죽음이란 익은 과일이 떨어지는 것'이라며 "제 장례식에 초대합니다."라는 문구의 이색 부고訃告를 보냈다. 제목이 '살아서 하는 장례식과 출판 기념회'였다. 멀쩡히 산 사람을 장사 지낸다고? 고인故人도 없고, 통곡도 없는 초상집에 초대받은 셈이다. 모시는 글은 이랬다.

"죽은 뒤 찾아오는 사람들이 무슨 의미가 있는가? 내가 살아서 조문 온 사람들을 직접 만나보고 맛있는 것 먹으며 가는 게 좋겠다. 그래서 장례식을 살아서 하기로 했습니다."

내과의사 출신의 캐나다 교포 이재락 박사는 당시 83세였다. 담낭암 말기 판정을 받은 그는 느닷없이 캐나다 토론토의 《한국일보》에 공개편지를 보냈다. 제목은 '나의 장례식'이었다. "죽어서 장례는 아무 의미가 없다, 살아서 더운 밥 같이 나누자."

나는 '디지털책쓰기코칭협회'를 만들어 30여 명의 작가, 10여 개 출판사와 함께 시니어들의 꿈 중의 하나인 책 쓰기를 도와주는 일을 하고 있다. 이미 2년여 동안 30여 분의 책을 내 드렸다. 그분들이 책을 받아 들고 한없이 좋아하는 모습에 나도 덩달아 행복감을 느낀다. 그렇다면 우리도 출간을 기념하는 자리를 '한국형韓國型 사전 장례식' 개념으로 살아생전 기억에 남을 멋진 축제의 장으로 치른다면 어떨까 하는 생각을 해왔다.

외국과는 달리 한국의 장례는 살아있는 사람들의 사교의 장이자 사회적 위치와 존재감을 확인하는 공간이다. 죽어서도 계급이나 지위가 중요한 신분사회라는 것을 민낯으로 볼 수 있는 곳이 빈소나 장례식장이다. 망자 입장에서 보면 아무리 성대한 장례식이라 해도 얼마나 많은 사람이 왔는지, 찾아온 사람들이 얼마나 애도하는지도 알 길이 없다. 정말 보고 싶고 사랑했던 사람이 찾아온다 해도 관 속에서 벌떡 일어나 반갑게 맞이할 수도 없는 노릇 아닌가.

사전 장례식의 방법은 이렇다. 우선 자서전이나 평소 자신이 쓰고 싶은 분야의 책을 한 권 쓰는 일이다. 요즘은 컴맹盲이나 폰맹盲인 시니어라도 누구나 책을 쓸 수 있다. AI의 기능을 가진 스마트폰 앱으로 말만해도 글이 되고, 찍기만 해도 문서가 되기 때문이다. 혹시 책을 쓰는 과정에서 갑자기 말기 암 판정 같은 급박한 경우가 발생하면 '영상 자서전'이나 '사진전' 같은 방식도 권할 만하다.

누구나 갖길 원하는 소중한 책을 써서 출판 기념회를 갖는 것은 가슴 벅찬 일이다. 특히 출간 기념회는 팔순이나 미수米壽 등을 기념으로 준비하면 더욱 뜻깊을 것이다. 이때 보고 싶은 사람, 사랑하는 사람, 지인 그리고 해외에 나가 있는 손자 손녀들도 모두 불러보자. 형식이나 장소에 구애받지 말고 내가 원하는 방식으로 마지막 축제이자 판타스틱한 세리머니를 하는 것이다. 요즘 국내에서도 바람이 불고 있는 웰다잉Well dying의 한 방편이기도 하다.

그 대신 장례식은 조촐하게 가족장으로 치른다. 행사 장면을 촬영하여 QR코드로 책 속에 넣어도 되고, 돌아가신 후에는 그것을 묘비석이나 유골함에 붙이면 고인의 생전 모습을 생생하게 볼 수도 있다. 인생은 살아있는 것 자체가 축제다. 돈 자랑해 봤자 자신이 쓴 영수증만 내 것일 뿐, 죽고 나면 모든 게 내 것이 아니다.

'자신의 죽음을 기억하라' 또는 '네가 죽을 것을 기억하라'를 뜻하는 라틴어 메멘토 모리Memento mori를 코로나19 바이러스를 통해 새롭게 깨닫게 되었다. 자신이 살아온 여정을 책으로 내어 뜻 깊은 출판 기념회가 한국형 사전 장례식으로 자리잡게 될 날을 기대해본다. 그로 인해 우리나라 장례문화가 큰 변화를 맞을 것이다. 또한 '1인 1책 쓰기 〈새 마음 운동〉'으로 번져 사회적 기여도 할 수 있으니 일거양득이 아니겠나?

셈본에서 배우는 인생 지혜

요즘 모임에 가면 우스개 소리로 말하는 바보 시리즈가 많다. 시니어들이 많이 모이는 모임에서 '신종 3대 바보'가 화제로 오르내린다. 첫 번째 바보는 출가한 아들딸들이 주말에 놀러간다며 맡긴 손자, 손녀를 돌봐 주느라 스케줄 바꾸는 할아버지, 할머니다. 두 번째 바보는 갑자기 자신이 죽었을 때 상속세 많이 나올 것을 걱정해 미리 재산을 자식들한테 물려주고 용돈 받아 생활하는 부모요, 세 번째 바보는 결혼한 아들딸들이 놀러와서 하루 저녁이라도 편히 잘 수 있도록 집을 늘려 이사가는 부모들이라고 한다.

요즘 며느리들은 명절 때나 마지못해 시댁에 왔다가 어떻게 하면 빨리 빠져나갈까 궁리하는 편이 아니던가. 그들이 자고 갈 것이라고 착각해서 세금 더 내며 관리하기 힘든 큰 집에 사는 바보

가 되어서는 안 된다는 이야기다. 여하튼 자식과 부모라는 관계
방정식이 예전과는 많이 달라졌다.

우스갯소리는 언뜻 듣고 웃고 지나치거나 나와는 상관이 없는
것처럼 들린다. 그러나 신종 3대 바보이야기는 그렇지 않다. 100
세 고령화, 저출산 시대에 접어들어 주위에서 일어나고 있는 현
실을 풍자한 이야기로만 지나칠 수 없는 바로 내 자신의 이야기
일 수도 있기 때문이다.

우리나라도 21세기로 접어들면서 고령화 저출산의 사회문제
는 앞으로 재앙Aging quake으로까지 다가올 수도 있다. 통계청에
의하면 65세 넘은 고령화 비율은 세계에서 가장 빠른 속도로 매
년 증가하여 2025년에는 노인인구가 20%를 넘어서는 초고령
사회가 될 것으로 전망했다. 대중교통의 경로석이 '어린이 우대
석'으로 바뀔 날도 머지않아 보인다.

과거 우리 부모들은 별다른 준비 없이 노년을 맞더라도 자식들
에게 기대어 살아도 큰 문제가 없었다. 지금은 상황이 달라졌다.
아무 준비 없이 노년을 맞기에는 너무 수명이 길어졌고 여러 환
경이 많이 달라졌다. 1960년대 52세였던 평균수명이 이제 80세
를 넘겼고, 90세를 내다보는 100세 시대다.

과거에는 더블 30, 즉 부모 밑에서 30년, 자신의 30년 인생을
살았지만 이제는 트리플 30으로 바뀌었다. 퇴직 후 기나긴 30년
이 더 기다리고 있다. 아무 준비 없이 퇴직하여 '무노동 무임금'
으로 마지막 30년을 보낸다는 것은 이제 본인에게는 악몽의 30

년이 될 수밖에 없고, 자식들에게는 물론 사회적으로도 감당하기 힘든 짐이다.

『은퇴 후 30년을 준비하라』라는 저서로 유명하고 노후 준비 강의로 일약 스타 강사로 떠오른 오종남 박사는 초등학교 교과서에서 교훈을 얻어야 한다며 이렇게 말한다.

"국어에 나오는 주제 파악을 제대로 하고, 산수에서 나오는 분수分手를 아는 것이 중요하다. 이러한 주제파악이나 분수를 아는 것은 나이가 들어서 해야 할 일이 아니라 젊어서 시작하는 것이 제일 좋겠지만 이제라도 빠르면 빠를수록 좋다."

그렇다면 어떻게 해야 트리플 30년을 잘 준비하며 행복에 이를 것인가. 고령화와 저출산 시대를 살아가는 지혜를 어릴적 배웠던 셈본에서 찾으면 어떨까 생각한다. 셈본에는 뺄셈, 덧셈, 나눗셈 그리고 곱셈이 있다.

첫 번째로 제일 먼저 해야 할 일은 뺄셈이다. 그 중에서도 가장 중요한 것이 어깨의 힘을 빼는 일이다. 과거의 화려한 경력이나 계급이 높을수록 힘을 빼기 어렵다. '과거의 덫'에서 벗어나는 뺄셈을 통해 욕심도 줄이고, 출세나 명예욕도 줄이지 않으면 안 된다. 더구나 건강을 위해서는 소식하고, 운동을 통해 체중도 줄이며 담배는 끊고 음주습관도 바꾸어야 한다. 돈이나 명예를 잃으면 일부나 반을 잃지만 건강을 잃으면 전부를 잃는 셈이다.

둘째로는 덧셈을 잘 해야 한다. 덧셈은 지속적으로 어떤 일이든 계속하거나 새로운 것에 도전해야 한다는 의미다. 퇴직 후에도 일을 계속 할 수 있다는 것은 축복이다. 일을 통해서 많은 사람들과의 만남이 이루어지고, 활기도 얻어 즐겁게 시간도 보낼 수 있다. 거기에 수입까지 생긴다면 금상첨화다.

이를 위해서 자신에게 투자를 해야만 한다. 퇴직 후에도 자신이 전문적으로 할 수 있는 일이나, 자신이 좋아하는 분야에 대한 공부나 노력이 전제가 되어야만 한다. 평생학교에 다니며 요즘 유행하는 페이스북이나 트위터, 카카오톡 같은 SNS나 스마트폰 사용도 뒤지지 말아야 한다. 과거의 경력이나 경험은 분명 유통기한이 있다. 지금은 3060 시대. 30대는 60년 일할 준비를 하고, 60대도 30년 더 일하며 이를 미리 준비하지 않으면 안 되는 시대다.

다음은 나눗셈을 잘해야 한다. 나눗셈은 베풀고 나누는 마음이다. 베푼다고 해서 금전적 지원에만 국한할 필요가 없다. 봉사활동이나 의미 있는 사회활동을 통해서도 얼마든지 가능하다. 나는 대기업의 노하우를 중소기업에 전하는 일을 사명으로 하고 글도 쓰며 관련 책도 내고, 현장 컨설팅과 교육에 심혈을 기울여왔다. 이제부터는 보다 의미 있고 보람 있는 봉사활동에 적극 나서고 있다. 젊었을 때는 목적을 위해 열심히 뛰었지만 나이가 들어서는 의미 있는 일을 하는 것이 바람직하지 않을까 싶다.

마지막으로 곱셈이 제일 중요하다. 여기서 곱셈이란 앞의 숫자가 아무리 커도 영을 곱하면 값이 영으로 나온다. 그러나 2를 곱하면 두 배, 3을 곱하면 세배의 효과가 난다. 즉, 열정이나 도전

정신 같은 것들은 노력 여하에 따라 그 값이 얼마든지 커질 수 있다. 반대로 이러한 의식을 수반하지 않는다면 아무리 좋은 계획이라도 실천에 이르지 못하며, 그 값은 그대로이거나 줄어든다.

내가 아는 한 분은 실제 나이에 70%를 곱한 나이에 맞게 살아가고 있다. 80대에 들어섰지만 마음과 행동을 50대처럼 하고 열정적인 삶을 살며 일 년에 대여섯 권 정도의 책을 쓰고, 강의도 하며, 복장도 늘 스티브 잡스와 같이 청바지에 티셔츠를 입고 운동화 차림으로 다닌다. 과거의 그가 아닌 그가 원하는 새로운 모습으로 삶을 만들어가고 있다.

『아비투스habitus』의 저자 도리스 메르틴은 '원하는 모습의 나'로 사는 방법에 대해 평생 쌓아온 지식과 인맥까지 자본으로 활용하여 삶을 사는 태도를 바꾸면 된다고 주장한다. 아비투스는 프랑스 철학자 부르디외가 처음 제시한 개념으로 사회문화적 환경에 의해 결정되는 제2의 본성, 즉 타인과 나를 구별 짓는 취향, 습관, 아우라를 일컫는다. 저자는 노력 여하에 따라 얼마든지 성공과 부를 거머쥘 아비투스를 가질 수 있다고 말한다.

갈수록 경제수명은 짧아지고 평균수명이 늘면서 노후에 대한 불안감이 더욱 커지고 있다. 이런 때에 나이를 초월하여 트리플 30년을 젊게 살려면 먼저 셈본 인생을 기반으로 열정을 가져야만 한다. 열정 인생엔 나이가 없다.

도쿄에서의 서류분실 사건

88 서울올림픽이 열리던 봄 일본에 출장 갈 일이 생겼다. 정해진 일정을 마친 뒤 귀국 전 동경에 있는 일본 본사에 인사차 잠깐 들렀다. 마침 햇병아리 사원일 때 과장으로 모셨던 분이 일본본사 관리 분야를 총괄하는 부장으로 근무하고 있었다. 그분은 늘 바쁜 자리인지라 간단한 인사만 하려했는데 모처럼 시내에서 점심 식사를 하자고 했다. 그 자리에서 밀봉된 서류봉투 하나를 내게 내밀며 이렇게 말했다.

"이 서류는 아주 중요한 문서야! 그래서 자네에게 특별히 부탁하는 거니 서울에 도착하자마자 본사 관리부장에게 직접 전달해 주시게."

"네, 잘 알겠습니다. 틀림없이 잘 전달하겠습니다."라고 하고 택시를 잡아 도심공항 터미널로 향했다. 아뿔싸! 이게 웬일인가.

그 중요하다는 서류를 그만 택시에 뒷좌석에 놓은 채 짐 가방 두 개만 달랑 들고 내렸다. 택시 문을 닫고 발걸음을 떼려는 순간 그 때서야 놓고 내린 서류봉투가 생각났다.

평소에는 택시 영수증을 꼭 챙겼는데 그날따라 영수증조차 받지 않아 이미 시야에서 사라진 택시 기사와 연락할 길이 없었다. 하늘이 갑자기 노래졌다. 넋 잃은 사람처럼 한참 멍하고 서 있었다. 서울행 마지막 비행기인데다 탑승 3시간 전이라 나리타 공항까지 두 시간이 걸리니 여유시간이 전혀 없었다. 큰일이었다. 그렇다고 잃어버린 서류를 찾겠다고 본사에 출장 연기신청을 할 수도 없는 노릇이었다.

그나마 일본 주재원으로 4년간 근무한 경력이 있어 일본 말이 어느 정도 가능했던 것이 불행 중 다행이었다. 황급히 동경 공항 터미널 내에 있는 분실물 센터로 향했다. 창피하기도하고 당황하다 보니 평소에 잘 하던 일본말도 제대로 발음이 되지 않아 더듬거리기까지 했다. 자초지종을 말하고 분실물 신고서에 회사 주소를 남기고 부랴부랴 서둘러 나리타공항에서 가까스로 탑승했다.

한국행 비행기 안에서 별별 생각이 다 들었다. 그야말로 대본 없는 소설쓰기가 시작되었다. 전해 받은 밀봉된 서류봉투가 기밀 서류임이 틀림없는 것 같았다. 봉투 안에 중요한 서류가 과연 무엇이었을까. 본사와 일본 지사 간 금전이나 인사문제 같은 아주 민감한 서류는 아닐까. 게다가 만일 세무관련 서류라면 일본 국세청 손에 들어가 국제적 문제로 번지는 건 아닐까?

온갖 걱정과 초초함이 쓰나미처럼 몰려왔고 식은땀이 등허리에 흠뻑 배어 났다. 별의별 걱정을 하다가 어느새 김포공항에 도착했다. 내일 회사에 출근하여 어떻게 대응을 해야 할지 밤잠을 설치며 궁리해보았지만 뾰족한 수가 없었다. 출근하자마자 부장님이 잃어버린 그 서류를 찾는다면 무슨 말로 이 궁지에서 벗어나야 할지 눈앞이 캄캄했다. 아침 출근길 발걸음이 천근만근 무거웠다.

　부장께 잘 다녀왔다는 인사를 해도 서류 이야기는 꺼내지 않았다. 일단 안도는 했지만 한 시라도 당장 내게 다가와 그 서류를 찾을까 봐 전전긍긍했고 일이 손에 잡히지 않았다. 그날은 도저히 용기가 나지 않아 서류를 분실했다는 말도 못한 채 퇴근했다. 그 다음 날에는 출근하자마자 이실직고를 해야겠다고 마음먹었지만 도저히 입이 떨어지지 않았다. 이미 동경 관리부장이 우리 부장님한테 나를 통해 서류를 보냈다는 소식을 들었겠지만 깜박 잊고 있는 게 아닐까 하는 착각 속에서 또 하루가 흘렀다. 시간이 지날수록 점점 더 용기가 나지않아 그 주 목요일까지도 그 사실을 부장님한테 보고하지 못했다.

　그렇다고 다음 주까지 미룰 수는 없었다. 드디어 금요일이 되었다. 오늘은 어쩔 수 없이 창피함과 체면 따위 다 버리고 실토하기로 마음먹었다. 사무실에 출근하니 부장님이 신문을 보다가 그날따라 먼저 반갑게 아침 인사를 내게 건넸다.

　손가방을 내려놓고 용기를 내어 이때다 싶어 보고를 하려고 막

돌아서려는 순간 책상 위에 웬 DHL 국제소포가 눈에 확 들어왔다. 혹시나 하는 생각으로 자세히 보니 발신지가 일본 동경이었다. 아니, 내가 잃어버렸던 그 서류가 국제소포로 턱하니 내 책상 위에 놓인 게 아닌가!

실로 믿기지 않았다. 사실 나는 서류 찾기를 거의 포기한 상태였다. 혹시 몰라 일본의 분실물 센터에 가서 수신지인 서울 주소 하나만 달랑 남겨놓았던 게 전부였다. 그런데 일주일도 안 걸려 서류가 돌아오다니 놀라지 않을 수 없었다. 나는 시치미를 뚝 떼고 부장님께 서류를 전하며 이렇게 말했다.

"아, 참. 동경에서 가져온 서류를 드린다는 게 그간 깜빡했네요. 죄송합니다, 부장님."

다행인지 행운인지 그때까지 동경의 관리부장이 우리 부장님한테 전화를 하지 않았던 모양이었다. 지옥과 천당을 수차례 오간 기분이었다. 몇 날 며칠 밤잠을 설치고 악몽을 꾸기도 했다. 일주일 사이에 체중이 몇 키로나 줄어든 느낌이었다. 그 서류 사건은 나에게 일생일대 최고의 긴장과 초조함을 갖게 했고 트라우마로 남아 30년이 지난 지금도 악몽의 단골 메뉴이기도 하다. 비슷하게 벌어지는 악몽에서 시달리다 놀라 깨보면 등에 식은땀이 흥건히 젖어 있다.

일본 사람들은 어릴 적부터 남한테 피해 주지 않도록 교육에 심혈을 기울인다. 한 예로 지하철에서 엄마가 어린 아들이 남의 발등을 밟고도 미안하다는 말을 전하지 않았다고 지하철에서 내

리자마자 자신이 가지고 있던 잣대로 아들의 정강이를 때리는 장면이 신문에 나기도 했다. 일본에서 살 때 겪었던 일화도 있다. 같은 아파트에 살던 일본 아이들은 친구와 놀다 집으로 돌아갈 때 가지고 놀았던 장난감을 가지런히 정리한 뒤 공손히 인사를 하고 집으로 향했다.

이런 습관이나 행동은 거저 되는 게 아니다. 일본 부모들은 아이가 어릴 적부터 '남에게 피해를 주지 말라'는 말인 '메이와꾸오 가께나이めいわくをかけない'를 입에 달고 산다. 남한테 피해 준 아이에게 부모는 곧바로 이 말로 훈육한다. 그렇게 남을 배려하는 정직한 국민성 덕분에 외국인인 나한테도 분실했던 서류가 무사히 돌아오는 행운이 있었다고 생각한다. 선진국이란 소득수준이나 경제발전만으로 되는 것은 아닌것 같다.

환갑에 도전한 싱글패

내가 골프를 시작한 때가 일본주재원 시절이니 어느덧 40년이 되었다. 일본에서 4년 동안 골프를 쳐 초보자치고는 좀 친다는 말도 가끔 들었는데 100타를 깨지 못한 채 귀국했다. 그만큼 그들은 정직하게 스코어를 따지고 타수를 적당히 봐주는 일은 거의 없다.

일례로 일본 사람들은 영어 컴페티션Competition을 '꼼페'라 해서 회사나 단체에서 골프행사를 자주한다. 거래처에서 초청받아 삼십여 명이 넘는 멤버들과 경기를 했다. 103타라면 한국에서는 맨 꼴찌에 해당될 처지였는데 졸지에 준우승 트로피를 받은 적이 있다. 한국에서는 보기 힘든 장면이었다. 골프는 각 나라 국민성이 상당히 반영되는 운동인 것 같다.

국내에서 처음 라운딩한 것은 의정부에 있는 로얄CC였다. 멋진 골프장이었다. 골프장을 아름답게 꾸민 점은 일본과 상당히 유사했다. 일본에서 4년 동안 100타를 깨보지 못한 왕초보 실력으로 한국에 와서 처음 라운딩하는 것이라 100타 이내로 친다는 것은 불가능한 일이라 생각했다. 그런데 웬일인가. 라운딩이 끝나자 87타를 쳤다고 캐디가 예쁜 손 글씨로 쓴 스코어 카드를 건네주었다. 족히 20타 정도는 캐디가 쳐준 셈이었다. 첫 홀은 물론 마지막 홀도 '올파'로 적었을 뿐만 아니라 오비가 나면 멀리건을 몇 차례나 주었다. 게다가 캐디 말이 걸작이다. "초등학교 때 제대로 공부를 못해 3 이상의 숫자를 모른다."며 트리플 보기 이상은 아예 적지도 않았다.

"골프 매너나 에티켓이 나쁜 사람은 생활이나 사업에서도 믿을 수 없다." 이건희 회장이 남긴 골프 명언이다. 이 회장은 '골프광'이라 불릴 만큼 생전에 골프에 대한 사랑이 각별했다. 그는 아버지인 이병철 선대 회장의 추천으로 골프를 시작했다. 1953년 사대 부속 초등학교 5학년 때 유학길에 오르는 아들에게 "골프를 통해 세상의 이치를 배우게 된다."고 설명했다.

이후 일본 와세다대학교 상학부 유학시절에 선수생활을 했을 만큼 상당한 기량을 갖췄다. 그의 스승은 일본 프로골퍼의 원조 고바리 씨였다. 국내로 돌아와서는 코리안투어 전설인 연덕춘과 한장상에게 레슨을 받았다. 첫 싱글은 1960년 후반에 기록했다고 한다. 골프에 미쳐 있을 때 잠시는 싱글 핸디캡을 기록할 수 있지만 그 수준을 항시 유지하기 위해서는 꾸준한 연습과 실전을 병행할 수밖에 없다. 이러한 열정과 근면함이 있는 사람은 사회에서 주어진 임무와 역할 또한 훌륭히 소화해 낼 역량이 있다고 봐도 무방하다.

이 회장은 평소 골프 에티켓이 나쁜 사람은 생활이나 사업에서도 마찬가지이므로 멀리 해야 한다며 골프와 인생은 물론 회사 경영과도 자주 비교했다. 임직원들에게도 골프를 적극 권유했다. 당시에는 젊은 사람들이 골프 치는 것을 사치라 여겨 직장은 물론 집에서도 눈치를 봐야 할 때였다. 하지만 이 회장이 골프 예찬론자인 덕분에 일본에서 돌아온 후 과장 시절에도 계속 골프를 칠 수 있었다.

나는 골프를 즐겨하진 않았지만 임원이 되면서 더 많은 기회가 주어졌고 퇴임 후에도 OB 모임에 골프가 거의 연례행사로 들어있어서 자주 쳤다. 문제는 30년 가까이 골프를 쳤는데 홀인원이야 하늘이 내려주는 거라니 어쩔 수 없지만 싱글패가 없는 것이 한이 되었다.

2012년 환갑이 된 나이에 싱글패에 도전하기로 마음먹었다. 지금 못해보면 영원히 싱글을 해보지 못하고 골프를 마감해야 할지도 모르기 때문이었다. 아내에게 이야기하니 '어림도 없는 소리'라며 시큰둥했고, 제정신이 아닌 사람으로 여길 정도로 주위에서도 그 말을 믿지 않았다. 나는 그동안 정식으로 레슨을 받아본 일이 없었다. 동네 지하에 있는 연습장으로 처음 레슨을 받으러 갔다. 골프 연습장 사장에게 싱글에 도전하러 왔다고 했더니 못 믿겠다는 표정을 지으며 공을 몇 개 쳐보라고 했다. 그가 곁에서 허허 웃으며 하는 말이 "엉성한 폼에다 스윙 등 다 엉터리지만 임팩트 하나는 봐줄 만하니 불가능하지는 않다."며 몇 가지 방법을 알려줬다. 기본적으로 싱글이 되려면 지금 상태에서는 10타 이상을 줄여야만 했다. 그러려면 스윙 폼 한두 가지만 바꾸어서는 안 되고 사장이 이야기하는 세 가지를 동시에 시도해 봐야 가능하니 한 번 도전해 보라고 권했다.

첫째가 싱글을 치려면 거리를 지금보다 15m 이상 늘려야 한다고 했다. 두 번째는 30년 굳어진 폼을 이제 와서 바꾸기는 어려울 테니 기술을 배워 정확성을 높이고, 세 번째는 연습량을 두서너 배 늘려 보라고 코치해 줬다. 그 코치가 시키는 대로 체육관에 가서 먼저 근육운동부터 시작했다. 그리고 기술을 연마하기 위해 바로 등록하고 일주일에 두 번 이상 연습장에 나갔다.

6개월쯤 지나 대학후배 중에 골프장에만 나가면 반 이상을 싱글 치는 후배와 같이 가게 되었다. 첫 홀부터 티샷이 장타인 그 친구와 거의 비슷하게 거리가 나갔고, 볼도 반듯하게 나갔다. 퍼팅도 그날 따라 마음먹은 대로 홀에 쏙쏙 들어갔다. 특히 취약했던 어프로치 연습 효과도 기막히게 잘 먹혔다. 17홀까지 생각지도 못한 버디를 3개나 기록했다. 나름 열심히 연습한 효과였다. 마지막 18홀에 다다랐다. 싱글 조건인 79타 안으로 쳐야 했기 때문에 이 홀에서 더블보기 이상으로 빗나가면 도로아미타불이 되는 순간이었다.

욕심이 은근히 났다. 나도 모르게 어깨에 힘이 잔뜩 들어가 드라이버로 친 볼이 산속으로 날아가 버렸다. 아뿔사 하늘이 도왔는지 그 공은 나무를 맞고 데굴데굴 굴러 페어웨이 근처까지 내려와 오비를 간신히 면했다. 남은 거리가 170m 정도였다. 내 골프채 중 유일한 비밀병기인 롱 아이언 3번을 빼 들었다. '모가 아니면 도다' 싶어서 힘껏 휘둘렀다. 아이언 3번 치기는 쉬운 일이 아닌데 그 날은 신이 들린 듯 귀신같이 그린으로 올라갔다. 드디어 마지막 홀을 보기로 막아서 78타를 쳤다.

환갑의 나이에 무모하게 도전한 결과였다. 물론 후배가 나의 애처로운 도전을 돕기 위해 소위 접대 골프를 해준지도 모를 일이다. 그후 내가 초청한 라운딩에서 큼지막하게 만든 싱글패를 동반자들이 내게 전해주었다. 그 후에도 우연히 그해에 두 번 더 싱글을 기록했다. 목표로 했던 싱글패를 받은 이후부터는 더 이상 타수에 연연하지 않고 즐기는 골프로 바꾸기로 했다.

세상 일은 마음먹기에 달렸는가 보다. 나는 연말이면 습관을 바꾸기 위해 다음해에 꼭 해야 할 일과 그만두어야 할 세 가지를 적는 '습관과의 고스톱판'을 짜곤 한다. 2012년에 '싱글패 받기'로 적어 놓고 수시로 보며 도전한 결과 싱글패를 받은 쾌거가 아닌가 생각한다. 그러고 보니 "자식과 마누라 빼고 다 바꿔라."는 이건희 회장 말은 내 골프 싱글패 도전에서도 유효했다. 그 싱글패 도전 경험은 내 삶에 카타르시스를 느끼게 해주었다.

일식집 가게의 사훈

염천교는 일제 때에 만들어진 서울역 북쪽에 있는 돌다리다. 가난과 낙후성에서 벗어나고자 개발이 시작되었던 1960~70년 대 무작정 상경한 청소년들과 빈민들의 애환이 서린 곳이기도 하다. 몇 해 전만 해도 양 길가에는 고풍을 자아내는 철물점과 구두 점 그리고 공구상가들이 나란히 있었다. 아쉽게도 지금은 다 철거되고 큰 빌딩들이 줄줄이 들어서 옛 모습은 거의 찾아보기 힘들 정도로 변했다.

남대문에서 그리 멀지 않은 한 빌딩 지하에 '진야眞夜'라는 일식 당이 있다. 그 식당은 일본 사람이 직접 운영하기 때문에 순수한 일본 음식 맛집으로 유명하다. 내부 분위기뿐 아니라 영업 방식도 일본식이라 일본 사람들이 많이 이용하기도 한다.

나는 사십여 년 전 일본에서 가족들과 같이 주재원으로 살아가끔 일본 고유의 맛인 구수한 일본 된장미소라면을 먹기 위해 지인들과 종종 이 가게를 들리곤 했다. 이 가게에 들어서면 카운터 뒤에 일합일회一合一會라는 글귀가 적힌 액자 하나가 걸려 있다. 이 글은 가게의 사훈인 동시에 모든 종업원이 지켜야 할 덕목이자 행동지침이었다.

'일합일회'는 일본어로는 '이찌고 이찌에いちごいちえ의 한자말이다. 원래 뜻은 '한 번 만남은 영원하다'는 의미로 우리나라에서는 일기일회一期一會로 쓴다. '옷깃만 스쳐도 인연'이라는 말과 거의 같은 의미다.

일본에서는 다도茶道 명인 센노리큐千利休가 남긴 유명한 말로 '한 번밖에 만날 수 없다는 마음으로 후회 없도록 접대하라'는 뜻이다. 지금도 다도에서는 최고의 예절이자 마음가짐으로 전해 내려오고 있다.

이 가게에서는 '한 번 오신 고객은 영원히 소중한 고객이니 정성껏 모시기 위해 최선을 다하자'라는 의미의 사훈이다. 이 가게에 들어서는 순간부터 다른 가게와는 분위기가 어딘지 모르게 다르다. 종업원의 깔끔한 일본식 유니폼이며 한결같은 미소와 상냥한 모습, 그리고 늘 깔끔하고 질서 있는 행동들이 인상적이다. 단골 일본 손님을 위해 일본어가 유창한 종업원들도 항시 몇 명이 대기하고 있다.

한 가지 중요한 사실은 어떤 회사를 가더라도 경영이념이나 사훈을 액자에 넣어 벽에 걸어 둔다는 점이다. 대부분 사훈은 허울에 불과할 뿐 경영자와 직원들이 진정으로 마음을 합해 사훈대로 행동하는 곳은 드물다. 이 가게는 사훈대로 종업원 모두가 합심하여 손님에게 먼저 다가가서 친절을 베풀고 감동시키기 위해 최선을 다한다. 영업 시작 전 점장 주도로 매일 30분씩 교육을 한다고 한다. 게다가 행동지침 매뉴얼들을 만들어 사전 점검과 동시에 철저하게 몸에 배도록 체질화하고 있다.

손님의 마시던 술이 떨어져 식탁에 붙어있는 호출용 벨을 누르는 순간 어느새 종업원은 "이거 주문하시려고 부르셨죠?" 하고 선수를 친다. 성공한 회사나 개인에게 남다른 그들만의 성공 DNA가 있듯이 음식점이나 가게도 그렇다. 늘 손님으로 북적거리는 음식점의 경우 손님이 식사 도중에 반찬이나 술이 떨어지기 전에 눈치껏 갖다 주는데 반해, 보통 수준의 가게는 필요한 것을 요구할 때야 비로소 갖다 준다. 그에 비해 장사가 안되는 가게는 대부분 그와 반대다. 불친절하며 이유가 많고 나오는 요리나 반찬도 집어 던지듯 갖다 주는 경우가 일반적이다.

어느새 30년 전 이야기다. 지금은 자동화되었지만 톨게이트에서 통행료를 받는 직원들까지도 상냥하게 인사할 정도로 우리나라의 친절서비스 수준이 높아졌다. 88 서울올림픽 이전만 해도 서비스 수준이 매우 낮았다. 내가 삼성생명에서 교육팀장을 맡고 있을 때 에버랜드나 호텔신라 이상으로 '친절 서비스'의 수준을 획기적으로 높이라는 지시가 떨어졌다. 보험회사로서는 국내 최초로 고객만족Customer Satisfaction 추진활동의 일환으로 일본 해외연수를 시작했다. 말보다 수준 높은 일본 현장에 가서 직접 보고 듣고 오라는 이건희 회장의 특별지시가 있었다.

그 해외연수자 규모가 보험설계사를 포함해 거의 천여 명에 육박했다. 우리가 일본에서 연수할 곳은 그 당시 세계 최고의 보험회사였던 일본생명은 물론 유명 백화점, 디즈니랜드, 심지어는 명품코너에 이르기까지 다양했다. 업무와 연관된 실무 연수는 위탁교육으로 일본생명 자회사인 매니지먼트사에 맡겨 위탁교육으로 진행되었다.

그 당시 연수를 총괄하던 내가 만난 사람은 그 회사의 상무였다. 업무가 끝나고 저녁 식사를 같이 하는 자리에서 꼭 들려줄 말이 있다고 했다. 부족한 일본어 실력이라 귀를 쫑긋 세우고 유심히 들어 보았더니 '일합일회—合—會' 이야기였다. 혹시나 내가 정확한 뜻을 알아듣지 못할까 봐 그는 종이와 볼펜을 꺼내 직접 쓰면서 상세한 예를 들어가며 이야기해 주었다.

요지는 고객만족에서 가장 중요한 게 고객을 대하는 마음가짐이라면서 '한 번 고객은 영원하다'라는 것을 이 네 글자로 대신해 준 것이다. 그후 나는 이러한 정신을 친절서비스 교육과정에 반영해 직원들에게 철두철미하게 교육시켰다. 그 결과 고객만족 지수가 보험업계 선두로 우뚝 섰다. 그 성과로 친절서비스의 대명사였던 에버랜드에 근접하는 기록을 세웠던 기억이 있다.

살면서 매사에 첫 만남의 순간은 아주 중요하다. 서로 만나는 접점에서의 첫 번째 만남을 서비스 용어로는 '진실한 순간

Moment of truth'이라고 부른다. 진실의 순간은 우리가 살아가는 생활 곳곳에서 만나게 된다. 가족끼리 외식을 하기 위해 동네 식당을 갔을 때도 느끼는 최초의 진실의 순간은 입구에서의 종업원의 태도를 보면 금방 알 수 있다. 다른 곳과는 달리 손님이 북적거리며 잘되는 식당의 종업원은 얼굴 표정부터 다르다. 손님에게 인사하는 허리의 높이나 태도도 다르다.

기업에서도 진실의 순간은 실로 다양하다. 차를 탔을 때, 로비에 들어설 때, 주차장에 주차할 때, 엘리베이터, 안내창구 등에서의 종업원들과 처음 만나는 순간들이 모두 여기에 해당된다. 맨 처음 고객과의 만남의 순간이 그 회사의 수준이요, 회사 이미지를 판단하는 잣대가 되기도 한다.

특히 고객서비스가 아무리 잘 갖춰 있다 하더라도 고객과 첫 대면하는 접점에 있는 한 사람의 잘못으로 고객은 부정적인 이미지를 갖고 그 회사를 전부 문제 있는 회사로 판단한다. 그 평가는 곧 그 회사 전체의 나쁜 이미지로 연결되어 버린다. 여기에서 더 무서운 것은 한 번 등 돌린 고객은 영원히 돌아오지 않을 수도 있다는 점이다.

이처럼 인생도 결국 사람과 사람의 만남이요, 첫 만남의 순간은 삶에서 아주 소중하며 그 사람의 거울과도 같다. 법정스님의 법문을 기록한 『일기일회一期一會』라는 책에서도 하루하루를 급급하게 살아가는 우리들에게 세상의 진리를 담은 삶의 이야기를 전해준다. 그는 우리가 살아가는 이 순간이 '생애 단 한 번'만 존

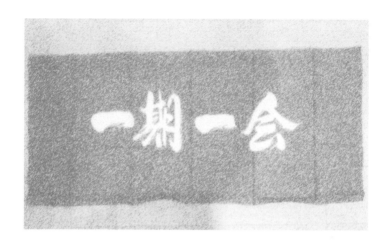

재하는 시간이고 어떤 만남이든 단 하나뿐인 소중한 인연이라
고 말한다. 그러므로 현재 살아가는 방식이 '다음의 나'를 만든
다는 것이다.

　일식당 진야의 사훈인 일합일회—合—會는 사훈은 법정스님이
이야기하시는 이 말씀과 같은 의미로 내가 살아가는 데 등불과
도 같은 소중한 글귀다.

망우리 화원의 추억

유독 찬바람이 불던 겨울날 서초동 한식집에서 부부 동반으로 송년회가 열렸다. S그룹 입사 30주년 기념행사와 송년회를 겸한 자리였다. 2백여 명의 동기생 중 그때까지 현직에 근무하는 사람은 단 두 명뿐이었다. 같이 몸담았던 조직에서 뿔뿔이 흩어졌다가 오랜만에 만났다. 그 모습들은 아주 다양했다. 그간 경험을 살려 자영업을 하는 사람, 해 오던 일과 관계없는 중소기업으로 직장을 옮겨 근무하는 사람, 그럴싸한 명함이지만 소일 삼아 친구 사무실에 드나드는 사람. 그래도 무소속이 가장 많았다.

외모상 아랫배는 불룩 튀어나오고, 머리숱이 숭숭 빠졌거나 염색은 했더라도 머릿결에는 백발이 성성하게 보였다. 앞만 보고 달려온 계급장이요 자화상들이었다. 식사를 마치고 한 사람씩 돌아가며 자기 근황을 말하는 순서가 되었다.

마지막으로 전자계열사에서 부장으로 근무하다 그만둔 친구의 차례가 왔다. 숱이 거의 없는 머리인데다 내성적인 성격에 평소 말이 없었던 이춘계라는 친구가 마이크를 잡았다. "나는 서울에서 가장 친절한 택시기사요, 참으로 행복한 사내입니다."라고 입을 열더니 5개월 전부터 영업용 택시기사로 전혀 예기치 못한 딴 세상을 살아가고 있는 이야기를 시작했다. 그 순간 동기들 사이에 "오우!" 하는 동정인지 감탄인지 모를 박수 소리가 터져 나왔다.

남들 같으면 어떻게든 운전사라는 사실을 감출 법도 한데 그친구는 자신감 있는 말투로 먼저 왜 이 어렵다는 택시운전을 시작했는지 그 이야기부터 시작했다. 그리고는 아닌 밤중에 홍두깨처럼 〈살인의 추억〉이라는 영화를 보았냐고 질문을 했다. 절반쯤은 손을 들었다. 나도 수년 전 그 영화를 본 기억을 더듬어 보았다. 화성의 연쇄살인 사건을 봉준호 감독이 영화화한 것으로 송강호가 열연을 펼쳤지만 영화가 끝난 뒤 무언가 께름칙했던 뒷맛을 지금도 지울 수가 없는 영화였다.

이 친구가 들려준 이야기는 '화원의 추억'이었다. 일 년 전에 돌아가신 장모님 산소에 한 번 가보자는 아내의 제안을 백수인 주제에 차일피일 미루었다. 평소 처갓집에 소홀히 했던 미안함도 있고 하루 꼬박 세 끼를 집에서 먹는 3식三食이요, 특별히 하는 일도 없는지라 더 이상 미룰 수 없어 같이 차를 몰고 망우리 쪽으로 향했다. 도롯가에 예쁜 관상수와 꽃을 파는 화원들이 나란히 보였다. 그 중 한 가게 앞에 와이프가 차를 갑자기 세우라고 말했다. 모처럼 같이 산소에 가는 길이니 꽃이라도 몇 송이 사들고 가자는 눈치였다.

본인은 꽃에 대해 잘 모르는지라 알아서 사겠거니 하고 가게 문앞에서 기다렸다. 와이프가 꽃을 고르면서 주인과 이야기하는 소리가 귓가에 들렸다.

"이 꽃을 어디에 가지고 가시려구요?"

"예, 저의 친정 엄마 산소에요."

"아! 그러세요? 그러면 저 문가에 서 계신 분은 친정 아버님이세요?"

순간 친구는 망치로 머리를 두들겨 맞은 듯 어안이 벙벙했다. 아니, 이 아주머니가 나이 50대 중반의 시퍼런 남편인 나보고 친정 아버님이라고 하다니!

화가 잔뜩 치밀어 당장 달려가 말조심하라며 따지고 싶은 충동을 억지로 참았다. 곰곰이 생각해 보았다. 지금의 내 모습이 그 주인 눈에만 그렇게 보이는 게 아닐 거라는 생각이 문득 들었다. 그렇지 않아도 머리숱은 어느새 다 빠지고, 아랫배도 나오고, 균형 잡힌 곳이라곤 거의 없는 꼬락서니가 한몫 했으리라. 그에 더해 그동안 반 년 이상 집에서 빈둥거리니 기도 빠지고 풀이 죽어 삶에 활기까지 잃은 상태였다. 내 몰골이 그 꽃집 주인은 물론 와이프에게도 똑같이 비춰지고 있는 것이 아닐까 하고 생각하니 오히려 자신이 부끄러워졌다.

이 충격적인 사건을 두고 그 친구는 '화원의 추억'으로 희화했다. 그는 그 충격에서 벗어나려고 무슨 일이든 일을 해야겠다는 마음을 단단히 먹고 부지런히 일자리를 찾았다. 처음엔 삼성이라는 경력과 서울대 공대 출신이라면 일자리 잡기가 쉬울 거라고 생각했다. 그러나 50대 중반이 넘은 나이에 자신 있는 일이란 고작 그동안 해왔던 컴퓨터 관련 일이 전부였다. 전자 관련회사 여기저기 이력서를 내보고, 선후배를 찾아가 알아봤지만 뾰족한 수가 보이질 않았다.

능력이 없다는 것을 깨닫게 되자 자신에 대한 상심과 한탄이 물밀듯이 밀려왔다. 고민과 궁리 끝에 이제 마지막이다 생각하고 택시회사를 찾아갔다. 사실 잘 나가던 그룹사에서 30년 근무하다가 자가용도 아닌 영업용 택시를 운전한다는 게 결코 쉽지 않은 일이었다. 더구나 해본 경험도 없고 하필이면 그 힘든 운전을 하느냐고 가족들은 펄쩍 뛰었고 친척들까지도 적극 말렸다. 그러나 그 일말고는 마땅히 할 일을 찾지 못할 형편이었다.

어렵게 마음먹고 시작한 영업용 택시 운전이었다. 출근 첫날부터 어려움에 부딪쳤다. 모든 게 서툴고 낯선 일이라 고단하기 이루 말할 수 없었다. 하루 열 두 시간 일을 하고 당시 11만 원의 사납금社納金을 회사에 반드시 입금해야 했다. 말은 월급제라고는 하지만 사납금을 모두 채워야만 월급이 고작 백여 만원 좀 넘게 나왔다. 못 채우면 월급에서 그 금액만큼 공제했다.

그야말로 누구나 기피한다는 3D 업종 중 하나가 아닐까 여겼다. 하지만 마음을 단단히 고쳐먹고 열심히 하다 보니 새로운 세상이 보이기 시작했다. 더럽고 힘들고 위험하다는 '3D'가 아니라 새로운 'New 3D'를 발견한 것이다. 생각을 바꾸니 새로운 세상이 펼쳐졌다. 그의 New 3D는 기발했다.

첫 번째 D는 'Delight'였다. 직장의 상사 눈치 안 보고 늘 새로운 사람을 만나서 반가운데다 즐겁게 일하니 콧노래까지 나왔다.

두 번째 D는 'Dynamic'이었다. 매일 같은 사무실에 출근하여 같은 자리에서 같은 일을 했으나 한 번도 가보지 못한 서울 시내 구석구석까지 다 가볼 수 있었다. 젖먹이부터 거동이 불편한 노인들까지 만날 수 있고, 동승한 손님들로부터 온갖 세상사는 이야기를 다 들을 수 있었다. 저절로 역동적인 삶을 살고 있다는 사실을 발견했다.

셋째 D는 'Developing'. 회사 다닐 적에는 자기계발을 하기가 쉽지 않았고 시작하더라도 작심삼일되기가 일쑤였다. 이제는 손님이 없을 때는 테이프를 틀어 놓고, 영어, 일본어, 중국어를 공부해 낯선 외국손님들과 대충 의사소통도 가능했다. 게다가 좋아하는 음악도 마음껏 들을 수 있으니 이보다 더 좋은 직업이 있으면 말해 보라고 유쾌하게 말했다.

물론 힘든 일도 많았다고 했다. 그중 가장 힘든 경우는 술주정꾼들이었다. 어느 취객은 난데없이 서울대를 나온 이 친구에게 "이 친구야, 넌 이런 일이나 하는 거 보니 중학교나 나왔냐?" 하고 무시하는 말을 들었을 때였다. 화가 치밀어 "나 서울 공대밖에 못나왔다 어쩔래?" 하고 한방 먹이고 싶었지만 꾹 눌러 참다 보니 어느덧 부처님을 닮아갔다고 했다.

회원 모두가 자기소개를 마치고 미니 밴드를 불러 노래 몇 곡을 부르고 헤어졌다. 그날 모임에서의 장원은 단연 그 친구였다. 참으로 용기 있는 변신이요, 우리 모두를 뒤돌아보게 했다. 화려한 계급장이나 체면을 따지고, 남의 이목을 중요시했던 우리들의 삶과 의식으로는 도저히 상상할 수 없는 일을 그는 해내고 있었기 때문이었다.

돌이켜 보니 택시운전을 시작하기 1년 전 그 친구가 그해 송년모임에서 마이크를 잡더니 난데없이 조병화 시인의 「헤어지는 연습을 하며 사세」라는 시 한 수를 낭송해 주었던 일이 기억났다. 그때만 해도 처음에는 다들 무슨 의미로 그가 그 시를 낭송했는지 의아하게 생각했다. 이미 그 친구는 자기 자신은 물론 살아왔던 익숙한 세상과 헤어지는 연습을 계속하고 있었던 셈이었다.

'낯선 곳에 새로운 길이 있다'고나 할까? 인간은 원래 변화를 싫어하기 때문에 변화하려면 버리기와 빼기 연습부터 해야 한다는 생각을 그 시로 대변했던 듯하다. 대기업의 화려함, 잘나가던 생각, 과거의 익숙한 습관을 버리고 마음을 비워 다가오는 100세 시대라는 낯선 화두를 의연하게 받아들이자는 귀띔으로 들렸다.

결국 이 친구는 3년간 무사고 운전을 하여 자가용 택시 운전 자격을 취득했다. 웃돈을 주기는 했지만 자기 소유의 영업용 택시를 구입하는데도 성공했다. 그해 말 송년회 때 그 친구의 며느리가 사회를 보는 가운데 가족들이 모여 자가용 영업택시 발대식 장면을 찍은 유튜브 영상을 틀어 주면서 예전보다 더 환한 얼굴로 이렇게 말했다.

"인생에 은퇴는 없지, 시작만 있을 뿐이야!"

3장
·
닳아지는 것들

하루하루가 서서히 녹슬어
가기보다 닳아 없어지는 삶을
살아야하지 않을까?

닳아지는 것들

반복되는 행위들은 뭔가를 닳게 한다. 오래된 사찰의 목재로 된 일주문의 문턱은 긴 세월 동안 밟히고 닳아 가운데가 움푹 파여 있다. 경복궁이나 경주의 돌로 된 보도도 반질반질하다. 누대에 걸쳐 사람들의 소소한 발자국으로 인해 단단한 돌조차 닳는다.

일상생활 가까운 곳에 있는 용품들도 알게 모르게 모두 닳는다. 구두, 연필, 지우개, 각종기기의 건전지, 자동차 타이어 등등. 이러한 물건들은 우리 삶과 밀접한 관련이 있다. 이들이 닳는다는 것은 그저 마모되어 없어지는 것이 아니다. 그것들이 닳는 덕분에 일상의 삶이 채워지고 새로움이 생긴다. 풍성하고 행복한 삶을 살아가게 만들어 주는 고마운 존재들이다.

닳아 없어지는 것들 중 세월이 지나 기억 속에서 희미하게 사라져가는 것들도 많다. 요즘에는 대부분 편리한 전자식 기계로 대체되거나 삶의 방식이 달라져 중고시장이나 민속 박물관에서 볼 수 있는 골동품들이다. 숫돌, 맷돌, 빨래판, 고무래, 부지깽이 같은 것들은 눈에 보이지 않는 사이에 자신은 닳아 없어지거나 얇아진다.

그중 대표적인 것이 불을 지피는 부지깽이다. 부지깽이는 다 꺼져가는 불을 되살리고, 꽉 막힌 구들장 밑까지 시원하게 뚫어주는 부엌의 일꾼이요, 일등공신이다. 부지깽이는 오래 사용하면 계속 타 들어가 못 쓰게 될 때서야 자신도 땔감으로 생을 마감한다. 타버린다는 것은 희생을 의미한다. 부지깽이가 따뜻한 온기를 북돋우며 마지막 순간까지 다 베풀고 나서야 자신도 모르는 사이에 하얗게 타 들어가 결국 재로 남는 것이 부모님의 사랑과 꼭 닮았다.

인간의 육체도 닳는 것은 예외가 아니다. 그 중에서 대표적인 신체 부위는 무릎 관절과 손가락 지문이다. 무릎 관절은 60kg가 넘는 체중을 평생 지탱하며 오래 걷거나 심한 운동을 하면 점점 닳는데, 줄기세포가 나왔다고는 하지만 재생은 쉽지 않다. 관절은 베어링처럼 돌려 부드럽게 사용하면 평생을 간다고 한다. 젊어서 등산, 테니스, 계단 오르기 등 관절에 부담되는 운동을 해온 나는 40대부터 퇴행성관절염으로 고생했다. 다행히 10년 넘게 매일 걷기를 많이 하고 주말이면 회원들과 함께 트레킹을 열심히 하여 그럭저럭 버티고 있다.

지문은 물건을 잡을 때 미끄럼을 방지하고 물체의 섬세한 형상을 감지하는 것을 돕는다. 지문은 표피가 닳아서 없어져도 심층부가 손상되지만 않으면 같은 형태의 지문이 재생된다. 지문은 사람마다 다르며 살아온 삶의 궤적을 그대로 보여준다. 궂은 일을 적게 하는 도시 사람보다 궂은 일을 많이 하는 농촌 아낙네들의 지문은 아예 닳아 없어져 인장을 찍거나 외국공항에서 지문으로 신분확인 할 때 애를 먹기도 한다.

닳아 없어지는 것들이 있는가 하면 시간이 흐르며 새롭고 가깝게 다가오는 것들도 있다. "녹슬어 없어지기보다 닳아 없어지기를 원한다."는 말은 18세기 영국의 신학자이며 설교자인 조지 휘트필드George Whitfield가 남긴 말이다. 휘트필드는 하루에 대여섯 번의 설교를 했으며 평생 3만 번 이상의 설교를 했다. 영국과 미국뿐 아니라 설교하는 곳마다 많은 사람에게 영적인 깨달음을 주는 데 불을 지폈다.

육신은 무리하여 닳을지라도 정신은 녹슬지 않는 '거룩한 마모'로 삶을 산 사람이 의외로 많다. 인간은 누구나 죽어 떠나지만 제각기 다른 뒷모습을 남긴다. 한국의 슈바이처로 불리는 이태석 신부, 버리고 떠나야 비로소 새것을 채울 수 있다며 무소유를 설파했던 법정스님 같은 분들은 죽어서도 아름다운 뒷모습을 남겼다.

인체에는 자극을 반복함으로써 오히려 덧쌓이는 것도 있다. 바로 근육과 굳은살이다. 근육은 반복을 격하게 많이 할수록 커지고 단단해지며 굳은살은 심한 마찰을 할 때 단단하게 계속 굳어진다. 사람의 마음도 그것과 꼭 닮았다. 자신을 변화시키려는 마음 훈련을 지속하면 마음 근육, 생각 근육도 몰라보게 자라고 굳은살처럼 단단해진다.

운동을 지속하면 육체의 근육이 단단해지는 것처럼 단련을 계속하면 생각도 더욱 깊어지고 무게가 더해진다. 아무리 큰 어려움도 극복해 내는 훈련을 계속하면 이겨내려는 굳은 마음이 저절로 생긴다. 강하게 누를수록 용수철처럼 튀어 오르는 이른바 회복탄력성Resilience의 이치다.

사실 '녹스는 것'과 '닳는 것'은 다르다. 사라짐은 자연스러운 것이라지만 오랫동안 쓰지 않아 낡고 녹슬어가는 인생과 열심히 사용해서 닳는 삶에는 차이가 있다. 소중한 육체, 아까운 시간, 타고난 재능 등을 열심히 쓰지 않고 사장시킨다면 인생을 헛되게 사는 일이요, 너무나 아까운 삶이 아닐까. 나이가 들수록 닳아 작아지거나 줄어야 할 내 자존심은 오히려 굳은살이 배기고, 단단해져야 할 자존감은 도리어 닳아서 초라해지고 있는지 모르겠다. 하루하루가 서서히 녹슬어 가기보다 닳아 없어지는 삶을 살아야하지 않을까?

구룡 마을 연탄 배달

'구룡 마을'은 궁금한 게 많아 늘 한 번쯤 가보고 싶은 곳이었다. 차편으로 양재대로를 지나치거나 대모산을 끼고 지나는 서울 둘레길을 갈 때 먼발치에서 바라다본 것이 전부였다. 그때마다 온갖 구호가 난무한 현수막들이 을씨년스럽게 눈에 들어왔다. 마침 한 모임에서 구룡 마을에 연탄 배달 봉사단을 모집한다는 연락이 왔다. 그곳에서는 후원금만 내도 된다고 했지만 후원도 하고 연탄 배달도 하겠다고 자청했다.

2월 초 늦추위에 바람도 불어 귀와 볼이 시릴 정도로 차가운 토요일 아침이었다. 참가자 여덟 명과 함께 마을에 일찍 도착했다. 어느새 다른 봉사팀들은 연탄을 분주하게 나르고 있었다. 오늘 행사를 주관하는 단체인 '연탄은행' 직원의 안내가 시작되었다. 먼저 연탄 배달 봉사에 대한 취지에 대한 설명을 했다. 연탄은행의 사업에 대한 소개와 궁금했던 구룡 마을에 대한 안내가 이어졌다.

연탄 배달을 주관하는 곳은 순수한 민간후원 단체인 '밥상공동체은행'이었다. 처음에는 IMF 시절 어려운 사람들에게 무료급식과 노숙인 자활을 돕는 사업들을 주로 해왔다. 2002년 어느 독지가 한 분이 후원하기로 하고 필요한 사람들에게 연탄을 나눠주자는 제안으로 시작되었다. 그것이 전국으로 확산되면서 연탄 배달 봉사단인 연탄은행이 출범하게 되었다.

이 은행에서는 연탄사용 가구조사를 해마다 하는데 아직도 10여 만 가구가 연탄을 때고 있다고 한다. "밥은 하늘이고 연탄은 땅입니다." 연탄은행 홈페이지에 쓰인 글귀처럼 아직도 연탄에 의지해 어렵게 사는 사람들이 많다는 이야기다. 도시가스가 들어오지 않는 고지대 달동네, 비닐 하우스촌, 농어촌 산간벽지에 거주하는 사람들은 주로 나이든 어르신이 많은데, 값싼 연탄을 찾을 수밖에 없는 형편이다. 그들에게 연탄은 퇴출의 대상인 화석연료가 아니라 생존의 에너지인 셈이다. 연탄은행에서는 지금까지 7천 8백만 장이 넘는 연탄 배달 봉사를 했고 봉사자만도 50만 명이 넘었다고 한다.

"이 마을은 워낙 세간에 화두에 많이 올랐던 지역이라 투기목적으로 개발이익을 얻기 위해 사는 분들도 일부 있지만 저희 연탄은행이 354가구를 대상으로 조사한 결과 실제로 어렵게 사는 분들이 대부분이었습니다. 오늘은 두 가구에 연탄이 150장씩 들어갈 예정인데 그것으로 가족들이 한 달 정도 따뜻하게 지내실 수 있습니다."

담당자의 설명으로 추위에 움츠려 들었던 가슴이 좀 따스해지는 것 같았다. 여기는 산기슭이라 빨리 추워지고 늦게까지 추위가 이어지는 지역이다. 길게는 5월 초까지도 연탄을 때야 하고 여름 장마철에는 무척 습해서 연탄을 때야 해 거의 365일 연탄이 필요하다. 그 말을 들으니 연탄 한 장 값이 800원이지만 무게 3.65kg의 연탄이 36.5도의 체온을 365일 유지해주는 그 가치가 한없이 무겁고 크게 느껴졌다.

대부분 연탄 배달이 처음인 우리에게 배달 요령에 대한 설명도 이어졌다. 우선 팀을 셋으로 나눠서 한 사람은 연탄을 실어주고, 또 한 사람에게는 연탄을 내려놓는 일을 맡겼다. 나머지 인원에게는 지게에 연탄을 지고 직접 나르는 일을 분담시켰다. 입고 간 옷이 시커먼 연탄재로 더러워지면 어쩌나 하는 걱정이 앞섰다. 다행히 장갑부터 팔에 끼는 토시까지 모두 준비되어 있었고 앞뒤로 입는 긴 조끼까지 있어서 그런 걱정은 기우였다.

연탄을 나르면서도 불편을 감수하며 이곳에 사는 분들의 동정이 궁금했다. 거주하는 분들이 눈에 띌 때마다 틈틈이 이것저것 물어보았다. 더러는 옛날처럼 연탄을 화덕에 넣어 밥을 짓고 요리를 하며 난방까지 하는 경우도 있었다. 대부분 요리할 때는 가스불을 쓰고 연탄보일러를 통해서 순환식으로 난방을 하고 있었다.

학창시절 입주과외가 끊겨 오갈 데가 없어서 미아리 고개 산꼭대기에 있는 판자촌에서 잠시 살던 때가 생각났다. 그때 겪은 연탄 한 장의 소중함은 지금도 잊을 수가 없다. 불편한 점도 많았지만 가장 힘든 점은 연탄불이 꺼져 방이 냉골일 때였고 숯탄을 이용해 연탄불을 일구는 일은 꽤나 어려운 일 중 하나였다. 구룡 마을은 상하수도 및 오물처리시설 등의 미비로 보건 위생상 커다란 문제를 안고 있으며, 판자나 솜이불 같은 천으로 둘러 만든 집들이 다닥다닥 붙어있어 화재 발생의 위험성도 컸다. 그동안 크고 작은 화재가 12번이나 발생한 것도 우연이 아니다. 열악한 환경에서의 삶이 녹록지 않지만 제일 힘든 일은 개인 화장실이 없어서 추운 겨울날에도 공동 화장실을 쓰는 일이라고 했다.

구룡 마을은 지리적으로 고립된 곳이다. 마을의 양 옆과 뒤로는 구룡산과 대모산으로 감싸여 있다. 마을 전면에는 8차선의 양재대로를 기준으로 이쪽과 저쪽의 삶의 형태가 딴 판이다. 타워팰리스로 시작되는 개포동 부촌은 구룡 마을 맞은편에 있으며 30~40억 원을 호가하는 래미안 아파트가 자리잡고 있다. 마을 건너편에 있는 주공아파트 부지에 6,700세대 규모의 대단지 고급 아파트가 곧 들어선다. 그로 인해 구룡 마을을 둘러싼 부富와 차별의 벽은 더욱 두터워질 것이다.

이 판자촌에 사람들이 거주하기 시작한 시점은 1988년 서울 올림픽 전후였다. 이후 도곡동에 있던 판자촌이 1994년 부촌의 상징이 된 타워팰리스의 부지로 선정되고 그곳에 있던 주민들의 거주지가 철거되자 철거민들이 구룡 마을에 들어와 정착했다. 2000년대 이후 부동산 붐과 재개발 활성화로 인해 재개발 예정지가 다 그렇듯 기존의 실제 거주민 중에 부동산 '보상꾼'들도 일부 유입되었다.

1970년대 철거 판자촌의 애환과 사회갈등을 다룬 조세희의 『난장이가 쏘아올린 작은 공』 소설과 영화가 화제가 되어 지금까지도 회자된다. 50년이 흘렀지만 거기에 등장하는 도시 속 소외 계층의 고달픔이나 사회적 갈등이 그대로 존재하는 몇 안 남은 곳 중의 하나가 구룡 마을이다. 지금도 그런 형편의 구룡 마을 거주민들을 이해하지 않은 채 무능한 사람으로만 낙인찍는 폐쇄적인 편견이 그대로 남아있다. 몇 년 전 대법원의 최종 판결이 나기 전까지 구룡 마을 주민들이 수십 년간 전입신고조차 못했다는 사실이 이를 상징적으로 보여준다.

기부나 봉사는 자신을 위한 이기심에서 한다고 하지만 행동으로 옮기는 것이 쉬운 일은 아니다. 이번 구룡 마을에서의 연탄 배달로 나 자신이 행복을 느끼고 삶에 의미도 있어 여러모로 다행이었다. 작은 나눔이지만 이러한 마음이 행복바이러스가 되어 계속 이어지고 확산되기를 기대한다.

다행히 중학생의 자식을 둔 딸도 뒤따라 미얀마 청소년 장학금으로 매월 기부금을 내기 시작했고 아들은 회사에서 자주 봉사 활동을 나가고 있다. 차디찬 지하도 바닥에 앉아있는 노파에게 1만 원을 주고 왔노라며 넌지시 말을 건네 주는 아내가 그저 고마울 뿐이다. 수년 전부터 시작한 봉사나 기부하는 일들은 이제 출발에 불과하다. 안도현 시인은 내게 이렇게 묻고 있는지 모른다.

"연탄재 함부로 발로 차지 마라. 너는 누구에게 한 번이라도 뜨거운 사람이었느냐."

좀 더 뜨겁게 살아야겠다.

홍애싸와 까치밥

미얀마는 한때 우리보다 잘 사는 나라였다. 아시아 3대 부국이었던 미얀마는 6·25 전쟁 시 우리에게 쌀을 원조했다. 그런 나라가 1960년 대 초부터 기울기 시작하여 지금은 세계 최빈국이 되었다. 미얀마는 국민소득 1,300달러에 불과한 나라지만 기부지수 세계 1위 국가로 꼽힌다는 사실이 놀랍다. 반면 우리나라는 60위를 차지했다. 세계 10대 경제대국임을 자처하는 우리나라의 기부 수준은 초라하기 그지없다.

미얀마 사람들은 비록 가난하지만 그들 나름의 행복한 미소와 착한 마음을 가지고 있다. 미얀마의 기부문화는 불심에서 기인한다. 스님들에게 공양은 기본이고 사회적인 보시를 중시하기에 가난한 나라임에도 거지가 없고 굶어 죽는 사람이 없다. 최근에 미얀마 청소년 장학사업 일로 그곳에 자주 가게 되었다. 그때마다 이른 아침 스님들의 탁발托鉢 행렬을 보고 많은 걸 느꼈다. 탁발은 시주와는 달리 수행자의 자만과 아집을 버리고, 무소유의 원칙에 따라 끼니를 짓지 않고 남의 자비에 의존하는 수행 방식이다. 여기에 참여하는 스님들 중에는 동자승도 많다. 미얀마 국민들도 이러한 탁발에 참여하면서 자연스레 보시문화를 배운다.

미얀마를 여행하며 흔히 볼 수 있는 풍경이 있다. 사람들이 지나치는 사거리나 삼거리 같은 교차로에 물이 든 질그릇 항아리와 컵들이 놓여있다. 좁은 길가나 골목길에는 집 담장 벽을 뚫어 마련한 그 곳에서도 목격할 수 있다. 처음에는 그 이유를 몰랐다. 날씨가 더운 나라이기 때문에 행인들이 지나가다가 마른 목을 축이라는 배려다. 질그릇의 특성상 자연 정화 기능이 있어 물이 상하지 않는다. 따뜻한 손길 덕에 항아리에 물은 늘 가득 차 있고 컵은 깨끗하게 닦여 있다.

이러한 보시문화가 길거리나 숲 속의 동물에까지 이어진다는 게 더욱 놀랍다. 미얀마에서 또 다른 장면을 목격할 수 있다. 동네 골목길 담벼락이나 집 처마 밑에 벼 이삭을 묶어 거꾸로 매달은 모습이다. 주변의 나뭇가지에도 매달아 놓는다. 이를 '홍애싸'라고 부른다. 추수기가 지나 들판에 먹을 게 없어 배고픈 참새 같은 새들이 찾아와 먹을 수 있도록 배려한 참새밥인 셈이다.

이러한 풍습은 수천 년 전부터 내려왔다. 법으로 정한 것도 아니고 누가 시켜서 하는 일도 아니다. 미얀마의 홍애싸를 보면 우리나라의 까치밥을 연상케 한다. 홍애싸는 빨갛게 잘 익은 홍시지만 다 따지 않고 새들이 먹으라고 감나무에 감을 몇 개 남겨두는 우리의 까치밥 같은 이치다.

미얀마에 홍애싸가 있다면 한국에는 까치밥이 있다. 노벨 문학상을 받은 펄벅 여사의 '까치밥'에 얽힌 일화가 유명하다. 그녀는 평생 한국을 가슴 깊이 사랑했다. 자신의 작품 『살아 있는 갈대』에서 우리 민족을 '고상하다'고 말하며 극찬했다. 그녀가 이렇게 한국에 대한 깊은 애정을 가진 이유는 무엇일까? 1960년 처음으로 한국을 방문했을 때 있었던 몇 번의 경험 때문이었다. 어느 날 그녀는 따지 않은 감이 앙상한 감나무 가지에 매달린 것을 보고는 통역을 통해 근처에 있던 사람에게 물었다.

"저 높이 있는 감은 따기 힘들어서 그냥 남긴 건가요?"

"아닙니다. 이건 까치밥이라고 합니다. 겨울새들을 위해 남겨둔 거지요."

그녀는 그 말에 감동하여 탄성을 지르며 이렇게 말했다.

"내가 한국에 와서 보고자 했던 것은 고적이나 왕릉이 아니었어요. 이것 하나만으로도 나는 한국에 잘 왔다고 생각해요!"

까치밥은 하찮아 보일 수 있지만 생명 하나를 살려낼 수도 있는 귀한 양식인 셈이다. 산야에 눈이 쌓인 엄동설한에 새들을 위해 남기는 까치밥은 작은 생명 하나라도 배려하는 우리 민족의 아름다운 인정이었다. 까치밥은 곧 자연과 동물에 대한 우리 선조들의 자연에서 베푸는 무한의 사랑과 나눔의 징표요, 더불어 살아가고자 하는 삶의 지혜였다.

까치가 까치밥마저 먹고 나면 감나무 가지에 감꼭지만 달랑 남는다. 까치밥은 어머니가 자식을 위해 젖을 먹여 키우는 헌신과도 같다고나 할까? 남은 감꼭지가 자식 사랑으로 진이 빠진 늙은 어머니의 납작한 젖꼭지와 닮았다. 가녀린 감나무 가지에 찬바람이 불어도 덜덜 떨며 매달린 홍시는 추운 겨울 먹을 것을 챙기는 어머니 마음과도 같다.

우리 선조들은 매우 지혜로웠다. 밭에 콩을 심을 때도 하나는 하늘에 나는 새를 위해, 다른 하나는 땅속의 벌레를 위해 그리고 나머지 하나는 싹을 틔워 나와 이웃이 나눠먹기 위해 뿌렸다고 한다. 이 땅의 모든 생명체는 공생공존하는 우리의 이웃이다. 서로 의지하며 조화롭게 함께 살아가고 있다. 모든 생물은 생존 경쟁에서 살기 위해 저마다 나름의 맡겨진 무거운 짐을 메고 힘겹게 가다가 때로는 위기에도 빠진다. 그럴 때 홍애싸나 까치밥처럼 주위의 응원과 격려, 도움이 있다면 무거운 짐도 한결 가벼워지리라.

우리의 미풍양속인 '까치밥 문화'는 미얀마의 '홍애싸'와 맥을 같이한다. 이런 마음이 서로 통한 것일까. 몇 년 전부터 미얀마 청소년들에게 장학금을 주고 그들에게 교육을 시작했다. 원래 나 혼자 할 요량으로 시작했는데 뜻이 좋다며 기부에 동참하는 사람들이 계속 늘어나 50여 명이 넘었다.

장학금을 주는것은 어디까지나 목적이 아니라 수단이다. '세상은 인간이 변화시키지만 인간을 변화시키는 것은 교육이다'라는 신념으로 장학 수혜자들에게 교육을 통해 생각을 바꾸어 주는 일을 시작했다. 이를 체계적으로 추진하기 위해 은퇴한 시니어들 중심으로 '미얀마 청소년 빛과 나눔 장학협회'도 만들었다. 어느새 교육을 받는 미얀마 청소년 학생도 100명에서 200여 명으로 늘어났다.

청소년들은 그 나라의 미래요, 희망이다. 어려움에 닥친 미얀마 청소년들에게 희망의 끈을 놓지 않도록 작은 손길을 내밀 수 있는 일을 시작한 점에 감사한다. 아쉽게도 3년째 코로나19에다 내전까지 일어나 발길이 끊겼다. 직간접적으로 그들이 우리가 오기를 손꼽아 기다리고 있다는 말을 들으면 가슴이 아려 온다. 해맑은 얼굴들을 하루 속히 만날 볼 수 있는 '봄'이 빨리 찾아오기를 고대한다.

가족 십일조의 힘

"가형, 정말 고마워요."

아침마다 체육관에서 뵙는 선배가 갑작스레 내게 말을 건넸다.

"아니, 왜요?"

"애들한테 매달 십일조 받으니 너무나 기분 좋아. 덕분에 집안 분위기도 싹 달라졌어!"

선배는 자식들한테 마음속 한 켠에 늘 불만을 품고 있었다. 국립병원장을 역임한 그는 슬하에 아들이 셋이다. 체면도 있고 해서 결혼할 때마다 집을 사주거나 전세를 얻어주느라 허리가 휠 정도로 힘들어 했다. 정작 본인은 팔순이 지난 지금도 동네 병원에서 외과 전문의로 일하고 있다. 허리가 안 좋고 거동이 불편한데도 불구하고 노후 걱정이 되어 쉴 수가 없다.

결혼한 자식들이 부모가 그 정도 해주었으면 당연히 매달 용돈도 가져오고 명절이나 보너스를 탈 때는 무언가 해 주려니 은근히 기대했지만 아무런 반응이 없었다. 세 아들이 결혼 후에는 철이 들어 무언가 달라지겠지 기대했으나 별로 변한 게 없자 자식 교육을 잘못시킨 건 아닌가 하는 푸념 섞인 말을 술자리에서 자주 하곤 했다.

지난 여름 체육관 지인들끼리 모임이 있었다. 그날도 자식 키워봐야 다 소용없다는 투의 불만이 또 터져 나왔다. 듣다 못해 내가 해오고 있는 '십일조 제도'를 혹시 효과가 있을지 모르겠다 싶어 조심스레 소개했다. 우리 집에서 실행하고 있는 십일조는 기독교의 십일조와는 전혀 차원이 다른 이야기다. 기독교의 십일조는 자신이 번 돈을 서로 나누는 것으로 교회를 짓거나 운영하는 경비를 충당하기도 하고, 어렵게 사는 사람들을 위하여 교회 중심으로 나눔의 덕을 실천하는 제도다.

십분의 일이라는 나눔의 그 뜻이 교회에 다니지 않는 가정에서도 실행한다면 좋지 않을까 해서 열심히 소개했다. 그날 선배는 귀를 솔깃해하며 유심히 들었다. 그 후 술자리를 같이한 것은 서너 달쯤 지나서였다. 십일조 이야기를 듣고 당신 집에서도 나름 실행에 옮기기로 작정했다. 날을 잡아 식사하는 가족회의에서 우리 집 사례를 공개적으로 이야기했다. 자식들이 그 취지를 알아듣고는 십일조는 아니지만 정액으로 세 아들이 부모님께 매월 각 20만원씩 용돈을 주기 시작했다고 자랑했다. 선배는 그날 헤어지면서 정말 고맙다며 내 손을 꼭 잡았다.

선배에게 전해 준 우리 가족 십일조의 내용이나 취지는 이렇다. 자식들이 매월 받는 월급의 십 분의 일을 본인들은 교회를 다니지 않으니 대신 그동안 키워준 엄마한테 용돈으로 주도록 했다. 자식한테 받는 용돈은 자발적으로 알아서 주지 않는 한 요구나 강요로는 그 의미가 반감되는 특징이 있어서 룰을 정하거나 제도화시킬 필요가 있다.

은연중 압력이라 할까, 처음에는 약간 강제성을 띤 제안이었지만 아이들이 15년 전 회사 입사 첫 달부터 시작한 이 제도는 집안의 룰이 되어 지금까지 이어지고 있다. 부모 자식 간에 주고받는 이러한 제도는 시작을 하더라도 중간에 흐지부지되는 경우가 많다. 자식이 주는 십일조 돈을 아내가 전부 받으므로 잘 이행되는지의 여부를 감시하는 것은 내 몫이었다.

보너스 탈 때도 10%룰은 그대로 적용시켰다. 아들은 꾀를 내 전자제품을 사내가로 싸게 구입하고 계산은 시가로 적용하기도 했지만 덕분에 가전제품은 모두 새것으로 장만하기도 했다. 다만 결혼 후부터는 손주들도 키우고 집 장만한다고 빌린 융자도 갚아야 하니 사정을 감안해 정률이 아닌 정액으로 감면해주었다.

십일조의 효과는 생각 이상으로 컸다. 우선 자식과 부모 간에 거리가 가까워졌다. 돈을 받은 부모들은 반드시 그 이상을 자식이나 손자들에게 되돌려주기 마련이다. 예를 들어 마트에 가서 맛있는 찬거리나 고기를 사다 냉장고에 넣어놓고 전화를 하면 차를 몰고 총알같이 달려온다. 밉지 않은 '냉장고 털이범'들이라고

나 할까. 요즘 결혼한 자식 찾아가거나 집에 자주 오라는 이야기도 쉽지 않다고 하는 세상에 굳이 본가에 오라 마라 얘기하지 않아도 자동 해결된다.

십일조 이후 가족 사이에 대화가 많아졌다. 누구든지 이미 받은 돈으로 생색내기는 어렵지 않다. 모인 돈으로 이번 달에는 무엇을 사다줄까 자주 전화하고, 한 달에 한두 번 맛집에 들러 밥도 사주다 보면 소통이 원활해지면서 믿음과 신뢰가 생기게 된다. 게다가 손주들에게도 먹고 싶은 것이나 꼭 필요한 것을 개별로 물어보고 사주면 자연스럽게 그 약효가 애들까지 미친다.

더 의미 있는 일은 시어머니와 며느리 사이에 관계가 돈독해졌다는 느낌이다. 어느 집안이나 고부간의 문제는 있다. 서로 주고받는 사이에 대화가 많아지고 자주 만나게 되니 자연스럽게 거리는 가까워진다. 소통이 잘 되고 배려하는 마음이 생겨 문제가 발생하더라도 웬만하면 서로가 이해하고 넘어간다. 행복이란 원하는 게 작아지면 그만큼 행복지수가 올라가듯이 늘 주고받는 게 있으니 서로 거는 기대나 바라는 것이 자연히 줄어들게 된다.

이러한 학습효과 덕분인지 아이들이 결혼하자 아들은 장모한테, 딸은 시어머니한테 용돈을 드리기 시작했다. 결국 결혼 후 십일조를 정액으로 깎아준 금액이 그대로 양 안사돈 용돈으로 탈바꿈하여 다시 십일조가 된 셈이다. 옛말에 "사돈집과 뒷간은 멀리 두라."고 했는데 십일조 덕분인지 모르지만 우리 집안은 좀 다르다. 한 집안 식구 같은 분위기라서 양쪽 사돈집 식구들과 자주 연락도 하고 지내며, 딸린 식구들까지 같이 모여 가끔 여행도 하고 송년회도 함께 한다. 사돈집과 서로 역할을 분담하고 도우며 네 손주들을 무사히 키워 막내 손녀까지도 어느새 초등학생이 되었다. 정말 행운이 아닐 수 없다.

우리나라는 세계경제 10대 강국 반열에 오르고 선진국 문턱에 와있다. 반면에 젊은이들은 맞벌이로 시간에 쫓기고 삶이 팍팍해져 자칫 부모 자식 간에 거리도 생기고 관계도 소원해질 수 있다. 이럴 때일수록 따뜻한 온기가 더욱 절실해진다. 꼭 교회가 아니더라도 일반 사회나 가정에서 십일조의 지혜가 세상에 널리 퍼져나가 가족관계나 세상이 조금이라도 나아지면 좋겠다.

미얀마 선생님의 눈물

'미얀마'는 예전에 버마였다. 버마하면 어릴 적 축구 경기 중계 방송 이야기를 빼놓을 수가 없다. 그 당시 우리나라는 텔레비전은 커녕 가정에 전기도 들어오지 않던 시절이었다. 마을마다 이장 집에서 라디오 방송을 듣기 위해 공동으로 설치한 스피커나 트랜지스터 라디오를 통해 듣던 축구 중계 방송은 큰 즐거움의 하나였다. 그때 동남아 국가들 중에는 한국팀과 비슷한 실력으로 용호상박처럼 단골로 상대했던 나라가 버마였다.

50~60년대 버마는 일본, 필리핀과 더불어 아시아의 3대 부국이었다. 6·25 전쟁 때 우리나라에 쌀을 보내준 고마운 나라다. 거꾸로 지금의 미얀마는 우리가 도와주어야 할 나라가 되었다. 미얀마 국민소득은 2020년 기준으로 1,300달러 정도이고, 전기 보급률이 겨우 40% 정도로 밤이 되면 별만 반짝이는 가난한 나라

다. 과거 6·25 전쟁 폐허 속에서 외국의 원조를 받으며 배고팠던 한국 상황과 지금의 미얀마 사정이 거의 비슷하다. 한국은 그사이 정치 민주화와 경제성장을 동시에 달성하여 원조를 받던 나라에서 원조해 주는 세계 유일의 나라로 탈바꿈했다.

나는 오래전부터 고민해 오던 게 하나 있었다. 앞으로는 남을 위해 봉사도 하고, 많지는 않지만 재산의 일부를 기부할 곳을 물색하던 중이었다. 어렵고 힘들었던 시절, 중학교조차 가지 못할 뻔했던 기억을 평생 잊을 수 없기에 나와 비슷한 열악한 환경에 처한 사람을 찾고 있었다. 국내에도 도울 일이 많겠지만 기왕이면 우리보다 못사는 다른 나라 사람이면 어떨까 생각하고 있었다. 우선 케냐에서 남아공까지 아프리카 10여 개국을 여행 겸 방문하며 살펴보았다. 베트남, 캄보디아, 라오스 등 동남아 일대와 몽골까지 둘러보며 봉사할 곳을 물색했다. 그러던 중 우연한 기회에 미얀마에서 오래전부터 봉사활동을 하던 안만호 목사팀을 만나 내 발걸음이 미얀마에 멈추게 되었다.

이 팀은 목사, 교회 간부들이 주축이 되어 꾸준히 봉사활동을 해온 '누리나래선교회' 소속이었다. 전기가 들어오지 않는 미얀마 오지에 태양광을 설치해 희망의 빛을 밝혀주고 그들에게 물적 지원도 하고 있었다. 게다가 청소년들에게 장학금뿐 아니라 교육을 통해 배움의 기회까지 제공했다. 이들과 한번 동행하여 미얀마를 둘러본 후 '바로 여기다' 하고 결론을 내리는 데는 그리 오랜 시간이 걸리지 않았다. 희망을 줄 교육사업의 꿈이 장학금까지 결심하게 했다.

황금빛 사원들이 많아서 황금의 나라로 알려져 있고 유명한 관광코스도 많지만, 미얀마는 항공편이 적고 항공료가 비싸서 쉽게 가보기 어려운 나라다. 대한항공 직항도 있었지만 자원봉사팀답게 경비를 한 푼이라도 아끼기 위해 방콕을 경유해 양곤으로 들어갔다. 미얀마는 40도를 오르내리는 무더운 열대의 나라였다.

미얀마는 한반도의 3.5배나 되는 넓은 땅을 가지고 있는데 도로 사정이 안 좋아 로컬 비행기를 타야만 이동할 수 있다. 우리는 오전 국내선을 타고 2시간 후 칼레 공항에 도착했다. 미니버스로 바꿔 타고 최종 목적지인 타무로 이동했다. 타무 가는 길은 열대지역이라는 것만 빼면 마을 풍경과 사람들이 살아가는 모습이 60~70년대 우리의 시골 풍경을 그대로 옮겨 놓은 듯했다. 나무로 엮어 만든 허름한 집들, 굽이굽이 정겨운 비포장 자갈길, 좁은 길에 먼지를 일으키며 잽싸게 달리는 오토바이와 자전거들, 다만 다르다면 자전거와 오토바이를 합해 개조한 툭툭이가 시내버스를 대신하는 미얀마의 고급 운송 수단이라는 점이었다.

우리는 칼레에서 타무까지 대략 70~80개 정도의 크고 작은 교량을 지났다. 콰이어강 다리를 연상케 하는 오래된 철교들은 2차 대전 말기에 미얀마에 주둔하던 영국군이, 일본군을 피해 인도 임팔Empal지역으로 후퇴하면서 만든 것이라고 한다. 만든 지 80년이 다 되어가는데도 오랜 세월 동안 버텨 온 교량을 만든 영국의 기술이 놀라웠다. 그 낡고 부서져가는 다리를 계속 사용해야만 하는 미얀마의 사정은 더욱 딱했다.

무려 6시간을 달려 타무에 도착했다. 선교회 팀이 미얀마를 처음 방문하고 봉사를 시작한 곳이 바로 타무 시내에 있는 그레이스 고아원이었다. 지난 7년 동안 한 해 두 번 정도 이곳을 방문해 쌀도 사주고, 컴퓨터 교육도 하고, 한글, 음악, 그림도 가르쳤다. 미얀마는 군사정권이 들어선 이후 사람이 모이는 것을 사전 차단하려고 학교에서 체육이나 미술, 음악을 교육하지 않는다. 그래서 어린이들은 처음 접하는 음악이나 미술 교육을 신기하게 받아들였다. 비록 옷매무새나 행동은 세련되지 못하고 초라해 보였지만 언제나 천진난만한 미소와 초롱초롱한 눈빛을 가진 고아원 아이들은 공부에 목마른 천사들이었다.

이렇게 며칠간 교육을 진행하면서 짬을 내어 누리나래선교회 멤버들이 준비한 돈에다 내가 조금 보태어 20여 명의 학생들에게 장학금을 전달하기로 했다. 고아원을 포함해 네 학교를 직접 방문하여 한 학교에 5명씩 장학금도 주고 가지고 간 초콜릿이나 선물을 나누어 주었다. 그리고 장학금을 수여한 후 그들과 함께 기념사진 촬영도 한 후 아이들에게 꿈을 가지고 잘 살라는 격려사도 한마디씩 했다.

규모도 크고 제대로 된 학교 건물도 있었지만 그렇지 못한 학교가 대부분이었다. 야자수 나뭇잎으로 허름하게 비만 피할 정도로 지붕을 만들어 노천에 세운 학교도 있었고, 책상이라고 해 봤자 땅바닥에 앉아 여럿이 쓰는 널빤지에 다리만 있는 경우가 대부분이었다. 교과서도 손때가 묻어 있고 일부는 형제간 대물림했거나 여러 사람들이 같이 썼던 책인지 헤지고 낡아 보였다.

귀국을 하루 남겨두고 마지막 행선지인 맨 북쪽 오지인 다야공 초등학교 천사들을 만나기 위해 아침 일찍 서둘러 숙소를 출발했다. 툭툭이 택시 3대를 빌려 탔는데 비포장 도로인지라 먼지가 날려 마스크를 눌러쓴 채 산길, 들길, 마을길을 마구 달렸다. 비포장 도로를 펄썩펄썩 뛰는 툭툭이의 충격에 우리들 엉덩이에 불이 날 지경이었다. 한 시간 정도 달려 도착한 다야공은 미얀마 소수 부족인 쿠키 족이 사는 인도 접경 마을이었다.

이 마을은 열악하기 그지없는 환경이지만 공부하고 싶은 어린 천사들이 가득했다. 미얀마 북서부 인도와 국경을 마주하고 있는 타무 지역의 다야공 초등학교에 갔다. 다야공 초등학교는 교사 두 명에 학생 30여 명의 조그만 시골 학교였다. 2년 전에 방문했

을 때, 전기가 없던 초등학교에 태양광 발전기를 설치해주어 낮에도 전기가 들어오게 되었다고 무척 고마워했다.

일 년에 두세 차례 만나는데 아직까지도 아이들은 수줍음을 무척 탔다. 그 수줍음은 한 시간도 지나지 않아 사라지고, 반가운 몸짓으로 다가와 우리들에게 매달렸다. 미리 와있던 색채 교육팀이 이틀 동안 그림 그리기 교육을 했다. 미얀마 학생들은 태어나서 처음 그려보는 미술 시간이었지만 무척이나 재미있어 했다. 마지막 날 아침 각자 그린 그림을 벽에 붙여 놓고 신나게 떠들며 자신들이 그린 그림에 대해 신기해했다.

천진난만한 아이들이 사는 이곳이야말로 희망이고, 천국이라는 생각이 들었다. 나는 60~70년 대를 회상하며 어린시절 만감이 교차했고 가슴 찡한 감동으로 눈시울이 붉어졌다. 이곳 아이들의 천진한 모습에 오히려 내가 최고급 수혜를 받은 기분이었다. 1학년쯤된 한 아이가 슬그머니 내게 다가와서 내 손을 잡았다. 그 따스한 온기에 한참 동안 안아주며 서울에서 모자랄 것 없이 자라는 손자 녀석들과 오버랩 되었다.

같이 사진도 찍고 노래도 부르며 모두 하나가 되어 시간 가는 줄도 몰랐다. 한국에서 준비한 과자와 초콜릿을 나누어 주었더니 먹지도 않고, 몇몇 녀석들은 동생에게 주려는지 호주머니에 주섬주섬 집어넣었다. 어느새 돌아갈 시간이 다가왔다. 돌아서려는 우리 일행을 보며 할말도 많았을 텐데 수줍어서 말도 제대로 못하던 젊은 여선생님은 돌아서서 눈물을 훔치고 있었다.

"벌써 가실 시간이…."

"돌아가면 언제 또 오시나요?"

발걸음이 떨어지지 않았다. 다가가서 또 오겠다고 손을 꼭 잡아 주었다. 나도 모르게 마음이 찡해지며 함께 눈시울이 붉어졌다. 이심전심으로 통하는 마음의 언어였을까. 말은 제대로 통하지 않았지만 몸짓과 눈빛으로 서로의 마음을 전달하며 다음 방문을 약속했다. 그렇게 미얀마에서 떠날 시간은 빠르게 다가왔다.

나는 돌아오는 길에 하얗게 먼지를 일으키며 달리는 툭툭이에 앉아 결심했다. 그동안 생각해 온 청소년을 위한 장학사업과 교육사업을 미얀마에서 펼치기로 마음을 굳혔다. 타무에 도착해 저녁을 겸해 이번 일주일간 바쁘게 진행했던 행사에 대한 결산을 하기 위해 모두 한 자리에 모였다.

"제가 앞으로 타무지역 청소년 100명을 10년 동안 책임지겠습니다."

다들 믿기지 않는다는 듯 의아한 눈초리로 되물었다.

"아니, 100명이라니요? 그것도 10년간이나 혼자서 한다는 겁니까?"

처음에는 다들 믿지 않았지만 나는 그동안 마음에 담아 두었던 생각을 말하고 아프리카나 동남아를 다니며 얻은 경험을 바탕으로 강한 의지를 피력하자 함성과 박수로 화답해주었다. 그렇게 해서 타무 권역에 소재하고 있는 12개 중학교와 6개 고등학교에서 선발된 장학생 100명의 교육과 장학금을 결정하는

'타무 장학위원회'가 만들어졌다. 한국에서는 기존의 팀들과 새로 참여하게 된 20여 명의 회원들과 함께 미얀마 청소년을 위한 '빛과 나눔 장학협회'가 설립되었다. 앞으로 내가 약속한 10년간의 지원을 차질없이 이행해야 하니 어쩔 수 없이 협회 회장직도 맡아 어깨가 무겁다.

물론 그런 좋은 취지를 여기저기 알리니 후원자가 많아져 이제 50여 명이 넘었고 한꺼번에 큰돈을 내는 분도 있지만 매달 1만원에서 5만원 정도 후원하는 분들이 계속 늘어나고 있다. 미얀마 희망인 청소년들을 미래의 리더로 키우는 일이 장학협회의 목표다. 청소년들에게 꿈을 심어 주자는 방향에 함께 뜻을 모으며 장학금은 수단일 뿐 미얀마 청소년들에게 교육시키는 것을 목적으로 방향을 정하고 경험 많은 시니어들과 같이 봉사할 계획이다.

이번 미얀마 여행을 뒤돌아보니 나를 위한 시간이었다. 미얀마 청소년들에게 희망을 심어줄 수 있다면 도리어 나를 더 기쁘게 하고, 가슴이 벅차며, 감사를 느끼는 고귀한 시간이었다. 그들은 비록 가난하지만 놀랍게도 기부지수가 세계에서 가장 높다. 서로 상부상조하고, 작은 것 하나에 감사할 줄 알며, 낯선 외국인에게 순박한 미소로 반갑게 인사하는 미얀마 사람들. 나는 오히려 그들에게서 인간의 포근하고 따뜻함을 느꼈고, 진정한 행복이 과연 무엇인지 배우고 있다. 봉사는 나를 위해 하는 행위라는 사실도 깨닫는 소중한 기회였다.

뱃사공 손돌목 이야기

'DMZ생태관광협회'에서 주최하는 제1차 DMZ 생명평화 대장정은 평화누리길의 시작점인 대명항에서 출발했다. 코리아 둘레길 중 'DMZ평화의 길'을 따라 강화에서 시작하여 동해안 고성통일전망대까지 무려 500km를 걷는 대장정이다. 매월 두 번째 토요일 출발한다.

가을걷이를 마친 들녘을 지나니 벌써 차가운 공기가 코끝을 마구 후비며 지나간다. 하루가 다르게 공기가 차가워지고 있었기에 늦가을을 만끽할 날이 얼마 남지 않음을 피부로 실감할 수 있었다. 몇몇 조형물이 설치된 길 초반부를 지나자 고즈넉한 마을 풍경이 장면을 달리했다. 회원들과 자박자박 흙길을 밟고 지나다 보니 어느덧 덕포진德浦鎭이다.

병인양요1866년와 신미양요1871년가 벌어졌던 역사 속 바로 그 장소다. '지역이 좋아 사람들이 모여들었던 항구'라는 뜻을 가진 덕포에 '진鎭'이 붙게 된 건 조선시대, 서구 열강들에 맞선 군영이 설치되면서다. 서해를 지나 한양으로 가려는 서구의 배들을 물리치는 데 있어 물살이 강한 덕포의 손돌목은 최적의 입지였다. 빠른 물살로 인해 조선시대 총 106척의 배가 이 지점에서 침몰했다고 전해진다. 치열했던 격전의 흔적은 지금도 남아 있다. 총 15대의 포대, 포를 쏠 때 필요한 불씨를 보관했던 파수청의 터는 1980년대 초 복원 및 발굴된 것들이다.

김포와 강화도 사이에 있는 물길을 염하鹽河라고 한다. 한강과 임진강이 만나 황해로 흐르는 물길이다. 그러니 염하는 짠물이 흐르는 강이라는 뜻일 것이다. 이 좁은 물길이 강화해협이다. 해협의 폭은 1km 남짓하고 물살은 거세다. 이 거친 물살 때문에 강화도는 피난 수도였다. 대명~초지진 간에 1,180m였던 폭이 덕포~덕진 간에 770m로 줄어들며 손돌孫乭목에서는 폭이 불과 570m로 줄어들어 수심은 5m에 불과하지만 3노트의 강한 조류가 소용돌이친다. 그래서 크고 작은 해난사고가 많이 일어났다.

조선시대 삼남三南 지방의 조운선들이 한양을 가기 위해서는 반드시 손돌목을 지나야 했다. 이곳은 물살이 매우 빠르고, 암초도 많아 조운선들이 자주 난파되었다고 한다. 손돌목은 진도의 울돌목, 태안반도의 관장목과 함께 '배들의 무덤'으로 불리는 악명이 높은 곳이기도 하다.

울돌목은 영화 〈명량〉에서 "신에게는 아직도 12척의 배가 남아 있습니다."로 잘 알려진 곳이다. 물살이 빠른 이곳에서 임진왜란 당시 이순신 장군이 13척의 배로 적선 333척을 물리친 명량嗚梁해전으로 유명하다. 전남의 진도에는 해남반도를 사이에 두고 유리병의 목처럼 갑자기 좁아진 해로가 있는데 바닷물이 간조와 만조의 때를 맞추어 병의 목 같은 좁은 곳을 일시에 빠르게 지나가기 때문에 울돌목의 조류는 거세기로 이름이 높다.

충남 태안 안흥 마도 근처에 있는 관장목은 고려, 조선시대 곡식을 전라도에서 출발해서 강화도와 김포를 거쳐서 한양으로 운반하기위한 세곡선들의 해난사고가 잦았다. 빠른 물살과 곳곳에 산재한 암초 때문이다. 태안해양유물전시관은 마도 1호선을 비롯 인천, 안산 해역 침몰선 3척까지 총 8척의 난파선과 유물 3만여점을 전시관리하고 있다.

손돌목의 이름은 손돌이라는 뱃사공의 이름에서 연유했다고 하며, 그에 관한 이야기가 『동국세시기東國歲時記』와 『열양세시기洌陽歲時記』 등 여러 기록으로 전해지고 있다. 1231년 몽골이 고려를 계속 침략하자 고종은 급히 화친 전략을 썼으나 그들은 계속해서 조공을 요구하였다. 이에 고종은 최후까지 항전을 결심하지만, 1232년 몽골의 2차 침략 때 강화도로 천도할 수밖에 없었다. 당시 고종은 신하들과 함께 개경을 떠나 강화도를 가기 위해 뱃사공이었던 손돌의 배에 타게 되었다. 손돌의 배가 지금의 대곶면 신안리와 강화도 광성진 사이의 해협을 지나고 있었는데, 고종이 보기에는 뱃길이 아닌 곳으로 가는 것처럼 보였다. 고종은 손돌에게 몇 차례 길이 바른지 물었다. 그러자 손돌은 "보시기에는 앞에 뱃길이 없는 듯하지만 조금만 더 가면 길이 생기니 너무 염려치 마십시오."라고 했다.

배가 강화해협 '손돌목용두돈대' 근처에 이르자 급한 물살 속에 휩쓸려서 뒤집어질 것만 같은 급한 상황이 벌어졌다. 그러나 손돌은 태연하게 험한 물살 가운데로 배를 몰았다. 이에 놀란 고려 왕은 손돌이 자신을 죽이려고 하는구나 오해하여 손돌을 당장 죽이라고 명하였다.

그러자 손돌이 죽기 전에 말하기를 "제가 띄우는 바가지가 흘러가는 곳으로 배를 몰아가십시오. 그러면 안전하게 강화도에 도착하게 될 겁니다."라고 말했다. 결국 손돌은 죽임을 당하게 되었지만, 바가지가 흘러가는 곳을 따라갔더니 강화도에 안전하게 도착하게 되었다. 그제야 임금은 신하들에게 자신의 잘못 때문에 죽은 손돌의 장례를 거하게 치러주고, 사당을 세워 넋을 위로하도록 명하였다. 훗날 사람들은 손돌이 죽은 이 해협을 '뱃사공 손돌의 목이 베어진 곳'이라고 하여 '손돌목'이라 불렀다고 한다.

김포시 대곶면 신안리 덕포진에는 손돌공의 무덤이 있다. 무덤이 있는 손돌공 언덕에 서면 서쪽으로 손돌목 해협의 모습이 한눈에 들어온다. 일제강점기 사당이 파괴면서 중단되었고, 이후 1970년에 주민들이 뜻을 모아 다시 무덤을 만들고 제사를 지내기 시작했다. 현재 김포시에서는 매년 음력 10월 20일에 손돌공의 넋을 기리는 '손돌제'를 개최하고 있다. 한편 손돌이 처형

당한 음력 10월 20일을 전후하여 손돌의 한이 서린 바람이 분다고 하는데 강화와 김포 사람들은 이를 '손돌바람' 또는 '손돌추위'라 부른다.

이 지역은 우리 조상과도 직접적인 인연이 있는 곳이기도 하다. 1868년 10월 불란서 함대가 흥선 대원군의 천주교도 학살 탄압 명분으로 강화도에 침공한 병인양요가 터졌다. 나의 고조부高祖父이자 병조에서 중군中軍을 지낸 가익건賈翊健은 불란서 함대가 강화도를 점령했다는 소식에 비분강개하여 의병을 모집, 대형어선 증발과 무기지원을 받아 강화도로 출병했다. 가 중군은 "내가 출정하니 어찌 살아서 돌아오겠느냐?"라는 말을 남기고 휘하 병졸을 인솔, 강화도로 나가 출정했다.

그러나 출정 준비에 시간이 걸려 의병 군함이 강화도 당도했을 즈음에는 이미 불란서 함대가 퇴각 도중이었다. 그런데 공교롭게도 날아온 포탄 한발이 지휘 군함의 선두에 맞아 배 앞 부분이 크게 파손되고 파편이 튀면서 중군의 좌완에 맞아 큰 부상을 입고 말았다. 중군은 해상에서 제때 응급 의료 처치를 받지 못했기 때문에 부상 부위가 커지면서 결국 1년 동안 투병을 하다가 39세의 젊은 나이로 품은 뜻을 다 이루지 못한 채 한 많은 세상과 작별했다.

'손돌목'이야기는 설화이자 풍신風神의 성격이 존재하는 것을 부정할 수는 없다. 하지만 『세시기』에 전하는 내용과 현지에 남아 있는 묘비 그리고 구전되는 설화를 볼 때, 손돌목은 손돌이라는 인물과 관련해서 유래된 지명임을 알 수 있다.

　손돌이 등장하게 되는 계기인 전란은 몽고침입, 임진왜란, 병인, 신미양요 같은 전란으로 그 의미가 많이 퇴색되어 있다. 그러나 태안의 관장목과 함께 고려, 조선시대 삼남지방의 곡식을 전라도에서 출발해서 강화도와 김포를 거쳐서 한양으로 운반하기 위한 세곡선들의 해난사고가 잦았던 곳으로 충분한 역사적 의미를 가지고 있다.

　김포시에서는 임진왜란 당시 700여 의병들과 충청도 금산에서 순절한 중봉 조헌趙憲선생, 임진왜란에서 병자호란에 이르는 위기에 직면한 시기에 국방 방어에 탁월한 능력을 보여 줬던 장만張晩 장군과 함께 목숨까지 바친 손돌공의 충성심을 선정하여 각종 행사지원은 물론 교육자료로 활용하고 있다. 손돌 이야기는 앞으로도 손돌의 충정을 돋보이게 하는 설화로 계속 회자될 것이다.

1인 1책 쓰기 〈새 마음 운동〉

파리의 미라보 다리에서 "저는 날 때부터 장님입니다."라는 팻말을 목에 걸고 구걸하는 걸인이 있었다. 그 걸인을 본 시인 '로제 카이유'는 팻말에 써 있는 글을 다른 글로 바꾸어 주었다. 그리고 얼마 후 다시 걸인을 만났다. 걸인은 반색하면서 이렇게 말했다.

"선생님이 글을 바꾸어 주신 후 하루 10프랑이던 수입이 50프랑이나 올랐습니다. 그 연유가 무엇입니까?" 카이유가 대답했다.

"예, '곧 봄이 온다고 해도 저는 그 봄을 볼 수가 없습니다'라고 바꾸었을 뿐입니다."

이처럼 한 줄의 글이 자신의 행동을 변화시키고, 세상을 바꿀 수도 있다. 법정스님은 평생 동안 무소유를 세상에 남기고 입적하셨지만 종교와 사상을 초월하여 온 국민의 마음속에 그분의 고귀한 정신과 사상은 오래오래 기억되고 있다. 이러한 힘은 평생 말씀으로 남긴 어록이나 대화도 있지만 무엇보다도 『무소유』를 비롯하여 30여 권이 넘는 책 속에서 묻어나오는 '글의 힘'이 아닌가 생각한다.

특히 『마지막 마무리』라는 글을 통해 무소유를 남기고 가신 뒤에도 사람들의 마음 한구석을 따뜻하고 풍요롭게 해주고 있다. 설령 출판된 책들을 절판하도록 유언으로 남기셨다 해도 한 번 글과 책으로 남겨진 스님의 사상과 가르침은 아무리 세월이 흐르더라도 영원히 남는다.

글은 단지 종이 위의 잉크 자국이 아니다. 글은 생각이요, 사상이요, 영향력이요, 역사요, 힘이 된다. 말로도 자신의 생각과 사상을 전할 수 있지만 지속적 영향력에서 보면 글이나 책을 따를 수 없다. 그 예가 이순신 장군의 『난중일기』나 『조선왕조실록』이다.

『난중일기』는 충무공 이순신이 임진왜란이 일어난 해부터 시작하여 전쟁이 끝나는 순간을 앞에 두고 노량해전에서 전사하기까지 7년간의 일을 기록한 일기이다. 전쟁전의 상황과, 임진왜란 당시의 전황을 알 수 있는 객관적 사료로서 대단한 가치가 있다. 국가의 제삿날에도 업무에 임하는 열정과, 진지와 병영관리에 태만하거나 소홀한 부하관리를 문책·처벌하는 엄중함은 물론, 개인적인 고뇌와 번민, 친지들과 관련한 내용까지도 상세히 기록되어 있다. 당대에는 이순신 장군 외에도 권율, 원균 같은 훌륭한 장수가 더 있었다. 기록을 남기지 않은 두 분은 그저 장수로만 남아 있을 뿐이다. 두 분의 기록이 제대로 없으니 때로는 역사학자들에 의해 왜곡된 해석까지도 내놓게 되어 때로는 잘못된 평가를 받기도 한다.

『조선왕조실록』은 어떤가. 조선 왕조가 태조부터 철종에 이르기까지 25대, 472년간의 역사를 편찬한 사서로 국보 제151호이자 유네스코 세계기록 유산이다. 『조선왕조실록』은 정치, 경제, 사회, 문화 그리고 천재지변 등 다방면의 자료를 수록한 종합사료로서 가치가 높다. 일본, 중국, 베트남 등 유교문화가 퍼진 곳에는 모두 실록이 있는데 편찬된 실록은 후손 왕이 보지 못한다는 원칙을 지킨 나라는 조선왕조뿐이다.

이 원칙의 고수로 『조선왕조실록』은 기록에 대한 왜곡이나 고의적인 탈락이 없어 세계 어느 나라 실록보다 내용 면에서 충실하다. 권 수로 치면 중국 명 실록이 2,900권으로 더 많으나, 실제 지면수로는 『조선왕조실록』이 이보다 훨씬 많아 분량면에서 세계 제일이다. 일본, 중국, 월남의 다른 실록들은 모두 당대 만들어진 원본이 소실되었고 근현대에 만들어진 사본들만 남아 있으나 『조선왕조실록』은 세계에서 유일하게 왕조 시기의 원본이 그대로 남아 있다.

글과는 달리 말에는 온도가 있어서 잘못하면 데일 수도 있고 찬서리가 내리기도 한다. 때로는 지울 수 없는 큰 마음의 상처를 주기도 한다. 글은 소리 없이 잔잔한 감동을 자아내고, 다시 꺼내서 되새길 수도 있다. 혹시 글로 인해 받은 상처는 받는다 치더라도 서로 작은 노력으로 금방 치유될 수도 있다.

내가 지금까지 40여 권의 책을 쓰면서 경험한 바로는 책 쓰기와 글쓰기는 다르다고 생각한다. 글쓰기는 타고난 재주가 어느정도 있어야 가능하고 유리하다. 책 쓰기는 타고난 재주가 없더라도 기술과 요령을 터득하면 얼마든지 가능하다. 요즘에는 스마트폰에 대고 말만 하면 글이 되고 찍기만 해도 텍스트화 되는 앱이나 AI기술을 잘 활용하면 컴맹, 폰맹이라도 스마트폰 하나로 누구나 책을 쓸 수 있다. 게다가 요즘 이슈가 되고 있는 챗GPT를 활용하면 더 쉽게 글쓰기가 가능해진다.

그동안 디지털 기술을 활용한 책쓰기 강좌를 오랫동안 해 오면서 전문작가, 출판사와 함께 '디지털책쓰기코칭협회'를 만들어 50여 권의 책을 만드는 데 음으로 양으로 도움을 주면서 큰 보람을 느꼈다. 내친김에 이런 책쓰기 학교를 전국으로 확산시키기 위해서 디지털 책쓰기 10개 대학을 개설하여 많은 사람이 책쓰기에 참여하도록 하고 있다. 이미 6개 대학을 오픈했다. 그 중에 삼성퇴직자 모임인 '성우회星友會'와 현대 퇴직자 모임인 '현우회'에도 책 쓰기 대학을 개설했고, 미얀마에 '한글 글쓰기 학교'까지 시작했다.

아프리카 속담에 "노인 한 사람이 죽으면 도서관 하나가 불타는 것과 같다"는 말이 있다. 시니어들이 고도성장기에서 얻는 지식과 경험을 글로 그리고 책으로 남긴다면 본인한테는 자아실현이 되고 사회적, 국가적으로는 방대한 경험들이 산지식과 데이터로 그대로 남아 후손들에게 공유될 수 있는 절호의 기회가 아닌가 생각한다.

　이러한 책 쓰기 운동을 전국으로 확산하여 '1인 1책 쓰기 〈새 마음 운동〉'이 들불처럼 번져 나갔으면 좋겠다. 지금은 누구나 글을 쓰는 호모스크립트Homo-script시대다. 앞으로 책쓰기는 디지털 기술과 AI가 획기적인 역할을 하면서 더욱 편리한 방식으로 발전하여 누구나 손쉽게 책을 쓸 수 있게 될 것이다.

　그 나라 문화수준을 알아보려면 서점을 가보면 알 수 있다는 말이 있다. 선진국에는 책이나 글을 쓰는 사람이 많고, 책을 읽는 사람도 많은 게 사실이다. 글을 쓰고 책을 쓴다는 것은 꼭 전문가의 영역만은 아닌 것 같다. 누구나 지속적인 노력과 열정만 있다면 가능한 일이다. 누구든지 살아온 길을 되돌아보면 몇 권의 책을 쓸 수 있는 소재를 가지고 있다. 평생에 단 한권의 책이라도 써서 세상에 기록으로 남긴다면, 먼 훗날까지 자신이 살아온 경험과 역사를 세상에 남길 수 있다. 문제는 도전장을 내는 용기다.

보물처럼 찾게 된 최재형 선생 족보

104주년 3·1절을 앞두고 독립 운동가들의 사진이 서울 광화문 광장 대형 전광판에 내걸렸다. 인공지능AI 기술로 옛 흑백 사진을 컬러판으로 복원한 사진이다. 이번 영상 송출은 오늘날 우리가 누리는 자유와 번영, 국민 자긍심의 원천인 독립정신을 널리 알리기 위함이었다. 복원된 독립 운동가는 김구, 안중근, 윤봉길, 유관순, 최재형 등 모두 15명이다.

그중에서 내게 인상 깊게 다가온 분은 최재형 선생이다. 그동안 잘 알려지지 않았다가 여기에 포함된 것도 큰 의미가 있지만 최재형 선생은 '하인리히 법칙'에서나 볼 수 있는 절묘한 인연으로 만나게 된 분이기 때문이다. 하인리히 법칙이란 미국 보험회사 하인리히가 평균적으로 한 건의 큰 사고 전에 29번의 작은 사고가 발생하고 300번의 잠재적 징후들이 나타난다는 사실을 발견한데서 비롯되어 '1 : 29 : 300의 법칙'이라고도 한다.

이 법칙은 사람과의 인연에서도 통하는 것 같다. 최재형 선생과의 작은 인연은 10여 년 전으로 거슬러 올라간다. 내가 20년 넘게 참여하고 있는 '인간개발연구원'이라는 CEO 조찬모임이 있다. 여기에서 해마다 해외 역사문화 탐방 프로그램을 진행하고 있었다. 이 모임에서 2010년에 동북아평화연대 멤버들과 기업인으로 구성된 회원 10여 명이 블라디보스톡의 우수리스크로 여행을 떠났다.

회원들은 그곳에서 평소 듣지 못했던 최재형 선생의 위대한 업적에 대해 자세히 알게 되었다. 최재형 선생은 일제강점기에 러시아 연해주에서 한인들의 처우 개선을 위해 힘쓴 연해주 독립운동의 대부로도 알려져 있으며, 한인 동포들에게 '페치카'라고 불리기도 했다. 특히 안중근 의사의 하얼빈 의거의 배후 인물이라는 사실에 더욱 놀랐다. 그동안 구소련에서 활동했던 독립운동의 역사를 드러낼 수 없는 이념 때문에 러시아 항일 독립운동사가 기억 속에 묻혀 있던 사실이 더욱 안타까웠다.

비즈니스맨이었던 김창송 회장은 그 말을 듣는 것만으로도 숙연해 저절로 고개가 숙여졌다고 한다. 귀국 후 곧바로 김창송 회장이 최재형 선생 알리기에 앞장서기 시작했고 그 일환으로 2011년 네 분이 공동대표로 최재형 장학회를 발족했다. 장학회에서는 후손은 물론 형편이 어려운 고려인 대학생에게 장학금을 마련하기 위해 후원 모금을 시작했다. 이때 나는 뜻이 좋은 것 같고 어른들의 일이라 후원금을 매달 내기 시작했다.

그렇지만 이런저런 핑계로 활동은 못하고 마음속으로 부담만 가졌던 차에 문영숙 이사장과의 묘한 인연이 생겼다. 몇 년 전 최재형 기념사업회라는 곳에서 편지가 왔다. 내용을 읽어보니 한 해를 보내면서 장기간 후원한 회원들에게 보내는 감사 인사장이었다. 여기서 문득 눈에 띈 것이 맨하단에 적힌 이름 '이사장 문영숙'이었다.

그동안 이사장직은 대개 여력이 있는 사업가나 저명인사들이 맡아왔다. 전혀 모르는 여성분이었기에 의아해서 어떤 분인지 사무실에 전화를 했다. 알고보니 문 이사장은 같은 고향 분이기도 하고 책을 많이 내신 분이었다. 책을 쓰는 내게는 반갑기도 하고 한번 인사라도 하고 싶은 생각에 바로 사무실로 찾아가 인연을 맺게 되었다.

문영숙 작가가 이사장이 된 사연도 대단하다. 오십이 넘어 느지막한 나이에 문단에 등단했다. 디아스포라 작가이기도 한 문 작가가 우수리스크에 문인들과 여행을 갔다가 감동을 받아 최재형 일생을 그린 책을 썼다. 그 책이 계기가 되어 블라디보스토크 왕복 크루즈 선에서 최재형 선생에 대한 선상강연을 맡게 되면서 인연이 이어졌다. 이후 최재형 장학회에서 실무적인 일을 도맡아 봉사하다가 이사장 자리까지 올랐다.

내가 몇 해 전 칠순이 되면서 삶의 방식을 바꾸어 살아보자는 생각을 했다. 세상에 무언가 보람되고 의미 있는 일을 통해 죽은 이후라도 향기가 남는 삶을 살아야겠다고 생각하고 여러가지로 봉사를 시작했다. 그 중 하나가 소주 가씨蘇州賈氏 문중의 일을 맡아 발벗고 나선 일이다. 체계적인 연구를 위해 '이충일효二忠一孝문화연구원'을 만들고 내가 원장으로 활동하면서 가 씨가 아닌 문영숙 이사장을 자문의원으로 모셨다.

지난해 말 2023년 연구원 사업의 일환으로 소주 가씨 편람을 만들기로 계획했다. 가씨 문중 어른들을 설득하는데 전주 최씨 경절공敬節公의 사적과 업적을 총 정리한 책자를 참고하기로 했다. 우연히 그 책자는 나와 같이 활동하고 있는 '한국디지털문인협회' 부회장이자 출판사를 하고 있는 정선모 작가가 출간했다. 마침 그 책의 디자인을 우리 딸에게 맡겼다. 그런 비슷한 책을 이충일효 문화연구원에서 만들려 하고 있다는 내 말을 듣고 혹시 참고가 될지 모르겠다며 딸이 내게 전해 준 책자였다.

문영숙 이사장이 마침 시간이 된다기에 함께 태안으로 내려갔다. 소주 가씨 대종회大宗會 회의에 자문으로 참석했던 문영숙 이사장이 무심코 그 책을 넘겨보다가 전주 최씨 족보가 나와 있다며 혹시 그동안 찾고 있었던 전주 최씨 족보가 아닐까하고 반가워 펄쩍 뛰었다. 곧 바로 전주 최씨 문중에 연락을 하더니 드디어 족보문제가 해결될 거라고 꿈에 부풀었다. 그렇지 않아도 최재형 선생의 3남이 남긴 필적에서 전주 최씨라는 사실을 발견한 후 전주 최씨 무슨 파인지를 몰라 늘 촉각을 곤두세우고 있던 차였다.

문 이사장은 출판사에 곧바로 연락해서 전주 최씨 문중 회장단과의 역사적 만남이 이루어졌다. 전주 최씨 족보 조회를 한 결과 최재형 선생의 뿌리를 찾게 되는 기적과 같은 일이 벌어졌다. 그 계기로 그간 노비로 잘못 알려진 최재형 선생이 전주 최씨 평도공파 후손으로 밝혀진 것도 큰 의미가 있다.

그동안 해 온 일도 없는데 금번 총회에서 내가 최재형 기념사업회 고문으로 위촉을 받아 어깨가 한층 무거워졌다. 그나마 최재형 선생의 족보를 찾는 데 단초를 제공한 장본인이 되었다니 조금은 마음이 놓인다. 돌이켜 보니 이 사건은 하인리히 법칙에서 보듯 초기 장학회로 출발할 때 후원을 시작으로 크고 작은 인연과 계기가 가져다 준 값진 일이었다.

하인리히 법칙이 여기에서 그치지 말고 도미노처럼 이어져 더 큰 사건으로 이어졌으면 좋겠다. 최재형 기념사업회가 선생의 국립현충원 묘 복원과 함께 역사 교과서에 최재형 선생을 등재하는 일, 국내에는 아직 최재형 선생 기념물이 없으니 기념관 건립과 영화제작 등으로 최재형 선생을 더 널리 전파할 수 있는 일들이 순조롭게 진행되길 소망한다.

아름다운 뒤태

여행은 우리에게 설렘과 즐거움을 선사하지만 때로는 삶에 깊은 깨달음을 주기도 한다. 그래서 여행을 많이 한 사람들의 삶은 남다르다. 2018년 봄 인간개발 연구원 주체로 진행된 '아프리카 문화시찰'에 참여한 일이 있다. 나이로비에서 출발하여 남아공 케이프타운까지 10여 개국의 멋진 여행을 마치고 마지막 코스인 두바이를 거쳐 서울로 향하는 비행기에 몸을 실었다.

불현듯 '만약 이 비행기가 갑작스런 기상악화나 엔진고장으로 인도양 한가운데 떨어져 내가 죽는 일은 없을까'라는 생각이 들었다. 그렇다면 '장례식에 찾아온 지인들은 죽은 나를 어떻게 살다가 간 사람으로 생각할까? 더구나 자식들에게는 어떤 아버지로 기억될까?'

이런 황당무계한 질문이 서울 도착까지 10시간 가까이 걸리는 시간 내내 꼬리를 물었다. 헤르만 헤세는 인간의 본질을 직시하고 그 안에서 '세계와 나'에 대한 진실을 찾으려면 "네 안으로 들어가 내면의 목소리를 들으라."라고 했다. 나에 대한 이러한 물음이 삶의 변화를 가져오는 계기가 된 것은 정말 행운이었다. '지금까지는 목표를 향해 열심히 뛰었지만 이제부터는 의미 있는 삶을 살아보자'라는 결심을 그때 하게 되었으니 말이다.

물론 이런 생각이 자력으로 나온 게 결코 아니다. 내 인생 멘토이신 이와다 고문과 중학교도 가지 못할 뻔했던 나를 이끌어 주신 이인기 담임 선생님의 가르침, 어머님의 자식 사랑, 오늘날의 내가 있게 해준 고마운 분들의 삶을 지켜보면서 배어 나온 결과이리라. 이제부터는 나 자신보다는 이타적인 삶을 위해 누군가의 부지깽이가 되어야겠다는 마음을 굳게 먹었다.

얼떨결에 책 쓰기를 시작한지 꼭 30여 년이 되었다. 10여 년 전 환갑기념으로 열 번째 책인 『셈본 인생경영』을 낸 일이 있다. 그후 꼭 10년이 지나 일흔살이 되던 해 칠순 기념이자 30번째로 『아름다운 뒤태』라는 책을 냈다. 조금이라도 아름다운 뒷모습을 남기기 위해 '무언가 의미 있는 일을 시작하자'는 휘슬이기도 했다. 그동안 남다르게 살아보고자 노력했던 경험들을 에세이 형식으로 정리했지만 그렇다고 내용 모두가 지나간 과거형이 아니었다. 앞으로 남은 20년 이상을 꼰대가 아닌 스마트 시니어 Smart senior로 삶을 살아가기 위한 나와의 약속이자 지침서이기도 하다.

인간은 누구나 죽은 뒤에는 뒷모습이 남는다. 뒷모습은 자기가 살아온 삶의 이력서다. 우리가 보여주려고 허둥대며 살아가는 것은 앞모습이지만, 뒷모습이 진정한 자신의 거울이요, 그 어떤 것으로도 감추거나 꾸밀 수 없는 참다운 모습이다. 그런 의미에서 나는 그동안 앞만 보고 나름 열심히 달려왔지만 이제 철이 들어야 할 나이가 되었다.

우리가 삶을 돌이켜보면 아쉬움과 탄식을 하는 사람도 있지만 누군가로부터 큰 박수갈채를 받는 사람도 있다. 마치 오케스트라의 웅장한 연주가 끝나고 난 후 우레와 같은 박수가 터져 나오듯이 멋지고 울림이 큰 경우다. 우리가 보여주려고 애쓰는 모습은 앞모습이지만 세월이 지난 후 남겨진 뒷모습은 항상 앞모습보다 더 오래 기억한다. 뒷모습이 진정한 자신의 거울이요, 그 어떤 것으로도 감추거나 꾸밀 수 없는 참다운 모습이다. 떠날 때를 알고 지는 꽃과 단풍은 그래서 더욱 곱다.

영국의 계관시인 알프레드 테니슨의 저택 앞에는 큰 오크나무 한 그루가 서 있었고, 테니슨은 이 거목을 통해 인생을 시로 읊었다. 그는 오크의 겨울을 인생의 노년기에 비유하면서, 오크가 잎을 다 떨어트렸지만 '적나라한 힘'을 가진다고 예찬했다. 이를 입고 있던 옷을 다 벗은 뒤에도 남아 있는 '나력裸力'이라고 불렀다.

권력을 휘두르던 지도자나 정치가 또는 사회 인사가 국민들로부터 존경을 받고, 은퇴한 교수가 제자들로부터 존경받을 수 있다면 그는 나력을 지녔다고 할 수 있다. 우리나라 대부분의 대통령들은 옷을 벗은 뒤 불행한 삶을 살거나 아름답지 못한 삶을 살고 있어 나력을 지녔다고 할 수 없다. 반면 100세를 넘긴 김형석 교수는 학문적으로나 인격적으로 국민들로부터 존경받고 있으니 나력이 대단한 분이다.

세상을 떠난 뒤에 아름다운 뒷모습으로 남은 분들이 많다. 영화 〈울지마 톤즈〉의 주인공 이태석 신부도 내전의 땅 아프리카 남수단에서 주민을 위해 헌신하다 마흔 여덟의 젊은 나이에 세상을 떠나셨다. 그분은 본인의 떠난 뒤까지 진한 향기를 남기신 분이다. 약자를 위한 헌신과 감사하는 마음은 이태석 신부 삶의 전부였다. 그래서 제자들은 물론 그를 아는 사람들은 한국의 슈바이처로 부르며 그의 젊은 죽음을 애석해한다. 또 헬렌 켈러는 어릴 적 시각과 청각을 잃었지만, 일생을 농아와 맹인을 돕는 데 바쳤다. 그녀의 목소리는 알아듣기 힘들었지만 통역자와 함께 전 세계를 여행하며 장애자를 위한 교육으로 아름다운 뒷모습을 남긴 분으로 기억된다.

뒷모습은 삶의 진정한 이력서다. 떠남이란 그림자처럼 늘 내 곁을 따라다닌다. 사람들을 잠시 만나고 헤어져도, 자리에 머물렀다가 일어서도, 직장에 들어가서 그만두는 일까지 모두 떠남이 따른다. 그 중에 삶을 잘 마무리하고 떠나는 것이 중요하다. "그리운 것은 모두 등 뒤에 있다."라는 말이 있다. 그런 의미에서 서산대사가 늘 마음에 지니고 살았다는 이 글귀는 큰 울림을 던져 준다.

"눈 덮인 들판을 걸어갈 때 어지러이 함부로 가지 말라, 오늘 내가 걸어간 발자취는 뒷사람의 길이 될 것이니 踏雪野中去 不須胡亂行 今日我行蹟 遂作後人程."

요즘 탤런트가 아니더라도 아줌마도 아가씨도 너나 할 것 없이 S라인, V라인도 아닌 U라인 만들기가 유행하고 있다고 한다. 'U라인'이란 다른 말로 예쁜 뒤태다. 날씬한 여성의 뒷모습은 등 부위가 U라인으로 떨어지는데 이것이 가장 아름답다는 의미이다. 이름이 나 있는 영화제나 시상식에 화려한 레드카펫이 깔려 있다. 이때 걸어서 입장하는 스타들의 패션은 뒤태를 강조한 옷들로 눈길을 끈다. 이런 것들이 유행으로 번진 것이다.

평범한 일상복뿐 아니라 웨딩드레스 역시 뒤태를 강조한다. 상대적으로 앞모습보다는 뒷모습을 오랜 시간 하객들에게 보여주어야 하는 신부들이 앞모습보다 뒷모습에 더욱 신경을 쓰고 쓰는 이유다. 그렇다고 아름다운 뒤태는 여성만의 전유물이 아니다. 사람들의 시선을 끄는 여인의 아름다운 뒤태처럼, 떠나는 삶의 모습에도 아름다운 뒤태가 있어야 한다.

"꽃향기는 백 리를 가고, 술향기는 천 리를 가며, 사람 향기는 만 리를 간다."고 했다. 선인들은 이름 석 자를 비문에 남기려고 딱딱한 돌을 파지 말라고 했다지만 죽은 뒤 한 사람의 인생을 한 줄의 문장으로 표현하는 것만큼 어려운 게 없다. 그래서 인생 성적표 같은 묘비명墓碑銘에는 인생철학과 삶의 흔적이 응축되어 있다.

고 정주영 현대그룹 명예 회장이 생전에 자주 했다는 "이봐, 해 봤어?"라는 말을 남겼다. 미국 극작가 버나드 쇼의 묘비명에는 "우물쭈물하다가 이렇게 될 줄 알았다."라고 적혀있고, 어니스트 헤밍웨이는 "일어나지 못해 미안하오."라고 했다. 과연 나는 생을 마감한 뒤 한 줄의 어떤 글 귀로 남을 수 있을까? 죽은 뒤에 나의 뒤태는 어떤 모습일까? 이를 위해 진정 나는 무엇을 남기고 떠날 것인가에 대한 물음을 조용히 나에게 던져 본다.

4장
·
마음의 날개

삶은 결국 선택이다.
음표뿐만 아니라 쉼표가 음악을
완성하는 것처럼,
때로는 삶에도 빈칸이 필요하다.

삶에도 빈칸이 필요하다

내가 참여하는 여러 모임 중에 '이업종異業種연합회'가 있다. 이 연합회는 업종이 다른 회사의 경영자들이 모이는 전국적인 조직이다. 이 모임의 단위 회장직을 맡고 있을 때였다. 연간 행사 중 하나로 하반기에는 1박2일 워크샵을 통해 친목도 다지고 다음 해 모임의 방향을 계획하는 일이다.

모임 장소는 가평 소재 별장 겸 연수원으로 추천받은 곳이었다. 그곳은 이 모임의 고문인 H형 소유로 회원들에게 장소를 제공해 주었다. 10월 중순이라 단풍이 불그스레 물들기 시작했다. 서울에서 남한강을 끼고 달리는 차창 너머로 상큼하게 불어오는 가을바람과 함께 가을의 정취가 물씬 풍겼다.

한 시간 반 정도 달려 도착했다. 그곳은 벼가 노랗게 무르익어 고개 숙인 논밭의 한가운데 자리잡고 있었다. 생각보다 넓은 잔디가 깔린 마당과 30여 명을 수용할 수 있는 연수시설을 포함해서 3층짜리 아담한 펜션 스타일이었다. 펜션 입구 간판이 눈길을 끌었다. '삶의 쉼표'였다. 미리 준비해간 민물 뱀장어를 숯불에 구운 바비큐와 그 지방에서 유명해진 지평 막걸리와 함께 저녁을 먹고 즐거운 환담의 시간이었다. 내가 먼저 오늘 초대해 준 H형에게 이 펜션의 이름을 삶의 쉼표라고 지은 이유를 물었다.

"음악이나 글에는 쉼표가 있어요. 글에 마침표만 있고 쉼표가 없다면 너무 지루하고 문장이 길어지면 무슨 말을 하려는지 요점을 파악하기조차 힘이 들게 됩니다. 만약 음악에도 쉼표가 없다면 금방 숨이 막히고 말지요. 그런데 우리들은 이 소중한 인생에 쉼표도 없이 앞만 보고 달리기만 하면서 살아가고 있지요. 100세 시대인 삶에서 더 멋진 인생, 더 의미 있는 인생을 살아가려면 쉼표가 필요합니다!"

H형의 생각은 거기서 그치는 게 아니었다. 다른 더 큰 포부가 있었다.

"우리나라 직장인들은 대부분이 그저 앞만보고 달리다 중도 퇴직이나 정년을 맞게 되면 준비된 제2의 삶을 살아간다는 것이 쉽지 않습니다. 많은 사람이 희망을 잃은 채 살아가는 게 안타깝지요. 그래서 이 장소를 쉼 없이 뛰는 사람들에게 쉼의 장소로 제공하려고 해요."라고 열변을 토했다.

H형의 이야기가 끝나기 무섭게 큰 박수갈채가 쏟아졌다. 한편으로는 부럽기도 하고, 다른 한편으로는 자신들의 뒤를 돌아보는

계기가 되었다. H형도 인생의 한 정점이 되는 60세가 넘는 어느 순간에 쉼표가 필요하다는 것을 깨닫고 이 연수원을 구상하게 되었다고 한다. 그는 칠순이 넘었지만 지금도 현역으로 월요일부터 쉼 없이 바쁘게 뛰며 살고 있다. 그 가운데 주말이 되면 꼭 가족들이나 친구들과 함께 여유와 쉼을 이곳에서 보낸다고 했다.

우리나라 직장인들이 사무실에서 일 때문에 받는 스트레스는 심각하다. 최근 한국 직무스트레스 학회 조사에 따르면 직장인 중 "업무 스트레스가 있다."고 답한 비율은 96%로 미국40%, 일본61%보다 월등하게 높았다. 회사에서 오래 쓴 PC가 고장이 나면 업무를 보지 못하게 되어 회사에 수리를 의뢰한다. 이 경우 회사가 최대한 빠른 시간 내에 수리를 해준다. 그에 반해 직원들이 과도한 스트레스나 고민이 있을 때 이를 회사에 신고하기란 쉽지 않으며, 신고하고 싶어도 마땅한 경로가 없다.

스트레스는 관리되지 않고 쌓여만 가게 되고, 결국 우울증이나 과로사 같은 돌이키기 힘든 치명적인 문제가 되고 나서야 후회한다. 우리나라는 배가 고팠던 나라에서 단시간에 세계 경제 10대 강국을 자처하면서도 Happiness hungry 국가가 되었고, 하루 40여 명이 자살하는 '자살 공화국'의 오명을 벗지 못하고 있다.

더구나 이제 디지털 혁명의 시대가 왔다. 4차산업혁명의 주역이 되기 위해서는 상상력과 창의로 일에 몰입하는 것이 필요하다. 상상력과 창의는 강압된 분위기에서 나오지 않는다. 자유롭고, 기분이 집중된 상황에서만 몰입으로 창조가 탄생한다. 불안이 없고, 상상이 자유로워지는 환경과 즐거운 웃음이 존재할 때 새로운 발상이 떠오른다. 그러려면 일과 삶의 조화가 절대 필요하다.

삶을 살다 보면 숨가쁘게 달려가야 이룰 수 있는 게 있고, 천천히 걸어야 보이는 게 있다. 멈춰서야 비로소 느껴진다. 우리는 늘 앞만 보고 뛰는 삶에 익숙해져 숨 가쁘게 살아왔다. 삶은 결국 선택이다. 음표뿐만 아니라 쉼표가 음악을 완성하는 것처럼, 때로는 삶에도 빈칸이 필요하다.

가정교사의 추억

1970년대는 아르바이트라는 말조차 없었던 시대였다. 대학생인 선생을 가정교사라 불렀는데 '입주 가정교사'가 인기였다. 입주 과외는 배울 학생의 집에 입주해 숙식을 해결하며 가르치는 방식이다. 비싼 하숙비를 감당하기 힘든 시골 출신 청년들이 특히 선호했다. 나도 예외가 아니었다.

나는 고등학교를 외지로 가지 못하고 고향에서 다녔다. 학원이나 과외공부는 고사하고 독학과 다름없는 입시 공부를 해야 했다. 대학에 갈 처지가 못 되었지만 운 좋게 서울에 있는 대학에 합격했다. 막상 상경했지만 의지할 곳이 없었던지라 숙식을 해결할 방법이 마땅치 않았다. 그래서 시작한 것이 입주 가정교사였다. 입주 가정교사 자리는 쉽지 않은데 마침 작은 형님의 지인을 통해 소개받았다.

집주인은 영등포에서 인삼으로 건강식품을 만드는 회사를 운영했다. 자녀가 여럿 있었지만 중학교에 다니는 막내의 공부를 내게 맡겼다. 그 아이의 성적은 반에서 중간 정도라 참 애매했다. 부모들은 귀여운 늦둥이가 좋은 고등학교에 가는 것이 지상 목표였기 때문에 과외선생을 고르고 고르다 나를 낙점했다. 시골에서 혼자 올라와 숙식을 해결할 데가 없었던 나에게 입주 과외는 구세주와도 같았다.

입주 가정교사가 겉보기는 그럴듯해 보이지만 실제로는 말 못할 애로 사항이 한두 가지가 아니었다. 한참 팔팔한 나이에 아침부터 밤늦게까지 그 집 식구들의 눈치를 봐야했다. 내게 대놓고 이야기하지는 않지만 알게 모르게 귀가시간이나 사생활까지도 신경써야하기 때문이었다. 그 집은 넉넉한 편이라 집에 상주하며 일하는 젊은 아가씨가 있었다. 같은 처지의 동병상련이랄까 그 아가씨가 삼시 세끼 식사에 빨래까지 챙겨주었으며 나를 눈치껏 이것저것 도와주어 퍽 다행이었다. 예를 들어 야유회라도 갈 때면 점심 도시락도 싸 주기도 하고, 주인이 집을 비울 때에는 평소 먹어보기 힘든 갈비찜 같은 음식을 슬쩍 퍼 주기도 했다.

그 집에서 1년 반을 지냈다. 학생이 기대하던 일류 고등학교에 진학하지는 못했지만 무사히 진학하자 더 이상 가정교사를 필요로 하지 않았다. 오갈 데 없어진 신세가 되었다. 수소문하여 동숭동 산꼭대기 지하 단칸방에서 자취하는 친구 집에 당분간 신세지기로 했다. 대학 예비고사에서 낙방했던 그 친구가 학원에 다니며 재수를 하고 있을 때라 내가 공부를 약간 도와주는 조건으로 얹혀 지냈다.

그러다 운 좋게도 모 대학 부총장으로 계시는 교수댁에 입주하게 되었다. 고려대 근처 종암동 부잣집들이 모여 사는 동네였다. 대지가 넓은 한옥에다 대청마루까지 있었고 서재도 큼직했다. 그 집에 동료 교수들은 물론 제자나 학생들이 늘 드나들었다. 입주 과외 처음에 했던 일은 역시 좋은 고등학교 진학을 목표로 중학생을 가르치는 일이었다.

한동안 나를 지켜보던 부총장님은 고등학교 3학년에 다니는 큰아이를 돌봐 달라고 부탁했다. 그렇지만 그 친구는 애시당초 공부할 생각이 전혀 없고 놀기를 좋아하는 딴따라에 가까운 친구였다. 그러니 공부보다 1년 동안 숙식을 같이 하면서 공부 분위기만 잡아 달라는 식이었다. 말하자면 생활지도를 겸한 인성까지도 좀 봐 달라는 멘토역할이었다. 멘토란 일리아드에 나오는 오딧세우스가 전장터에 나가면서 자기의 친구 멘토에게 아들을 맡겨 훌륭하게 키워 주었다해서 멘토Mentor라는 말이 나왔다. 그 역할은 생각보다 쉬운 일은 아니었다.

우여곡절도 많았지만 대학을 졸업하기 직전까지 그 댁에서 숙식은 물론 차비와 용돈까지 해결했으니 나로서는 행운이었다. 지금 생각해도 그 흔한 당구 하나 제대로 배우지 못할 정도로 입주 가정교사 생활 자체가 내 대학 생활 대부분을 차지했다. 그 제도가 없었다면 학업을 이어가는 데 상당한 어려움을 겪었을지도 모른다.

대학생 아르바이트의 역사를 잠깐 들여다보자. 1960년대 고교 비평준화 시절, 명문 고교에 진학하기 위한 중학생들의 입시 전쟁이 과열되면서 과외가 사회 문제가 되었다. 당시 명문고였던 경기, 서울, 경복고 등에 진학할 정도의 성적이면 최소한 SKY대 입학은 거의 보장되었고 서울대를 가냐 못가느냐의 문제였다.

중학생들의 입시 전쟁이 지나치게 과열된다는 이유로 1970년에 고등학교 평준화 정책을 전격 시행했다. 입학시험으로는 진학이 어려운 대통령의 아들 박지만 때문이라는 소문이 파다했다. 평준화 실시 이후 고교진학의 문제가 사라지자 이제는 대학입시 경쟁이 과열되기 시작했다. 그러자 신군부는 1980년 7월 전격적으로 과외를 전면 금지시키는 대신에 KBS와 MBC에서 방송 시간을 일부 쪼개서 고교 과외 방송을 진행하도록 했다. 이듬해에는 별개의 채널에서 교육 방송을 시작한 것이 현재의 EBS교육방송이다.

규제는 점차 풀렸지만 과외가 비밀과외 형태로 음성적으로 번지면서 특별 과외비가 천정부지로 오르게 되자 1989년 2월 대학생 과외가 전면 허용되었고 일반인 과외 금지 규정도 해제되었다. 지금은 누구나 과외를 시킬 수 있지만 그 말은 사라지고 아르바이트로 통용된다.

당시 입주 과외의 동기는 상급학교 입시 준비가 주를 이루었지만 학습 방법의 지도, 예능 실기 지도 등 공부를 가르치는 일 외에도 생활지도나 인성적인 측면까지 돌봐 주는 목적도 있었다. 늘 함께 붙어 지내야 하니 가정교사와 학생 사이에 이성 문제가 불거질 것을 염려해 자녀와 동성인 교사를 들이는 경우가 많았다.

한집에 오랫동안 동거동락 하며 살다 보면 학생의 형제자매와 비밀리에 눈이 맞아 사고를 치는 경우도 자주 있었다. 가정형편은 어렵지만 똑똑한 가정교사가 부유한 집 아이들을 가르치는 경우가 많았다. 근대 배경의 소설이나 영화 같은 창작물을 보면 가정교사가 주인공으로 자주 나오며, 특히 로맨스 물인 경우 가정교사로 들어온 여교사와의 로맨스가 심심찮게 등장한다. 한국에서도 1963년 제작된 김기덕 감독의 〈가정교사〉라는 영화도 엄앵란, 신성일 등이 주연으로 출연하는 데 가정교사와 두 형제간의 로맨스를 그린 영화다. 내게는 불행인지 다행인지 그런 로맨스의 기억은 생각나지 않는다.

그토록 사연도 많았던 입주 과외의 역사가 이제 하나의 옛이야기로 남아있다. 지금은 학생도 입주 과외 지도를 받길 원하지 않을 것이고, 아무리 공부 못하는 자녀를 둔 부모라도 자기 집에 입주 교사를 기거시키는 일은 상상조차 할 수 없는 시대다. 입주 가정교사는 이제 전설처럼 되었다. 지금 생각해봐도 입주 가정교사를 허락해주신 분들이 나에게 은인이자 오늘의 내가 있게 해준 참으로 고마운 분들이다. 그런 답례로 나름 요즘 퇴직한 후배들에게 멘토 역할을 좀 해주며 작은 보답을 하고 있으니 그나마 다행이다.

고속도로 화장실 청소

회사에서 교육 관련 일을 시작한 지 30여 년 동안 잊지 못할 교육과정 하나가 기억난다. 고작 화장실을 청소하는 일이었다. 이건희 회장의 숙원사업이었던 자동차 사업에 필요한 사람은 '오른팔이라도 잘라서 보내라'는 지시가 떨어졌다. 내가 비서실에 잠시 근무했다는 이유로 막 시작한 삼성 자동차 신규 조직에 교육 총괄 임원으로 합류했다.

막상 가보니 자동차에 대한 실무나 교육경험이 전무한 나로서는 무엇부터 해야 할지 눈앞이 캄캄했다. 오히려 먼저 입사한 경력사원들에게 배워야 할 처지였다. 어쩔 수 없이 혼다자동차 종합연수원장으로 정년 퇴임한 이와다 씨를 일본으로 직접 찾아가 고문으로 영입했다. 40년 동안 경험한 자동차 판매와 정비교육에 대해 하나하나 자문을 받았다.

'삼성이 만들면 다릅니다'라는 슬로건 아래 출발한 자동차는 선발주자인 현대나 대우와 차별화가 필요했다. 기존의 경력사원들을 뽑지 않고 신입사원 중심으로 사람을 채용했다. 기존 사원들은 이미 그 회사 문화에 젖어 있기에 완전히 처음부터 새로 교육하는 방식을 택했다. 차별화된 교육 프로그램을 짜기 위해서는 자동차 선진국인 일본의 교육시스템을 벤치마킹할 수밖에 없었다. 그 중의 하나가 화장실 청소였다. 이와다 고문은 일본 자동차 부품 회사인 '옐로우 햇Yellow Hat'의 화장실 청소교육을 추천했다.

그 회사의 교육내용을 검토하기 위해 직원과 함께 일본 출장을 떠났다. 창업자 가기야마 히데사부로 회장이 직접 시범을 보였다. 자전거 한 대로 시작해 1조원의 상장 회사를 만든 회장이지만 창업 이래 지금까지 매일 아침 장갑도 끼지 않은 채 맨손으로 화장실을 청소하는 것으로 유명해진 분이다. 처음에는 '화장실 청소가 직원들 교육에 무슨 효과가 있을까?'라고 의아해했다. 옐로우 햇Yellow Hat은 회사 경영이 어려워지고 직원들이 의욕을 잃어갈 때 처음 시작했다. 청소가 직원들 개개인의 성품을 바꾸고 고객과 거래처 사람들의 마음을 움직였으며 주변 마을까지 변화시켰다. 청소가 사람을 근본부터 바꾸는 힘이 있다는 '청소력淸掃力'을 잘 보여주는 사례였다.

3개월 후 그 회사 교육담당 상무를 서울로 초청해서 임원특강부터 시작했다. 간부들과 사원을 대상으로 확대하여 차례로 전

직원 교육을 다 마치고 배운 청소방법을 실행하기로 했다. 우선 화장실 청소 직원들을 잠시 쉬도록 하고 임원들이 화장실 청소를 솔선하는 이벤트를 실시했다. 제일 먼저 시범적으로 대표이사부터 시작했다. 대표이사가 앞장서니 임원들은 불평불만조차 하지 못하고 잘 따라왔다.

이후에는 부장부터 과장 순으로 당번을 정해 화장실 청소를 배운 대로 직접 해보도록 했다. 본사 화장실이 몰라보게 달라졌다. 청소 직원들이 아무리 청소해도 금방 지저분하던 화장실이 늘 깨끗했고, 세면대까지도 물 한 방울도 튀지 않을 정도로 청결했다.

그 다음으로 신입사원 입문 교육과정에 도입하기로 했다. 교육 인원이 차수별로 100여 명으로 많았기 때문에 한꺼번에 실습할 큰 화장실이 필요했다. 마침 경부고속도로 휴게소 화장실이 적합하다는 생각이 들었다. 그 당시에는 공중화장실이 지저분하기 짝이 없었고 제대로 닦지 않아서 변기 밑바닥에는 시커먼 때가 덕지덕지 붙어있었다. 그런 더러운 변기를 장갑도 끼지 않은 채 맨손으로 윤기 날 때까지 닦는 것이 교육의 전부였다.

마침 추운 겨울철이라서 기온이 영하로 떨어진 데다 매서운 찬바람까지 씽씽 불었다. 한겨울 새벽 4시에 신입사원들의 잠을 깨워 버스에 태워 이동했다. 버스에 탄 그들은 다들 잠이 덜 깬 상태로 불만이 가득 찬 얼굴 표정이었다. 자기 집에서 한 번도 해보지 않은 화장실 청소를 꼭두새벽에 교육 대신으로 한다니 기가 막힐 노릇이었다.

도착해서도 어이없어 하는 그들에게 팀장인 내가 직접 시범을 보였다. 번들번들 윤기나게 닦은 뒤 최종 검사에 합격해야만 작업이 종료되었다. 그런데 시간이 갈수록 불만 가득했던 신입 사원들의 얼굴 표정이 서서히 달라지기 시작했다. 냄새나고 더러웠던 공중 화장실을 빛이 날 정도로 말끔하게 청소했다는 사실에 조금은 뿌듯해하는 눈치였다.

신입사원 연수는 차수별로 한 달 과정으로 진행되었다. 대부분 교육이 다 그렇듯이 연수를 마칠 때에는 과정평가를 실시한다. 더러운 화장실 청소교육이 일본에서나 통하지 한국에서도 통할 수 있을까. 그 성과에 대해서 관심이 높았지만 장담할 수가 없었다. 국내에서는 처음 해보는 시도라서 누구도 그 평가결과를 예측할 수 없었다.

그러한 염려는 완전히 기우였다. 전체 수십 개의 입문 교육과정 평가에서 당당히 일등을 했다. 예상치 않은 결과에 모두가 깜짝 놀랐다. 회사가 강제적으로 시킨 화장실 청소가 일등일 거라고 생각하는 사람은 거의 없었다. 한참 예민한 젊은이들에게 억지로 힘든 교육을 시킨 나에게 부정적인 평가와 비난이 쏟아질지 몰라 은근히 걱정도 했다.

화장실은 그 나라 문화수준을 말해준다. 40여 년 우리나라 화장실 청결 수준은 형편없었고, 겨우 재래식에서 양변기로 대체되는 과정에 있었다. 다행히 88년 올림픽을 기점으로 화장실 외관이나 시설도 깨끗하게 개량되기 시작했다. 지금은 어디를 가더라도 화장실이 잘 단장되고 청결도가 높아져 세계에서도 내로라 할 정도의 화장실 문화가 정착되었다. 이제는 화장실이 깨끗하기로 알려진 일본조차 부럽지 않을 정도다.

청소는 단지 더러운 것을 치우는 행위일 뿐만 아니라, 마음과 주변을 변화시켜 마침내 생각과 행동까지 바꾸는 강렬한 힘을 발휘한다. 삼성 자동차가 빅딜로 해체되면서 그 교육은 맥이 끊어졌다. 신입사원들에게 화장실 청소를 시킨 교육이 일본처럼 우리나라에 좀 더 확산시키지 못한 점이 큰 아쉬움으로 남았다. 요즘 조직관리나 경영이 어렵다고 하소연하는 사람들이 늘고 있다. 경영의 어려움을 극복하고 최강 조직을 만들고 싶다면 가기야마 회장의 '화장실 청소가 사람과 회사를 바꾸는 힘이 있다'는 마음 청소력에 귀를 기울여본다면 어떨까. 사람은 눈에 보이는 것에 자신의 마음도 닮아가는 존재이기 때문이다.

나를 괴롭힌 외국어 도전

외국어 공부는 내게 평생 짓궂게 따라다니는 스트레스였다. 그 스트레스로 가끔 외국어 트라우마가 악몽으로 나타나기도 했다. 나는 시골학교를 다녀 도시 아이들에 비해 외국어에 관한 한 제대로 혜택받지 못했다. 영어 수업이라 해봤자 교과서 읽고 고작 해석이나 하는 정도였고, 고등학교 때도 서울의 중학생 수준에 불과했다. 예를 들면 흔하다는 영어 녹음 테이프조차도 들어본 일이 없었다.

도시 애들이 『정통종합영어』를 참고서로 사용할 때 우리들은 중학생들이나 보는 『삼위일체 영어』 참고서가 전부였다. 영어공부는 그렇다 치고 더 애를 먹인 것은 제2외국어였다. 그 당시 서울대학교에 응시하려면 반드시 제2외국어를 선택해야만 했다. 시골의 열악한 환경에서 제2외국어 교사가 없어서 영어선생님이 독일어를 가르쳤지만 그저 시늉이나 내는 정도였기에 알 만하지 않은가? 무모하게도 고등학교 2학년 때까지 서울대학교에 가겠다는 도전장을 내고 제2외국어를 독일어로 정하고 덤볐다. 결국 독학으로는 독일어 공부가 만만치 않아 중도에 포기하고 말았다.

영어는 외지에 사는 친구가 보내준 『입시정해』라는 중고판 참고서가 있어서 덕분에 예비고사와 대학입시에 큰 도움이 되었다. 문제는 대학교에 들어가서부터 시작되었다. 어학은 처음부터 도시 출신 애들과의 실력차로 한계를 느껴야만 했다. 서울 친구들은 웬만한 영어회화 정도는 수월하게 하고 있었지만 나는 학습 진도도 쫓아가기에 급급했다. 엎친 데 덮친 격으로 내가 입학한 학교는 보편적으로 영어를 잘하는 학교로 알려져 있을 때였지만 나는 예외였다. 원서로 된 교재가 많았고 게다가 교양과목의 외국어 모두 원어민 교수들이라서 회화가 취약한 나로서는 제대로 알아듣지 못해 늘 애를 먹었다.

나는 원래 수학에 약했는데 부전공 필수 중 하나가 하필 경제수학이었다. 수학에 자신이 없는 데다 영어원서로 되어 있어서 차일피일 미루다 마지못해 4학년 마지막 학기에 수강신청을 했다. C학점 이상이 나오지 않으면 졸업을 못하고 2년간 ROTC 군사훈련을 받은 게 모두 무효가 될 판이었다. 그런 위기에 중간고사에서 하필이면 D학점을 받았다. 그러던 중 구사일생으로 기말고사에서 C학점을 맞아 구제되어 무사히 장교로 임관할 수 있었다. 그때 마음 고생이 트라우마가 되어 지금도 가끔 악몽을 꾼다.

그 후로도 외국어와의 악연은 끊질겼다. 외국어가 회사 생활을 하는데도 계속 발목을 잡았다. 제대 후 첫 직장으로 당시 가장 인기였던 종합상사 1호 삼성물산에 입사했다. 상사맨들은 누구나 영어 하나쯤은 잘하는 것으로 알려져 있었지만 나는 그렇지 못했다. 그래서 밤늦게 퇴근해 잠시 눈만 붙이고 다음날은 새벽반 어학원에 다녀야만 했다. 그 당시 무역 관련 일을 하는 종합상사인지라 정해진 어학등급을 따지 못하면 승진에서 누락되는 등 인사상 불이익을 받아야 했다.

불행하게도 2년 동안 열심히 공부하고 시험 본 결과 토익 기준으로 고작 700점 언저리에 불과했다. 1등급이 되려면 900점 가까이 되어야 했다. 아무래도 영어에는 자신이 없었다. 나는 영어공부엔 한계가 있다 싶어 새벽공부를 영어에서 일본어로 바꿨다. 그 당시 일본어 교재로는 박성원 일본어 책이 최고로 인기가 있을 때다. 일본어에 몰두해 열심히 노력한 덕분이었는지 드디어 행운이 찾아왔다.

그 당시 삼성그룹에 종합어학생활관이 막 생겼을 때였다. 운 좋게도 내가 2기로 일본어 과정에 들어가라는 발령이 났다. 그 연수원은 용인에 있는 그룹연수원 소속이었다. 그곳에서는 그룹의 글로벌화를 위해 원어민 강사를 초빙해 철저히 가르쳤다. 마침 이병철 회장이 반도체 사업을 시작하기 위해 일본 반도체 회사에 50명의 연수생을 파견하기로 결정한 때였다. 원래 3개월 합숙 과정인데 속성반으로 2개월 만에 연수를 마쳤다.

나는 그 연수생들과 달리 반도체 요원으로 일본에 나간 케이스가 아니라 삼성물산의 일본 주재원으로 발령받아 오사카 지사에서 4년간을 근무했다. 사실 일본어 공부를 했다고 하지만 현지에 가보니 제대로 알아들을 수 없어 많은 실수도 하고 회사 일을 하는데도 어려움이 많았다. 4년 여를 근무하고 귀국하자 일본이 잘나갈 때라 업무상으로도 일본어에 대한 수요가 많아져 나에게는 여러 기회가 왔다.

특히 일본어를 통역 수준에 이를 정도로 잘하는 사람은 그리 많지 않았기 때문에 비서실에서 근무할 때는 일본 상대의 중요한 일을 도맡아 하는 행운도 뒤따랐다. 예를 들면 그 당시 일본에서도 화제가 되었던 혁신의 전도사 이와쿠니 이즈모 시장出雲市長을 삼성을 대표해 출장 가 직접 만나기도 했고, 한국에 오게 되면 간단한 통역까지도 맡아 진행했다.

일본 관련 일을 도맡다 보니 자연히 일본통으로 주목받으며 여러가지 일을 했다. 특히 삼성자동차 창업 시에는 모든 기술과 교육 시스템을 일본의 닛산 자동차로부터 전수받았다. 임원급 중에 일본어가 필요한 창구역할은 물론 일본에서 영입한 고문들과 직접 소통하며 수월하게 일을 할 수 있었다.

문제는 IMF가 오면서 상황이 완전히 뒤집혔다. 파워는 시프트되는 법, 일본 의존도가 뚝 떨어지고 모든 경영시스템이나 정보가 미국 중심의 영어권으로 넘어가기 시작했다. 그때부터는 모든 컨설팅이나 기술도입 혹은 인재교류 등이 미국이나 서구식으로 바뀌었다. 영어에 취약한 나는 그 틈에 끼어들 수 없었다. 하루 아침에 일본어에서 영어로 탈바꿈한 세상이 되었다.

그런 처지에서 마지막 직장이었던 A&D 대표이사로 자리를 옮겼다. 도이치 뱅크와 합작법인이라서 파트너가 전부 영어권 사람들이었다. 급기야 영어를 극복한답시고 원어민을 불러서 공부도 시작했지만 역부족이었다. 회사 업무는 그럭저럭 통역을 통한다지만 그 외 사적인 교류나 공식행사가 끝난 이후의 시간은 통역으로 되지 않았다. 때문에 애로사항이 한 두 가지가 아니였고 영어가 내 발목을 잡아 스트레스가 이만저만이 아니었다.

퇴직 이후에도 외국어와의 또 다른 악연은 계속되었다. 개인사업을 하면서 해외로 눈길을 돌리기로 했다. 첫 번째가 중국이었다. 20년 전만 해도 중국에서는 한국에 대한 붐이 대단했다. 그래서 중국어를 하기로 작정하고 2년 동안 열심히 공부했다. 중국이 막 부상하고 있을 때라서 업무상으로 중국을 많이 다녀야 하기 때문에 중국어는 필수였다. 그러나 중국어는 4성이 있고 한문 자체도 어려워 중국어 역시도 쉬운 일은 아니었다. 간단한 인사말이나 일상용어 정도로 만족해야 했다.

그 다음 베트남이 떠오르기 시작했다. 강의도 다니고 그동안 해오던 컨설팅 사업을 시작하기로 했다. 다시 베트남어에도 도전장을 냈다. 역시 베트남어도 6성이라 발음이 만만치 않았다. 2년여 동안 해봤지만 겨우 인사말 정도 외에는 더 이상 진척을 보지 못했다.

그 후 우연히 미얀마로 발을 돌렸다. 나이가 들어 이제 의미 있는 일을 해보자는 취지로 장학사업을 하고 젊은 청소년 대상으로 교육봉사를 시작하며 '빛과 나눔 장학협회'를 만들어 회장에 취임했다. 기왕 내친김에 미얀마어에 도전했다. 역시 3성 발음이 있어서 한국 사람한테는 발음이 쉽지 않았고 글씨체도 동글동글해 그게 그 글자처럼만 보여 만만치 않았다. 1년여 공부를 해봤지만 실력이 늘지 않아 포기했다.

물론 나이가 들어 시작하니 기억력 감퇴도 상당히 작용을 했으리라. 배우는 속도보다 잃어버리는 속도가 더 빠르다는 한심한 생각도 들었다. 외국어를 공부한 지 거의 60년 가까이 되지만 제대로 외국어를 하지 못하는 이유는 무엇일까. 능력부족일까, 머리가 나쁜 탓일까하고 여러가지 회의감이 들 때도 많았다.

어학은 젊었을 때와는 달리 책상머리에서 하는 공부로는 한계가 있는 것 같다. 현지에서 부딪치며 생활하면서 배우지 않고는 안 된다는 생각이 들었다. 내가 현지에서 살면서 배웠던 일본어만큼은 40년이 지난 지금도 TV방송이나 책을 봐도 어느 정도 이해되고 일본인과 소통할 수 있는 것을 봐도 그렇다. 직접 현지에서 살면서 배워야 된다는 생각이 절로 든다. 앞으로 기회가 된다면 원한이 쌓인 영어권을 포함해서 3개 국어 정도를 어느 정도 해보고 싶다. 그러려면 그 나라에서 6개월 정도 살면서 직접 체험하는 게 최고의 방법이라고 본다. 그 꿈이 실현될 수 있을지 모르지만 언젠가 꼭 도전해보고 싶다.

돌이켜 보면 어릴 적 제대로 외국어 공부 기회를 갖지 못했던 게 가장 큰 걸림돌이 아니었나 싶다. 젊은 사람들에게 당부하고 싶은 게 있다. 나이가 한 살이라도 젊을 때 영어는 기본이고 외국어 몇 개 정도에 도전해보라고 꼭 권하고 싶다. 글로벌 시대에는 외국어가 누구에게나 평생 고민거리요, 스트레스로 늘 따라다니기 때문이다.

닛코日光의 세 마리 원숭이

젊은 시절 종합상사 주재원으로 일본에 거주하면서 전국의 관광지를 돌아볼 기회가 있었다. 그 중에 기억에 남는 한 곳이 동경 근교에 최고의 관광명소로 이름나 있는 닛코日光다. 그곳은 가을 단풍을 만끽하는 곳으로도 유명하다. 일본을 통일하고 막부시대를 연 도쿠가와 이에야스德川家康의 사당격인 도쇼궁東照宮도 여기에 있다.

이곳에서도 다른 관광지와 마찬가지로 일본 특유의 불교와 신도와 도교의 다양한 문화를 볼 수 있다. 그들은 태어나 어릴 적에는 신사에 가고, 결혼 시에는 교회에서 혼례를 치르지만 죽어 장례를 치를 때는 절로 찾아간다.

도쇼궁에서 가장 유명한 것이 입구에 걸려있는 세 마리三猿의 원숭이 나무 조각상이다. 이 원숭이들은 한 마리는 양손으로 눈

을 가리고 있고, 다른 원숭이는 입을 손으로 막고 있으며, 또 한 마리는 귀를 막고 앉아 있다.

즉 나쁜 건 보지도, 듣지도, 말하지도 말라는 세 가지 처세술을 나타내며 그것을 세 마리 원숭이로 표현한 것이다. 우리나라에서도 예전에는 시집을 가면 '3년 동안은 장님, 귀머거리, 벙어리가 되라'는 시집살이 3계명과 비슷하다. 사람이 살아가는 데 꼭 필요한 처세술을 은유적으로 표현했다.

무로마치 막부 말엽 각지에서 힘을 가진 다이묘들이 일어나면서 시작된 일본의 전국시대는 15세기 말부터 약 100년 동안 계속되었다. 전국에서 300명에 이르는 군웅이 할거하여 각축을 벌이던 난세에 오다 노부나가織田信長, 도요토미 히데요시豊信秀吉, 도쿠가와 이에야스가 두드러졌다. 노부나가와 히데요시는 한때

천하의 패권을 잡았었다. 그러나 최후의 승자는 이에야스였다.

그가 일본역사를 통털어 나름대로 천하를 통일하고 그토록 추앙받고 있는 원인은 어디에 있었을까. 이에야스가 천재적인 자질을 가진 것도 아니다. 시대가 그에게 유리하게 작용한 것도 아니다. 오로지 남이 견디지 못할 일을 참고, 남이 할 수 없는 일을 성취하기 위한 인내, 고난과 위기 속에서 배양된 지혜와 판단력이 그를 천하인天下人으로 끌어올린 것이다.

이것이 바로 승자의 조건이었다. 한때는 오다 노부나가에게 머리를 숙였고, 이어서 도요토미 히데요시에게도 굴복했으나 일본을 평정한 것은 결국 인내의 달인 도쿠가와 이에야스였다. 우리가 많이 알고 있는 "오다는 새가 울지 않으면 목을 베어버리고, 도요토미는 울지 않으면 울게 하는데, 도쿠가와는 울지 않으면 울 때까지 기다린다."라는 말은 인忍을 강조한 유명한 비유도 같은 의미다.

대기업에서 퇴직한 후배들이 다른 직장을 찾기 위해 가끔 나를 찾아온다. 그 때마다 꼭 당부하는 말이 있다. 직장을 옮긴 후 그 회사를 파악하고 적응하려면 최소 3개월은 벙어리, 장님, 귀머거리로 인내심을 가지고 기다리라는 지혜를 발휘하도록 일러둔다. 왜냐하면 직장을 옮기면 모든 환경이 달라지고 조직문화도 직원들의 의식수준도 다르다. 이를 무시하고 자기가 살아온 방식대로 말해버리거나 행동하다 보면 오너나 상사들로부터 오해와 갈등을 빚고 얼마 못가 그 조직에서 배척당하기 쉽기 때문이다. 실제로 대기업 임원들이 중소기업으로 자리를 옮겨 1년도 버티지 못하고 그만두는 경우가 허다하다.

요즘 주위에 일어나고 있는 일을 보면 닛코의 세 마리 원숭이가 자꾸만 떠오른다. 하긴 우리나라의 국민은 성격이 유별난 편이다. 성격이 급하기도 하려니와 거의 자기편향 중심이며 상대방을 배려하는 마음이 부족하다. 예를 들어 주장하는 이유야 있다지만 광화문이나 여의도에서 자주 벌어지는 대규모 집회에서 보듯 감정이 이성을 지배하기도 하고, 상대방은 아랑곳없이 자기들의 주장만 내세운다. 심지어는 자기의 분노를 묻지마 식으로 표출하여 어이없는 사건, 사고를 내어 세상을 놀라게 한다.

더구나 가장 모범적이며 세련된 행동으로 국가의 미래를 설계하고 제시해야 할 국민의 대표기관인 여의도 국회에서 벌어지는 최근의 사건들을 보면 더더욱 그렇다. 남의 말에 대한 경청이 사라졌고, 상대방에 대한 배려심도 부족하며 네 탓 공방에만 혈안이 되어 싸우고 있다. '틀린 게 아니고 다르다'는 다름이나 다양성을 인정하지 않고 상대방은 무조건 '틀렸다'는 목소리들만 크게 들리는 것이 더욱 우리를 슬프게 한다.

혹자는 위기危機를 위대한 기회라고도 말한다. 이러한 불안과 위기를 극복하기 위해서 '네 탓이 아니라 나부터 변화해야 한다'라고 생각하는 것이 어려움을 극복해 나가는 최선의 방법이요, 시작점이다. 내가 세상을 바꾸는 것은 어렵지만 상대적으로 나를 바꾸면 세상이 조금씩 변하기 때문이다.

인디언들은 말을 타고 달리다 가끔씩 말을 세우고 뒤를 돌아보는 습관이 있다고 한다. 행여 영혼이 몸을 쫓아오지 못할까 봐 영혼이 쫓아올 수 있도록 기다려준다. 코로나의 위기 속에서도 자신의 뒤를 한 번쯤 되돌아보는 지혜가 우리에게 필요한 시점이다.

어렵고 혼미한 시대를 사는 이때에 난세를 이긴 이에야스의 삶과, 세 마리의 원숭이들의 삶에 대한 지혜가 우리에게 타산지석他山之石이 되었으면 좋겠다.

아이들은 부모의 뒷모습을 보고 자란다

가족들과의 소통을 위해 아들딸네 세 가족이 단톡방을 개설했다. 필요한 소식을 자주 주고받기도 하지만 사소한 집안일이나 유익한 생활정보까지도 올려 소통한다. 한 달 전 딸애가 사진으로 찍어 올린 카톡 내용은 매우 황당하기도 했고, 애들이 어른들에게 날리는 한방의 펀치였다. 충격이었다.

올해 초등학교에 간지 2개월 된 셋째 손녀의 학교 숙제가 발단이 되었다. 담임선생님이 낸 숙제장 내용은 '식구들이 같이 돈을 모았다면 가족여행을 가는 것도 좋지만, 이 돈을 어려운 불우이웃을 돕는데 쓰면 더 좋다'는 의도였다. 이제 여덟 살배기 손녀의 학교 숙제장에는 이렇게 써 있었다.

"만약 여러분의 가족이 함께 모은 돈이 있다면 여러분은 무엇을 하고 싶나요?"

"집을 살 거예요!"

"그와 같이 생각한 까닭을 써보세요."

"엄마가 요즘 자꾸 복덕방에 다녀서…."

실은 딸애가 몇 달 전부터 학군이 좋은 강남 쪽으로 이사를 해볼까 해서 전셋집을 물어보러 공인 중개사무소에 다니고 인터넷에서 자주 부동산을 검색한 게 화근이 된 모양이었다. 어린 애들은 거짓이나 꾸밈이 없다. 본 대로 들은 대로 배우고, 어른들이 하는 모습을 따라서 행동한다. 처음 당하는 일이라 어이가 없고 황당해하는 딸에게 무슨 말로 댓글을 달아야 하나 고민하다 나는 이렇게 카톡에 올렸다.

"애들은 어른들의 거울이란다. 예로부터 애들은 부모의 뒷모습을 보고 자란다고 했다."

애들이 부모의 뒷모습을 보고 배우는 현상은 어릴 때에 그치지 않으며 성장해서도 마찬가지다. 몇 년 전 송년회 모임에서 외교관 출신 정부 고위 관료였던 국장이 실토한 실화다. 모처럼 일요일 집에 있는데 고3 딸애가 학원을 가려고 나서던 차 핸드폰이 안 보인다고 야단법석을 떨며 집안을 발칵 뒤집어 놓았다. 혹시 집구석 어디엔가 떨어져 있을지도 모르니 아빠한테 전화를 해보라고 했다. 그때 그가 앉자 있던 소파 밑에서 핸드폰이 "삐르르" 하고 울렸다. 딸이 핸드폰에 아빠를 무어라고 입력해 놨을까 궁금하던 차에 이를 확인해 볼 절호의 기회라 흘깃 핸드폰 바탕화면을 들여다보았다.

'왕 짜증!'

순간 그는 큰 충격을 받았다. 하나밖에 없는 딸을 애지중지 키우며 아버지로서 할만큼 최선을 해왔다고 생각했는데 어떻게 나한테 이럴 수가 있나. 세상이 무너지는 것 같았고, 인생을 헛되게 살았다는 박탈감까지 일었고 은근히 울화가 치밀었다. 새벽 일찍부터 학교에 바래다주고 밤늦은 시간에 학원에서 데려오며 할만큼 했는데 섭섭하고 놀란 감정을 어떻게 주체할 수 없었다. 마음을 달래려고 집을 나와 평소 다니던 절로 달려가 스님을 뵈러 갔다. 그러나 스님은 대수롭지 않은 듯한 한마디 말만 툭 던졌다.

"다 업보입니다. 그 답은 오직 거사님 마음 안에 있습니다."

그 뒤로 개과천선이라고나 할까. 세상일은 남 탓하며 남이 바뀌기를 바라면 답이 없다는 사실을 깨닫고 충격에서 벗어나 마음을 추슬렀다. 예전과는 다르게 딸을 친구처럼 대하기로 하고 화법부터 부드럽게 바꾸었다. 내 생각대로 무조건 잘 해주고 일방적으로 베풀기보다 딸애가 원하는 쪽으로 하나 둘 도움을 주기 시작했다. 그러자 딸애의 말투와 행동도 바뀌기 시작했다. 2년 뒤 대학에 들어간 딸에게서 아버지의 생일이라며 일찍 집에 오라는 전화가 걸려왔다. 그날따라 설레는 맘으로 딸이 무슨 말을 할까 너무도 궁금했다. 빨간 장미꽃 몇 송이와 함께 딸애가 준 최고의 선물은 스마트폰에 찍힌 왕 짜증 대신에 이렇게 바뀐 문구였다.

'대한민국 최고 울 아빠!'

남극에 사는 황제펭귄은 가시고기 이상의 자식 사랑으로 유명하다. 남극의 영하 40도의 매서운 추위와 눈보라 속에서 아빠 펭귄은 눕지도 엎드리지도 못한 채, 마치 동상처럼 꼿꼿이 서서 알을 품으며 60여 일을 견딘다. 먹지 못하고 알 품기에만 매달린 아빠 펭귄의 몸은 지방이 다 빠져 원래 체중의 절반 정도밖에 안 된다.

갓 태어난 새끼가 배고프다고 보채면 아빠 펭귄들은 위 속에 가지고 있던 마지막 비상식량까지 토해서 새끼들에게 먹인다. 먼 길을 떠나 새끼들의 식량을 구해 온 엄마 펭귄과 교대를 하고 바다로 가던 아빠 펭귄들 가운데는 힘에 부쳐 눈 위에 쓰러져 죽는 펭귄도 있다. 그 위에 무심한 눈이 소복이 쌓이는 장면은 눈물겹기도 하다.

우리 대한민국 부모들도 황제펭귄 못지않은 사람들이 의외로 많다. 어릴 적부터 살인적인 사교육비에, 그것도 성이 안 차면 초등학교 때부터 해외로 유학을 보낸다. 막상 교육이 끝났다 해도 곧바로 직장을 알아봐줘야 하고 결혼할 때가 되면 빚을 내서라도 혼수는 물론 살림집까지 장만해줘야 한다. 빈 냉장고를 가끔 채워주다 못해 심지어는 카드까지도 내주며 살림에 참견한다. 떵떵거리던 꼰대 할아버지도 손자가 생기면 서열이 180도 바뀌어 손자가 피라미드의 맨 꼭대기에 올라선다.

이뿐 아니다. 다 성장한 대학생 자식들의 수강 신청까지 해주거나 학점이 나쁘다고 교수에게 따지고, 회사에 입사해도 회식

때 술 먹이지 말라고 인사 팀에 전화하여 참견을 한다. 군대 생활이 힘들다고 대대장에게 전화도 한다. 결혼생활에도 간섭은 끝이 나지 않는다. "그렇게 살려면 이혼하라."든가, "그 월급이면 집에서 용돈 줄 테니 그냥 놀아라!"라는 철없는 부모도 있다.

이처럼 부모들이 헌신적으로 자식들에게 쏟아 부었다 해서 모두 다 좋은 결과들만 돌아오는 것일까. 일방적으로 쏟아 부은 결과가 부메랑이 되어 부모들의 가슴에 못을 박는 경우도 종종 있다. 그래서 나이가 들수록 애들에게 비춰지는 나의 뒷모습은 불안하며 늘 조심스럽기만 하다.

디지털 시대의 책쓰기 도전

"내가 살아온 인생을 소설로 쓰면 몇 권이 나온다."

예전 어머니, 할머니들이 입버릇처럼 하셨던 말씀이다. 그만큼 모진 가난과 호된 시집살이로 질곡 같은 삶이 한이 되어 한 말들이다. 그 당시에는 그런 소설이 나온다는 것은 전문작가 외에는 불가능했다.

요즘 스마트폰 기능이 향상되어 어른들이 글쓰기가 놀라울 정도로 똑똑하고 편해졌다. 예를 들면 스마트 폰을 이용해 말로 하면 글이 되고 찍기만해도 문자화되어 컴퓨터에도 연계된다. 최신 앱과 기술을 숙달하면 타이핑하지 않고도 책 한 권을 마술처럼 출판할 수 있다. 이게 디지털 AI시대의 책과 글쓰기 방식이다.

책과 글쓰기 방식은 어디까지 진화할 것인가? 모든 문명은 도구의 발달과 함께 진보하고 변화되어 왔다. 기록하는 방식도 많은 변천을 거쳐왔다. 기원전 3000년경 메소포타미아를 중심으로 고대 오리엔트 지역 최초로 점토판이나 죽간竹簡에 글을 새겨 넣었던 시대도 있었고, 잉카 제국의 결승문자 '키푸Quipu'처럼 끈으로 매듭을 지어 기록을 남기던 시대도 있었으나, 문명의 폭발을 가져온 것은 종이가 발명된 이후부터다.

연필이나 펜으로 글쓰기는 장구한 세월에 걸쳐 지속되어 온 문자기록 방식이다. 19세기 중반 타자기가 발명되면서 인류는 문명사의 거대한 전환을 맞았으며 컴퓨터의 발명으로 이어지면서 현대 문명사회를 구축했다. 펜이나 타자기로 글을 쓰는 작업을 오랫동안 하다보면 허리가 아프거나 어깨가 결리고 목이 뻣뻣해져 직업병에 걸리기 십상이다.

반면, '스마트폰으로 글쓰기'는 신체를 자유롭게 한다. 이제는 책상에 꼭 붙어 앉아 있을 필요도 없다. 산책을 하면서 말로 글을 쓰고, 운전 중에도, 심지어 침대에 누워서도 글쓰기 작업을 할 수가 있다. 바야흐로 우리는 문명사적 전환의 시대를 맞이하고 있다.

그럼에도 아직까지 원고지에 만년필이나 연필로 글을 새겨 넣으며 원고 쓰기를 고집하는 작가들이 있다. 대표적으로 누구나 다 아는 K 작가는 연필을 깎아서 또박또박 글을 쓴다. 그는 속도를 필요로 하는 기자 출신임에도 불구하고 그렇게 글쓰기 작업을 하고 있다. 글쟁이 나름의 장인정신을 내세우며 결코 포기하지 않겠지만 디지털 혁명시대에 그다지 추천하고 싶은 방식은 아니다.

책이나 글을 쓸 때 컴맹이나 독수리 타법에 의존하는 시니어들에게 큰 어려움 중 하나는 타이핑이다. 이제는 스마트폰에 말로 하면 문서가 작성되고 스마트폰으로 사진을 찍기만 하면 문서가 작성되는 시대다. 더구나 녹음과 동시에 바로 문서로 작성되는 기능도 생겼다. 이런 기술들이 책 글쓰기 판도를 완전히 바꾸고 있다. 그것도 무료로 제공되는 각종 앱들의 활용으로 가능하다.

그렇게 문서로 작성된 것을 또릿또릿한 발음의 디지털 목소리로 들을 수 있다. 핸드폰은 화면이 작지만 그 화면을 스마트 TV 화면이나 스크린에 미러링Mirroring하여 보면서 교정도 가능하다. 일일이 원고를 보며 고치는 것보다 몇 배 빠르고 훨씬 정확하기 때문에 눈이 나쁘거나 침침해서 어려움을 겪는 시니어들에게는 구세주나 다름없다.

이제는 외국어에 대한 두려움이나 어학공부 부담도 줄어든다. 번역의 기능이 대폭 강화되어 300쪽에 달하는 책 한 권의 번역도 순식간에 끝난다. 게다가 찍기만 해도 외국어가 문서로 저장되고 이를 번역기에 돌리면 단번에 해결할 수 있다. 그 번역 품질은 믿기 어려울 정도로 훌륭하며 104가지 종류의 언어로 짧은 글은 순식간에 번역을 해 준다.

나는 이를 적극 활용하여 예전에 비해 책 쓰는 기간을 대폭 줄일 수 있었다. 더구나 독수리 타법에 난시와 노안까지 겹쳐 눈이 나쁜 나에게는 핸드폰이 구세주와 같은 존재다. 만약 그러한 기술을 활용하지 않았다면 책 쓰기를 이미 포기했을지도 모른다. 그런 경험을 살려 '핸드폰 하나로 책과 글쓰기 도전' 책을 내고 이를 직접 활용할 실무 강좌를 7년간 계속 해오고 있다. 퇴직교수와 대기업 임원들 같은 시니어들에게 아주 인기가 높다. 그들은 재직 기간 동안 조교나 비서 등의 도움에 의존해 컴맹이거나 폰맹의 경우가 많다.

이제 책쓰기도 스마트 워킹으로 실행할 수 있다. 핸드폰이나 IT기술을 활용해서 언제, 어디서나, 어떤 디바이스Device든 소위 스마트폰 하나만으로도 스마트워킹을 할 수 있게 되었다. 출판사업무도 스마트워크를 통해 비대면으로 전환하여 출판프로세스를 바꾼다면 생산성을 획기적으로 올릴 수 있다. 어디서든 작업에 구애받지 않으며 원고교정, 교열, 디자인 작업 등을 실시간 확인 가능하기 때문이다. 더구나 다수가 참여하는 공저로 책을 낼 경우 교정시간이나 출판을 위한 회의 시간을 대폭 줄일 수 있다.

요즘에는 누구나 책 한 권쯤 내고 싶어 한다. 그러나 결코 쉬운 일이 아니다. 그래서 대필 작가에게 맡기거나 자비를 들여 책을 출간한다. 이 경우 출간 비용이 최소 1천만 원에서 많을 경우 5천만 원 정도 든다. 그와 달리 스마트폰과 스마트워킹을 통해 진행하면 왕초보들도 소요 경비나 시간도 1/3 정도이상으로 줄일 수 있다.

한동안 메타버스Meta verse가 주목을 받기 시작하더니 요즘 챗GPT가 나와 난리다. 아직은 유치원 수준이라지만 문자로 치지

않고 말로만 해도 어법 하나 틀리지 않고 문장을 깔끔하게 써준다. 이런 속도로 기술이 발전해 나간다면 '스마트폰으로 책과 글쓰기'도 아련한 옛 추억의 뒤안길로 사라져갈지도 모른다. 하지만 그것을 이용한다면 책쓰기도 더 도움을 받을 수 있어 고무적이다.

머지않아 인공지능AI 책쓰기 로봇, 이른바 책봇Book Robot이 전문작가의 도우미로서 24시간을 함께 일해 줄 것이다. 머릿속으로 구술하려는 언어와 상징 이미지까지 척척 기술하며, 지시에 따라 정보를 검색해서 책 쓰기에 반영할 의견과 아이디어를 제시해준다. 게다가 책 디자인, 사진이나 동영상 삽입, 출판계약, 마케팅 및 홍보, 심지어는 독자 사인회 행사 등 모든 일을 전담비서처럼 알아서 해줄 것이다. 디지털 혁명으로 세상이 이토록 급

변하는데 아직도 연필로 원고지에 쓰기를 고집할 것인지 한 번쯤 생각해 볼 문제다.

피터 드러커는 생전에 40여 권의 저서를 남겼는데 명저 대부분은 일흔 살이 넘어서 썼다. 책과 글쓰기는 나이가 들어도 해고 없는 유일한 평생 직업이다. 100세 시대를 살아가야 하는 시니어들은 고사성어에 나오는 '노마지지老馬之智의 지혜'를 발휘해야 한다. 지금은 디지털 언택트 시대다. 스마트폰 하나만으로도 책과 글을 쓰는데 크게 도움이 되고 챗GPT라는 똑똑한 비서가 곁으로 다가오고 있다.

칡과 등나무의 싸움

몇 해 전 내가 활동하는 한 모임에서 단체로 관광버스를 타고 나들이를 겸한 여행을 갔다. 본래 태안에서 태어났지만 서울 사람들이 오랫동안 살면서도 남산에 올라가보지 못하는 것처럼 충남 태안의 천리포 수목원에 처음 가보았다. 이 수목원은 주한 미군 출신이었던 민병갈Carl Ferris Miller 박사가 한국에 귀화하여 1962년부터 평생을 바쳐 20만 평의 땅에 아름다운 수목원을 만들어 가꾸어 놓은 곳으로 유명한 곳이다.

이 수목원은 그동안 일반인에게 공개되지 않았다. 2002년 81세로 민 원장이 별세한 후 천리포 수목원은 재단법인이 되었고, 정부가 공익목적의 수목원으로 지정하여 공개했다. 국제 수목학회로부터 세계에서 열 두번째, 아시아 최초로 세계에서 아름다운 수목원으로 인증 받았다. 우리나라의 자생식물은 물론 전 세계 60여 개국에서 들여온 도입종까지 1만 6천여 식물종을 보유하고 있는 국내 최대 수목원이다.

입구에서부터 미리 예약한 숲 해설가의 인솔 하에 수목원을 둘러보기 시작했다. 가는 곳마다 우리나라 전 지역은 물론 세계 도처에서 들여온 희귀한 나무와 식물들이 아름다운 자태를 자랑하고 있었다. 중요한 것은 풀 한 포기 나무 한 그루마다 학술적 분류나 자세한 설명이 붙은 팻말이었다. 이곳으로 옮겨진 스토리, 나무나 꽃 이름이 지어진 사연들까지 곁들여 빼곡하게 적혀있었다. 팻말 하나하나를 읽을 때마다 민병갈 원장의 수목에 대한 사랑과 숨소리가 아직도 배어 있는 듯했다.

우리 일행의 안내를 맡은 숲 해설가는 타 지역에서 교사로 정년퇴직 후 고향에 봉사하기 위해 낙향한 이 지역 출신의 자원 봉사자였다. 곱게 늙어가는 얼굴에서도 친절함과 자상함이 묻어나왔다. 어느덧 베테랑이 되어 재치 있는 말솜씨와 유머 섞인 설명이 계속되었다. 한 시간쯤 지났을까? 칡과 등나무로 뒤엉킨 큰 해송 앞에 모이자 해설사가 진지하게 설명했다.

"여러분! 갈등의 어원이 무언지 아시지요?"
갑자기 분위기에 맞지 않는 말에 다들 시선이 모아졌다.

"바로 저 나무들을 보고 하는 말입니다. 저 큰 소나무를 보세요! 좌측에서는 칡넝쿨이 치렁치렁 옆의 나무를 감고 있고, 우측에서는 등나무가 옆 나무의 팔목을 조이듯이 감고 있는 거 보이세요?"

처음에는 그 말의 의미를 잘 알아듣지 못했다. 자세히 보니 칡과 등나무 사이에 해송 한 그루를 두고 용호상박龍虎相搏의 한판 대결을 벌이듯이 서로 엉킨 상태였다. 반면 중간에 서있는 소나무는 밑에서부터 나무 꼭대기까지 완전히 칡과 등나무로 에워 쌓여 있었다. 자세히 보니 본래의 모습을 구분하기 어려울 정도였다. 제대로 크지 못한 채 나뭇가지들이 거의 말라비틀어진 상태였다. 그러나 칡과 등나무는 아랑곳없이 싸움을 계속하며 왕성하게 자라고 있었다.

우리가 흔히 이야기하는 '갈등葛藤'이란 글자 그대로 칡 갈葛에, 등나무 등藤을 써서 '갈등'이 되었다. 갈등이라는 단어가 생긴 이유를 확실하게 알 수 있는 현장이었다. 덩굴식물은 다른 물체를 감아 올라간다. 줄기로 감는 식물과 오이나 포도처럼 덩굴손을 이용하는 식물도 있다. 덩굴식물은 감는 방향이 저마다 다르다.

시계 도는 방향으로 감는 것을 오른쪽감기, 그 반대현상을 왼쪽 감기라고 한다. 등나무, 인동덩굴, 박주가리 등은 왼쪽감기를 하고 칡이나 나팔꽃 등은 오른쪽감기를 한다. 반면에 더덕이나 환삼덩굴 등과 같은 일부 식물은 뭔가 타고 올라갈 대상이 있으면 오른쪽 왼쪽 관계없이 감아 올라가기를 하는 식물도 있다.

오른쪽 감기를 하는 칡은 자신이 감고 도는 나무를 햇빛 부족으로 죽게 하고, 등나무는 자신이 기어올라간 나무를 목 졸라 죽인다고 한다. 좌등우갈左藤右葛이란 말처럼 이들이 감고 올라가는 방향이 서로 달라 한 곳에서 만나면 싸운다. 이게 바로 갈등이라는 말의 어원이다. 만일 이들 덩굴줄기를 풀어서 반대로 감아놓아도 새로 자라나는 덩굴줄기의 끝은 원래의 제 방향을 찾아간다. 고집이 대단하다. 서로 정반대 감기 하는 칡과 등나무가 만나면 싸울 수밖에 없음을 알게 되었다.

이 세상 어디든 크고 작은 갈등이 없는 곳은 없다. 한국 사회에서 갈등은 노사갈등을 비롯해 지역 갈등, 이념 갈등이 있다. 양극화에 나타나는 여러 갈등이 다양한 형태로 표출되고 있다. 회사 내 조직에는 세대 간 갈등이 있다. 가까운 가족, 친구, 고부간에도 갈등이 존재한다. 더구나 최근 정치적으로는 좌우 진영으로 나뉘어 자신들만의 목소리를 점점 크게 내고 있는 대립은 사회를 불안하게까지 하고 있다. 삼성경제연구소가 몇 년 전 개발한 사회갈등지수로 측정한 결과 우리나라의 갈등지수는 OECD 평균을 상회한다. OECD 회원국 중에서 다섯 번째로 높고 갈등으로 인한 사회적 비용만도 246조에 이른다고 한다.

그렇다고 갈등이 언제나 부정적인 것만은 아니다. 한때 세계를 지배했던 로마, 몽골제국의 칭기즈칸이나, 겨우 7백만의 인구에 지면의 4분의 1이 바다보다 낮은 네덜란드의 예에서 알 수 있다. 이런 국가들이 세계를 호령하며 강대국으로 군림할 수 있었던 비결은 다름 아닌 '다양성의 수용과 관용'이었다. 칭기즈칸은 양아버지의 배신으로 죽을 고비를 맞았다. 마지막까지 자신을 따른 부하 19명이 있었다. 그중 칭기즈칸의 친동생만이 같은 몽골 씨족이었다. 어떤 전쟁에서는 중국식 무기로 승리를 거두고, 어떤 전쟁에서는 아랍인 기술자들이 활약하였다. 반면 네덜란드는 종교탄압으로 핍박을 받던 당시의 예술인이나 철학자, 과학자 같은 인재들을 과감하게 받아들였다.

사회갈등이 제대로 관리만 된다면 다양성을 흡수하여 발전의 새로운 에너지로 승화될 수 있다. 더구나 한국인에게는 극단을 수용하는 유전인자가 있다. 극단의 '넘나듦'에 의해서 극단적인 요소들을 밀어내지 않고 융복합해 새로운 것을 창조하려는 역동성을 가지고 있다. 다른 나라에서 찾아보기 힘든 기질이다. 말하자면 한국인은 서로 대척점에 있는 것들을 끌어안아서 손쉽게 넘나들며 해결하기도 한다.

집안에는 대청, 동네에는 마당, 도시에는 광화문광장 같은 중간지대를 설정해서 완화하고 해결방안을 모색하는 지혜를 발휘한다. 2002년 월드컵이나 태안의 기름 유출 사고 그리고 코로나19 사태에 대처하는 K-방역 등은 이를 잘 보여준 사례다. '우리'라는 공감만 생기면 하나로 똘똘 뭉치는 '한 마음의 나라'다.

그렇다면 갈등을 줄이고 해결할 수 있는 실마리는 무엇일까. 자신의 '마음의 문'을 여는 데서 시작했으면 좋겠다. 세상에는 대문, 창문, 자동차문 등 사람이 드나드는 여러 문이 있다. 이러한 문들은 남이 밖에서 열 수 있도록 손잡이나 문고리가 있다. 그러나 마음의 문은 손잡이나 고리가 없어 자신만이 열 수 있다. '틀리다'가 아니라 '다름'을 인정하고, 네 탓이 아니라 내 탓이 필요한 이유다.

천리포 수목원에서는 올해도 지역·계층 간 갈등을 풀어내는 마음의 치유와 힐링 프로그램을 운영한다고 한다. 이곳에 한 해 20만 명이 넘는 관광객이 찾는다. 방문객들이 칡과 등나무의 싸움 현장을 보면서 갈등을 이해하게 되고 그 해결책을 얻는 희망의 소나무가 된다면 얼마나 좋을까?

디지털 세계로 떠나는 마지막 열차

세상이 변화를 향해 달려갈 때 과거를 고집하면 홀로 문명의 원시인이 될 수밖에 없다. 변화를 두려워하지 않고 도전하는 사람들이 있다. 이를테면 삼성 퇴임 임원들의 OB모임인 성우회星友會 회원들이다. 수만 명의 퇴직 임원 중 2천여 명이 활동하는 단체다. 회원을 위한 프로그램 중에 퇴직 후 남다른 삶을 살아가는 사람들을 소개하는 '브라보 삼성맨' 코너가 있다. 2년 전 이 코너에 초대받아 '핸드폰 하나로 책쓰기 도전'이라는 내용으로 강의할 기회가 있었다.

강의는 코로나19 때문에 비대면 유튜브 중계로 진행되었는데, 회원 200명 이상이 시청할 정도로 반응이 좋았다. 강의를 마치자 그 자리에서 핸드폰을 활용해서 책 쓰기를 공부할 수 있는 '디지털책쓰기대학'을 개설하자는 제의가 들어왔다. 그동안 코로나로 차일피일 미루다 대면모임이 허용된 2022년 9월에야 개강을 했다. 책을 내고 싶은 삼십여 명이 입학했는데 60대부터 90대까지 연령층이 다양했다. 공개채용 제도는 이병철 회장이 1957년 국내 최초로 시작했는데 구순이 된 공채 1기생 한 분이 이 과정에 입학하여 모두가 놀랐다.

다른 책쓰기대학에서는 내가 회장으로 활동하고 있지만 이곳에서는 젊은 편이고 봉사도 할 겸 자청해 총무를 맡았다. 15년간 활동해온 노하우와 30여 권의 책을 낸 경험이 크게 도움이 되었다. 여기 모인 분들은 하나같이 디지털이라는 말만 들어도 어쩐지 두렵고 먼 나라 이야기로만 알던 회원들이다. 지난해 가을 개강식 하던 날 나는 오리엔테이션을 하면서 일부러 이렇게 엄포성 멘트를 날렸다.

"지금은 디지털 혁명, AI시대입니다. 여기에는 '디지털 월드'라는 또 하나의 다른 세상이 있습니다. 거기엔 '메타버스'Metabus, Metaverse도 다닙니다. 이 세상으로 가려면 '디지털 월드행 열차' 티켓이 있어야만 합니다. 선배님들한테는 마지막 열차일지도 모릅니다. 이번에 못 타시면 영원히 그 세상에 가볼 수 없습니다. 한번 도전해 보실 거죠?"

과정을 과연 쫓아갈 수 있을까 걱정하던 분위기에서 내 말을 경청하던 회원들은 호기심 가득찬 얼굴로 눈이 반짝였다. 회원들은 한때 출세 꽤나 한 분들이라 비서나 스태프들이 업무를 대신 처리해 컴퓨터를 직접 다뤄보지 않은 '컴맹' 세대들이다. 게

다가 스마트폰 보급률은 높다지만 대부분 자식들이 사다 준 것이라 겨우 카톡과 문자 메시지나 보내는 소위 '폰맹' 들이기도 하다. 백만 원짜리 스마트폰을 겨우 3만 원짜리 손전화기 정도로만 쓰는 셈이다.

코로나는 우리를 힘들게 했지만 어차피 가야 할 디지털 혁명의 속도를 앞당기는 방아쇠 역할을 톡톡히 했다. 코로나라는 긴 터널이 끝을 보이면서 그동안 어둠에 감춰졌던 크고 작은 상흔이 적나라하게 드러나고 있다. 그 중에서도 가장 치명적인 것은 노인들의 정보격차 즉 '디지털 디바이드Digital Divide'다. 이 말은 부의 빈부격차처럼 정보를 쉽게 접할 수 있는 자와 그렇지 못한 사람사이에 경제적 차이나 사회적 차이가 일어나는 것을 말한다.

인간은 원래 '오장육부五臟六腑'였는데 디지털혁명의 총아인 핸드폰 하나가 추가되어 이제 '오장칠부'가 되었다. 핸드폰이 몸에서 떨어지는 순간 안절부절못한다. 어느덧 언택트 생활이 일상화되다 보니 사람이 그립고, 바깥세계와 점점 단절되고 있다. 꽉 막힌 공허함과 극간을 채워주는 가장 가까운 벗으로 핸드폰이 자리를 차지하고 있다.

이제 '낫 놓고 기역자도 모르는 시대'가 아니라 '핸드폰 옆에 놓고 밥 굶는 시대'가 되어가고 있다. 자주 다니던 단골식당의 음식 주문도 키오스크나 핸드폰으로 하고, 집 앞에 있는 동네 구멍가게조차도 무인 점포로 바뀌어 키오스크가 점원을 대신한다. 심지어 중소도시의 터미널에 직원이 보이지 않고 표 파는 일을 키오스크가 도맡아 하니 낯선 기계 앞에서 어른들은 쩔쩔맬 수밖에 없다. 코로나 이전에는 "이 나이에 뭘 해." 하고 나이 핑계를 댔지만 이제는 피할 길이 없는 외통수다.

요즘 챗GPT라는 낯선 용어가 들려오기 시작했다. 인터넷이나 스마트폰이 몰고온 변화보다 더 큰 변화의 파고가 쓰나미처럼 닥쳐올 거라고 호들갑이다. 버전 4.0은 미국 로스쿨 시험의 상위 10% 수준이라니 그럴 만도 하다. 책을 쓰는 나도 직접 해보니 빠져들 수밖에 없다. 벌써 여러 버전이 나와 카톡에 대고 말로만 명령해도 된다. 몇 초 내에 시나 수필을 뚝딱 써주고 책의 목차도 잡아주며 필요한 그림도 금방 그려 준다. 디지털 역량이 낮은 고령층은 정신을 바싹 차리지 않으면 설 자리가 없다.

최근 오랜만에 일본에 다녀왔다. 한때 제조업 강국으로 세계를 호령하던 일본이 디지털화에 뒤처져 시계가 멈춘 듯 보였다. 손님을 맞는 공항이나 호텔 같은 시설에 근무하는 사람들 대부분이 디지털에 취약한 노인들이 많아 답답하기 그지없었다. 미국에 가면 물건을 사고 나서 계산할 때 손으로 지폐를 하나하나 넘기는 것을 보고 답답함을 느꼈듯 지금의 일본인들이 IT기기를 다루는 솜씨가 서툴러 한심하기까지 했다. 아직도 그들은 관공서나 기업에서 과거의 습관대로 FAX로 일을 처리하고 있다.

세계에서 가장 빠르게 고령화가 진행되는 우리나라도 머지않아 이런 웃지 못할 진풍경이 벌어질지도 모른다. 코로나19는 디지털 취약 계층인 시니어들을 더욱 고립시켜왔다. 디지털 역량을 갖춘 시니어와 그렇지 않은 시니어와는 삶의 질에서도 하늘과 땅 차이가 난다. 우물쭈물하다가 디지털 월드행 열차를 놓치면 외딴 섬에 갇힌 로빈슨 크루소 신세가 될지 모른다. 미래로 가는 열차는 내 손 안에 있다. 지금은 핸드폰 하나면 모든 것이 가능한 '만사행통'의 시대가 아닌가?

5장

·

낯선 삼미三昧여행

진정한 여행이란
새로운 풍경을 보는 것이 아니라
새로운 눈을 가지는 것에 있다.

-마르셀 프루스트

삼미三昧 찾아 떠나는 여행

1970년대 삼성물산 경리과는 삼성에서는 경영자가 되는 출세 코스로 남들이 부러워하던 부서였다. 새벽 별 보고 출근해 밤늦게까지 야근은 물론 주말이나 휴일조차도 없던 시절이었다. 남들은 좋다해도 내겐 생지옥처럼 느껴졌다. 풋내기 신입사원이었던 나는 그 굴레에서 일단 탈출하고 싶었다.

입사한 지 고작 1년을 넘겨 회사를 갑자기 그만두는 이유가 궁색하고 마땅치 않았다. 집과 회사에는 나중에 이야기하기로 하고 근무 여건이 삼성보다 좋다는 한국은행의 문을 두드리기로 작정했다. 삼성이라는 브랜드 덕이었는지 바로 합격통지가 왔다. 근무 분위기도 파악할 겸 그곳에 근무하는 선배를 찾아갔다. 선배는 내게 입행을 축하한다는 말은 고사하고 대뜸 이렇게 물었다.

"자네, 아침 몇 시에 집에서 출발하나?"

"예, 어학 공부 때문에 새벽 6시쯤 집에서 나오는데 늦을까봐 항상 뜁니다."

"음! 그래. 그렇다면 한국은행에 들어오는 것을 말리고 싶네. 자네나 나나 뛰는 인생은 마찬가지지만 새벽 2시간은 인생을 크게 바꾸어 놓을 거야." 그 선배가 말을 이어갔다.

"나는 9시 출근인데 8시가 넘어 집 앞을 지나는 통근버스를 놓칠까봐 항상 뛰거든…."

목소리는 부드러웠지만 '세상물정 모르는 철없는 이직'이라는 경고성 멘트를 내게 한방 날렸다. 선배의 충고대로 마음속의 사표에 그치고 이직은 불발로 끝났다.

그 이후 선배의 조언은 내가 올빼미형에서 새벽에 일찍 일어나 아침 시간을 잘 활용하는 종달새형으로 변신하는 계기가 되었다. 새벽 시간에 시작한 일어공부 덕분에 사원시절에 일본 주재원의 기회도 얻었고 새벽 운동하는 습관도 생겼다. 특히 아침 시간을 유익하게 활용하자는 『모닝 테크』라는 책을 쓰기도 했고 새벽 시간을 활용한 덕분에 그동안 30여 권의 책을 쓰는 데 큰 도움이 되었다.

두 번째 사표는 삼성과 독일 합작회사인 A&D 사장직을 그만둔 일이었다. 회사 설립 시 계약조건에 모회사에서 모든 경비와 영업이익까지 보장하는 합작사 조건이라 내가 할 일이란 직원 인사관리나 교육이 주 업무였다. 사장이 할 일이 별로 없으니 20여 년만에 모처럼 편한 직장을 만난 셈이었다.

그런데 이 편안함이 왠지 모르게 두려움으로 다가왔다. 3년 임기동안 연봉도 많고 임기도 보장되어 있다지만 3년 임기가 끝나면 내 나이 겨우 40대 후반이 된다. 곧 도래할 100세 시대에 나의 먼 미래를 생각하니 이건 아니다 싶었다. 순간 "안전한 것이 가장 위험하다."는 말이 생각났다. 누가 봐도 무모하리 만한 사표를 과감하게 던졌다. 그 사표가 20여 년이 지난 지금의 나를 만든 '인생의 터닝 포인트'였다고 자신 있게 말하고 싶다.

그후 20년 넘게 그간 배운 삼성의 인재경영 노하우를 중소기업에 전달하는 컨설팅과 강의도 하고, 꾸준히 책을 쓰며 나름 재미 있게 살아왔다. 하고 싶은 일을 하다 보니 한때 스트레스로 잃어버렸던 건강도 되찾았고, 아직까지 당뇨, 고혈압 같은 성인병이 없는 것도 더할 나위 없는 행운이다.

공자는 40세는 불혹不惑, 50세는 지천명知天命, 60세는 이순耳順이라 하였고 70세는 종심從心이라 했다. 종심의 종從은 '쫓을 종'자로 다른 의미도 있겠지만 세상 일에서 초연히 물러서는 것이라 나름 이해하고 싶다. 나는 일흔 살이 되던 해 『아름다운 뒤태』라는 책을 내면서 다짐한 게 있다. 그동안 살아온 삶의 방식에 사표를 던지기로 했다. 그것이 인생에 세 번째 사표인 셈이다.

세 번째 사표는 회사나 업무와 관련되었던 첫 번째, 두 번째 사표와는 전혀 다르다. 지금까지 살아왔던 내 삶의 방식에 사표를 던지고 구조조정을 하기로 했다. 즉 앞으로 돈 버는 일은 과감히 그만두고 삼미를 찾아 낯선 여행을 떠나기로 마음먹었다.

삼미三昧란 흥미, 재미, 의미意味다. 흥미는 나이를 잊고 새로운 일이나 세상 변화에 호기심을 잃지 않는 일이요, 기왕 하는 일이라면 재미있고 신나게 함을 모토로 삼는다. 의미는 나를 위한 일보다는 남을 도와주고 봉사를 통해 사회적으로 의미 있고 보람 있는 일을 시작해 이른바 '노년의 사치'를 부려보자는 뜻이다.

인간은 변화를 싫어한다. 실제로 생각을 행동으로 옮기는 것은 그리 쉬운 일이 아니다. 더구나 장수 시대를 멋지게 살아가려면 인생의 리모델링이 필요하다. 그러려면 그간 살아온 습관부터 먼저 바꾸어야 한다. 나이 들면서 누군가의 강요에 따르지 않고, 남의 시선을 의식하지 않으며, 이기심을 넘어 이타심을 발휘해 자유롭게 항해하는 삶이 진짜 행복이 아닐까.

다행히 내게 새롭고 흥미로운 일들이 일어나고 있다. 2년 전 꿈꾸지도 못했던 수필가로 등단하여 문인들과 교류하며 새로운 세상을 즐겁게 살고 있다. 작가들과 출판사와 함께 '디지털책쓰기코칭협회'를 만들어 그 산하에 시니어들의 책 쓰기를 지원하는 10개 대학을 만드는 중이다. 이 일을 재미로 하다 보니 보람도 있고 하는 일마다 흥과 신바람이 난다. 미얀마에 200명 장학생을 지원하고 교육시키는 일, 소주 가씨 문중의 일을 도맡아 시작한 일 그리고 '한국디지털문인협회'를 만들어 새로운 세상을 만들어가는 것도 봉사이자 의미 있는 일이다. 이 모든 일은 시켜서 하는 것이 아니라 내가 하고 싶은 일을 골라서 하는 일이니 어쩌면 내게는 '노년의 사치'일 수도 있다.

우리 나이로 올 76세인 배우 윤여정이 2021년 4월 한국 배우 최초로 아카데미 여우조연상 트로피를 안았다. 윤여정의 솔직하면서도 유머러스 한 수상 소감은 갖가지 화제를 낳았다. 윤여정은 "전에는 생계형 배우여서 작품을 고를 수 없었는데, 이젠 마음에 드는 영화에는 돈을 안 줘도 출연한다."며 마음대로 작품을 고르는 게 '나이가 들면서 내가 누릴 수 있게 된 사치'라고 말했다. 윤여정에게 아카데미 수상이라는 영광을 안겨준 〈미나리〉 출연도 이런 소신에서 내린 결정이었다. 좋아하는 사람들과 좋아하는 일을 마음껏 할 수 있는 노년의 사치를 부리고 싶다던 윤여정의 소망은 아카데미 트로피라는 커다란 선물로 돌아왔기에 시사하는 바가 크다.

여행은 우리에게 무한한 즐거움과 꿈을 주지만 때로는 소중한 깨달음을 준다. 지금과는 다른 더 멋진 세상을 향한 인생 여행은 막 출발했다. 낯선 여행은 설렘과 두려움을 함께하는 항해다. 혹여나 100세 시대를 살아가려면 깔딱 고개도 만나고 또 몇 번의 변곡점을 만날지 모르겠다. 그때마다 터키의 국민 시인인 나짐 히크메트의 『진정한 여행』의 글귀를 떠올리며 가보지 않은 미지의 삼미 여행에 파이팅을 외쳐본다.

베트남 바나힐스Ba Na Hills의 추억

여행은 설렘과 기다림으로 시작된다. 어릴 적 소풍갈 때처럼 새벽잠을 설쳤다. 코로나로 인해 꽉 막혔던 해외여행이 시작되면서 오랜만의 가족여행이라 더욱 기대가 컸다. 혹여나 한 명이라도 코로나에 걸린다면 여행이 순조롭지 못할까봐 떠나는 순간까지 마음을 졸여야 했다. 십여 년 전부터 시작된 해외로 떠나는 가족여행이다. 우리 부부와 아들 딸네 가족으로 손주 넷을 포함해 모두 열 명이 여는 가족 축제 중 하나다.

이번 여행지는 베트남 중부의 다낭이었다. 다낭은 호찌민, 하노이에 이어 베트남에서 세 번째로 큰 도시다. 다낭은 불과 몇 년 전까지만 해도 여행자에게는 낯선 곳이었다. 여행 콘텐츠마저 부족했다. 그런 다낭이 휴양 도시라는 낭만적인 색을 입고 거듭났다. 대형 브랜드 리조트가 속속 들어섰고, 다양한 볼거리와 관광

코스들이 생겨나고 있다. 다낭 시내에서 약 1시간 거리에 있는 바나힐스가 그 좋은 예다.

바나힐스는 다낭 공항에서 차로 약 40km 거리이며, 가는 길은 전체적으로 산간 지역이기 때문에 아름다운 풍광들이 도로를 따라 이어진다. 바나힐의 날씨는 고지대라 예측할 수 없으며 시시각각으로 변한다. 특히 구름이나 안개가 많아 "3대가 덕을 쌓아야 맑은 날씨에 제대로 풍경을 볼 수 있다."는 우스개 소리가 있을 정도다. 방문한 날은 비가 온다는 예보로 걱정했지만 3대가 함께한 덕분인지 비는 오지 않았으나 기온이 내려가 긴팔을 입어야 했다.

바나힐스를 얘기할 때 특히 빼놓을 수 없는 한 가지가 케이블카다. 기네스북에도 등재된 명물로 5km에 달하는 거리를 오가며 사람과 물자를 실어 나른다. 긴 시간을 허공에 매달린 채 이동하는 기분이 아슬아슬하지만 눈앞에 펼쳐지는 파노라믹 뷰를 보고 있노라면 기분까지 상쾌해진다. 바나힐스로 올라가는 케이블카는 2013년에 개장되어 오르는 목적지에 따라 6개의 코스가 있다. 현재까지도 가장 긴 케이블카 중하나로 5,801m의 길이를 자랑한다.

케이블카를 이용하면 정상까지 약 20분 정도 걸린다. 케이블카는 10명까지 탈 수 있으며 창문이 사방으로 나 있어서 바나힐스의 멋진 풍광을 보며 즐길 수 있었다. 케이블카는 코스별로 다른 전망을 즐길 수 있는데 우리는 그 중에서 골든 브릿지Golden

Bridge를 경유하는 코스를 택했다.

바나힐스에서 가장 인상적인 곳은 단연 골든 브릿지다. 골든
브릿지는 산허리에서 솟아오르는 두 개의 거대한 돌손이 지탱하
고 있는 150m 길이의 보행자 전용 다리이다. 해발 1,400m의 고
도에 위치하고 있으며 주변 산과 숲의 숨막히는 전경을 제공한
다. 다리를 잡고 있는 두 손 조형물이 녹색 이끼로 덮여 있어 자
연스러운 데다 하나의 예술 작품이기도 했다. 금빛 다리 위를 걸
을 때 하늘 길을 걷는 듯하며 그곳과 맞닿을 듯 느껴졌다. 주변
산과 숲의 풍경은 물론 멋진 다낭 해변과 시내까지 한눈으로 볼
수 있었다. 인간의 창의성이 세상의 자연미를 감상하는데 어떻게
기여하고 향상시킬 수 있는지를 보여주는 완벽한 예이자 경이로
움과 경외감을 자아내는 곳이었다.

바나힐스에는 골든 브릿지 외에도 가볼 만한 인상적인 장소가
많다. 그중 하나가 프랑스 마을이다. 이곳은 성곽국가 중 하나인

프랑스의 전형적인 광장과 소도시, 호텔을 그대로 재현한 곳으로 독특한 문화 체험장이다. 프랑스의 전통적인 건축 양식과 마을의 고전적인 요소가 고스란히 녹아있는 프랑스 마을 거리를 걸으며 낭만적인 문화를 만끽하고 프랑스의 빵과 와인도 맛볼 수 있었다. 그 외에도 밀랍인형 박물관과 실내에 용인 에버랜드와 유사한 판타지 파크도 있다. 놀이기구나 들를 곳이 많아 아이들은 물론 모든 연령대의 방문객에게 즐거움과 엔터테인먼트를 제공하는 인기 명소였다.

프랑스 마을을 지나 계속 걷다 보면 바나힐스 정상에 린응사 Linh Ung Pagoda라는 아름다운 사찰이 있다. 이 탑은 18세기 레히엔 통Le Hien Tong 황제 통치 기간에 처음 지어졌다. 원래의 탑은 베트남 전쟁 중에 파괴되었고 2000년대 초반에 새로운 탑이 그 자리에 세워졌다. 사원 단지는 꽃으로 둘러싸여 놀랍도록 아름다우며 순 백돌로 만들어진 27m 높이의 관음 동상이 있다. 이 동상은 연꽃 모양의 플랫폼에 위치해 있어 사찰의 고요함과 엄숙함을 더해준다. 본 관음상 외에도 다른 작은 조각상과 사당도 많이 있다.

한편 역사적으로 여러 의미를 간직하고 있는 곳이기도 하다. 프랑스는 19세기 중반부터 20세기 중반까지 60년이 넘는 기간 동안 베트남을 통치했다. 1887년에 프랑스령 인도차이나라고 불린 연합국가를 만들었다. 프랑스인들은 그들의 언어, 문화, 정치 체제를 베트남 사람들에게 강요했고, 착취와 억압으로 특징지어지는 식민지 행정을 수립했다. 프랑스 식민지 시대에 프랑스 관리, 군인, 외국인을 위해 달랏, 사파, 판티엣 등 여러 리조트가 개발되었다. 바나힐스도 그중 하나다. 인도차이나 전쟁과 베트남 전쟁으로 이 지역이 파괴되었고, 그 이후에는 주로 지역 주민들의 농사터로 전락했다.

현재의 관광명소로 다시 탄생시킨 것은 썬그룹Sun Group이다. 썬그룹이라는 베트남 기업이 2007년부터 바나힐스에 대한 개발 계획을 세웠다. 그후 2015년에 첫 번째 단계를 완료하면서 프랑스의 전통적인 건축 양식과 문화적인 요소를 융합하여 바나힐스의 고유한 분위기를 더 멋지게 재현해 냈다.

나는 그동안 베트남을 십여 차례 다녀올 기회가 있었다. 그 중에서 바나힐스는 남다른 추억이었고 여행을 통해 우리 삶에 적용할 수 있는 교훈과 통찰을 제공할 수 있는 특별한 곳이었다. 이곳을 방문함으로써 배울 수 있는 교훈 중 하나는 자연을 존중하고 보호하는 마음이다. 나는 현재 'DMZ생태관광협회'에서 고문직을 맡고 있다. 휴전선을 따라 걷는 DMZ 평화대장정에 참여하고 있다. 이곳에 와보니 DMZ의 '생명, 생태, 평화' 운동을 벌이는 의미가 더 크게 다가왔다.

바나힐스는 인간의 상상력과 혁신의 힘을 보여주는 독특하고 창의적인 관광지였다. 특히 베트남은 쓰라린 과거 역사의 현장을 없애기보다 역사적인 아픔을 말해주는 역사적, 문화적 랜드마크와 함께 풍부한 문화유산을 적극 개발하고 있다. 아픈 과거의 흔적이라 해서 무조건 지워버리려는 우리와는 달리 상흔의 문화와 역사를 되돌아보는 회고의 현장이라는 생각도 들었다.

프랑스의 작가 마르셀 프루스트는 "진정한 여행이란 새로운 풍경을 보는 것이 아니라 새로운 눈을 가지는 것에 있다."라고 했다. 바나힐스는 자연의 아름다움을 감상하면서 창의성과 혁신을 추구하며, 문화와 역사의 가치를 다시 생각하게 했다. 게다가 새로운 경험과 도전의 장을 몸으로 체험하게 하는 참 의미 있는 곳이었다.

코로나19로 오랜만에 이루어진 이번 가족여행이 그간 코로나와 직장 일을 핑계로 가족 간 보이지 않게 생긴 벽을 허물기에 충분했다. 여행 중 하루 일정을 마치고 저녁시간에 야시장에서 함께 먹는 먹거리들은 소소한 행복 속의 가족애를 느끼는 시간이었다. 손주들은 얼마나 즐거웠던지 내년에 또 어디를 갈지 벌써 마음이 들떠 있다.

스트레스도 마음먹기 나름

나는 매년 선배가 운영하는 하트스캔이라는 병원에서 건강검 진을 받고 있다. 잘 아는 사이라서 그런지 매년 받을 때마다 검 진 항목을 추가하거나 빼는 배려도 해주고 가격도 그에 맞게 조 절해 주는 등 특별 서비스를 받는다. 쉰 다섯 살이 되던 해, 검 진 신청을 했더니 이번에는 반드시 스트레스 진단 검사를 받으 라고 권유했다.

처음에는 스트레스쯤이야 누구나 있는 거니 꼭 그럴 필요가 있 느냐고 반문했다. 그랬더니 스트레스가 만병의 원인으로 스트레 스를 받으면 몸의 면역력이 떨어져 고혈압이나 당뇨병, 위궤양, 심장병 등의 질환을 일으키기도 하며 우울증, 순환기 계통 질환, 각종 암 등 심각한 병이 유발될 수 있다고 강조했다. 사실 50대 가 되면 직장에서는 퇴직 위기에 몰리고, 집안에서는 애들 대학

입시나 취업, 결혼 등으로 스트레스 요인들이 급증한다.

결국 나는 고민 끝에 스트레스 진단을 받기로 했다. 먼저 설문지로 여러 사항을 체크했다. 예를 들면 '인생은 참 쓸쓸하다'라는 설문에 '아주 그렇다, 전혀 아니다'로 답하는 식이다. 다음에는 심전도를 측정하듯이 검사기로 발끝부터 머리까지 스트레스를 점검했다. 무사히 검사를 마치니 곧이어 의사선생님의 면담이 있었다. 내 검진결과를 들춰 보더니 고개를 갸우뚱거렸다.

"아무래도 이상한데요? 뭔가 잘못된 것 같습니다."

"무슨 말씀이세요?"

"선생님은 스트레스 수치가 아주 높을 나이인데 평균치보다 더 낮은 수치가 나왔거든요."

그러면서 문진을 거꾸로 체크한 게 아니냐고 되물었다. 말하자면 '매우 그렇다'를 '그렇지 않다'로 잘못 체크했냐고 물었다.

"아닙니다. 다만 제가 삼성을 떠난 지 7년 차가 됐습니다."

"삼성을 떠난 지 오래 되셨군요! 네, 알겠습니다."

이 병원에서 삼성 사람들이 건강진단을 많이 받기 때문에 내 경우도 예외 없이 스트레스 지수가 그들처럼 높을 거라고 예단한 모양이었다. 그만큼 삼성에 근무하는 사람들의 스트레스 지수가 높다는 것을 알 수 있다. 실제로 나는 스트레스로 수년간 고생했다. 몸이 망가진 후 스트레스 탈출을 위해 신경 꽤나 쓰던 중이었다.

나는 비서실에 있다가 삼성자동차 설립 초기 자리를 옮겨 직원을 뽑고 교육하는 인사담당 임원을 맡았다. 1997년 말 IMF가 닥치자 어려움에 처한 몇몇 기업들을 통폐합시키는 빅딜을 정부가 단행했다. 그로 인해 삼성자동차와 대우자동차가 통합하도록 결정 명령이 떨어졌다. 내로라하는 세계적 인재들이 다 모였는데 갑작스럽게 구조조정을 당할 처지라 분위기가 심각했다. 젊고 유능한 사람들이 삼성에 와서 꿈도 키우지 못하고 생존 문제가 걸린 일이니 조용할 리 만무했다.

전국에 흩어져 있던 3,000여 명의 직원들은 본사로 모여들어 빅딜 반대와 생존투쟁을 위한 비상대책위원회를 바로 설치했다. 수시로 청와대로 몰려가 빅딜 철회를 외쳤고, 삼성 본관은 물론 이건희 회장 자택까지 몰려가 화염병을 투척하는 등 극한 투쟁을 벌였다. 일주일이 멀다 하고 서울역과 광화문에서 대규모 집회가 열렸다. 일하던 회사가 갑자기 없어져 이들을 저지하거나 대응할 창구가 애매했다. 경영진까지도 빅딜의 피해자가 된 상황이라 결국 회사를 대표해서 그 창구 역할을 인사담당인 내가 이 일을 맡을 수밖에 없었다.

전쟁터를 방불케하는 현장에서 3개월쯤 지나 협상을 시작하자 그들의 투쟁 방식이 나날이 거칠어졌다. 나는 그런 일을 한 번도 경험해 본 일이 없었기 때문에 하루하루가 스트레스의 연속이었다. 현장에 있다 보면 돌발 상황이 많이 생겨 밥을 제때에 먹을 수도 없었고 애먼 담배만 두 갑씩 피우게 되었다. 게다가 저녁 늦게 끝나면 수고한 직원들과 소주로 지친 마음을 달래려고 거의 매일 마셨다.

　직원들을 정리하는 과정은 우여곡절 끝에 1년이 지나서야 겨우 마무리되었다. 그 사이에 내 심신이 매우 피폐해졌다. 심리적 불안으로 잠을 잘 때 식은 땀으로 잠옷이 흥건히 젖을 정도였고, 잠을 제대로 자지 못하는 불면증과 함께 무력감까지 찾아왔다. 위궤양으로 소화기능에도 문제가 생겼으며 체중도 줄기 시작했다. 게다가 스트레스에 치명타라는 남자의 성기능까지도 거의 사라진 느낌이었다. 50살도 되지 않았는데 몸은 허약체질로 변해 여기저기 삐거덕거렸다.

　그렇다고 어디에 보상 청구를 하거나 하소연할 데도 없었다. 그저 팔자타령을 할 수밖에 없는 노릇이었다. 그렇게 계속 지내다간 큰일 나겠다 싶어 건강 관련 책을 구해 읽었다. 그 중 내가 가장 큰 관심을 가진 것은 만병의 원인이라는 '스트레스' 관련 책이었다. 책을 몇 권 읽고 나는 나름 스트레스 퇴치 작전을 벌이기로 굳게 마음먹고 실행에 옮겼다. 첫 번째 시도한 일은 내가 도이치 은행과 합작으로 어렵사리 설립하여 맡고 있었던 사장자리를 과감하게 내던진 일이었다. 스트레스를 받지 않고 하고 싶은 일을 하기 위한 한 방편이었다. 아쉽게도 꽤나 괜찮았던 회사와의 인연은 끝을 냈고 대신 평소 하고 싶었던 컨설팅과 교육사업을 시작했다.

　회사나 일 외에도 스트레스 발생 요인들을 하나하나 차단하기로 마음먹었다. 그 첫 번째가 집안에서의 스트레스 관리였다. 그

중 가장 어려운 것이 자녀 문제였다. 사장을 그만둘 때 아이들이 사춘기 시기인 중3, 고1이었지만 아버지가 직장을 그만둬 지원에 한계가 있으니 각자 하고 싶은 일을 하라고 권했다. 아내에게도 서로 하고 싶은 일을 하기로 하고 핸드폰도 곁눈질하지 않기로 약속했다. 이른바 각자 도생을 선언한 셈이었다.

두 번째로 긍정적인 생각으로 세상을 바라보며 살기로 마음먹었다. 부정적이거나 스트레스를 주는 사람은 아예 만나지 않기로 했다. 큰 성공과 출세보다는 작은 일에 만족하는 요즘 말로 소위 소확행小確行의 마음을 갖고 살기로 했다. 돈을 벌기 위해 악착같이 일하기보다 의미 있고 보람있는 일에 치중하고 돈 버는 일이나 금전적인 문제로 고민하지 않기로 했다. "세상에 죽을 때 남는 것은 쓰고 받은 영수증 밖에는 없다."는 말을 명언처럼 믿기로 했다.

그리고 시작한 것이 운동이다. 그동안 집 근처의 레포츠 센터에 등록만 해놓고 고작 한 달에 한두 번 가던 체육관을 새벽마다 꾸준히 다녔고 주말이면 등산과 트레킹으로 심신을 단련했다. 아무래도 틀에 박힌 직장 생활을 그만둔 게 스트레스 관리에 가장 도움이 되지 않았나 싶다.

이런 생활을 지속하자 몸도 서서히 달라지기 시작했다. 우선 얼굴 표정이 온화해졌다는 말을 주위 사람들로부터 들었다. 70줄에 들어서면 성인병으로 약을 한 움큼씩 먹는 사람들이 많다. 그런데 나는 만성위염으로 장이 불편한 것을 빼고는 고혈압, 당뇨, 고지혈 같은 성인병이 아직 없는 걸 보면 체질이 많이 바뀐 게 틀림없다. 살아가면서 적당한 스트레스는 건강에도 도움이 되지만 스트레스가 몸을 해칠 정도라면 무조건 피하는 것이 상책이다. 스트레스 관리도 결국 자신이 마음먹기에 달려있다.

자식과 마누라 빼고 다 바꿔라

세간에 '은둔의 경영자'로 알려진 삼성의 고 이건희 회장은 실제로 회사에 출근하거나 경영 현장에 모습을 잘 보이지 않는 것으로 유명했다. 이 회장이 회사에 출근하는 날이면 출근길은 취재 기자들로 대혼란을 겪는다. 내가 삼성에 25년 근무하면서 이 회장을 뵌 것은 단 세 번에 불과하다. 1989년부터 4년 간 비서실에 근무했음에도 불구하고 거의 뵌 적이 없다. 출근이 없으니 당연히 회장 결재시스템 자체가 없다. 삼성그룹 창업 55주년 그룹 행사 때 실무를 총괄하며 직접 뵌 것은 행운에 속했다.

그렇지만 이 회장의 출근과 무관하게 경영 안목이나 경영방침의 위력은 가히 놀랍다. 보이지 않는 곳에서 던지는 메시지와 미래를 예측하고 결단하는 힘은 늘 파괴력이 있었다. 이병철 초대 회장의 서거로 1987년 그룹 회장에 취임한 이건희 회장은 1988

년 3월 삼성그룹 창립 50주년을 맞아 '제2의 창업'을 선언했다. 그는 삼성의 체질을 굳건히 다져 세계 초일류 기업으로 키워 나가겠다는 비전을 세우고 대대적인 경영혁신을 꾀하려 했다.

그 당시 임직원들은 '국내 최고'라는 자만에 빠져 있던 터라 이 회장은 앞으로 삼성이 어떻게 될까를 생각하면 "내 등허리에서 식은땀이 난다."며 질타해도 변화는커녕 요지부동이었다. 결국 이건희 회장은 1993년 2월 미국 LA를 시작으로 도쿄와 프랑크푸르트로 이어진 해외시장 순방 투어와 회의를 떠난다. 미국 현지 유통 매장에서 먼지를 뒤집어쓴 채 천덕꾸러기가 된 삼성 TV나 가전 제품을 목격하고 통탄했다. 이때 두 가지 결정적인 사건이 터졌다. 하나는 출장도중 비행기에서 삼성 디자인 고문 후쿠다로부터 삼성을 떠나겠다며 삼성의 문제점을 낱낱이 적은 보고서로, 이 회장은 이것을 받아 읽고 대노大怒한다. 두번째는 품질 문제로 삼성전자에서 고장난 세탁기를 수리하기 위해 칼로 깎는 사내고발 방송이었는데, 역시 이를 보고 큰 충격을 받는다.

마침내 그는 이대로는 도저히 안 되겠다는 생각으로 충격요법을 쓰기로 작정했다. 전세기를 띄워 임직원들을 한 데 모아놓고 이역만리 프랑크푸르트에서 "삼성은 이제 양 위주의 의식, 체질, 제도, 관행에서 벗어나 질 위주로 철저히 변해야 한다."고 폭탄 선언을 했다. 일명 '프랑크푸르트 선언'으로 알려진 이 회장의 발언은 삼성이 국내에서 1등이지만 변하지 않으면 망한다는 위기감으로 "자식과 마누라 빼고 다 바꿔라."고 소리쳤다. 나는 그 뒤로 이어진 런던회의에서 9시간 동안 특강을 꼬박 들었다. 요지는 "이대로 가면 삼성은 망한다. 나부터 변화하라."는 이 회장의 호소이자 절규였다.

이후에도 회의와 특별 교육이 스위스 로잔, 영국 런던, 일본 도쿄, 오사카 등에서 계속 이어졌다. 약 6개월에 거쳐 1,800여 명을 대상으로 회의와 특별교육을 실시했다. 문제는 회장의 절규를 넘어 변화의 채찍을 휘둘렀지만 교육을 받은 후에도 사장단이나 간부들은 한 번도 경험해 보지 못한 일이라 무엇을 어떻게 시작해야 할지 그 누구도 몰랐다는 사실이다.

그래서 비서실과 각 계열사에 '삼성신경영 추진 사무국'을 두기로 했다. 비서실에도 그러한 경험을 한 사람이 있을 리 만무했다. 결국 그룹교육을 총괄하던 인사팀한테 그 일이 떨어졌다. 마침 그룹교육 실무를 총괄하던 내가 얼떨결에 '신경영 추진사무국' 실무를 담당하게 되었다. 그룹 신경영 중 제일 먼저 시작한 것이 이 회장이 그토록 강조한 내용과 혁신해야 할 과제들이 무엇인지를 체계적으로 정리하여 20만 명이 탄 항공모함을 한 방향으로 유도하기 위한 대대적인 교육을 시행하는 일이었다.

바로 비서실내에 T/F를 구성하고 호텔 신라에 200여 평의 방을 빌려 국내에서 내로라하는 속기사 40여 명을 불러모아 그동안의 강의나 회의록을 모두 정리했다. 이 회장이 임직원들과 나눈 6개월 간의 특강과 대화는 무려 350시간 분량이었는데 이를 풀어 쓴 결과 A4용지 8,500매에 달했다.

이 많은 자료를 정리하여 한 장으로 알기 쉽게 '신경영 추진 체계도'를 만들고 '삼성 신경영'이라는 한 권의 책으로 요약집도 만들었다. 이를 교재로 그룹임직원 전체를 대상으로 하는 교육프로그램을 만들기 시작했다. 이때 현장 여사원들의 빠른 이해를 돕기 위해 만화로 그린 신경영 책자를 만들어 활용하기도 했다. 특별히 만화로 유명한 이원복 교수에게 부탁해 만든 책이었다.

이 회장의 그 많은 메시지 중에 가장 기억에 남는 것은 "자식과 마누라 빼고 다 바꿔라!"였다. 회장인 나부터 변화할 테니 따라오라는 강한 의지를 내보인 셈이었다. 그리고는 "나부터, 위에서부터, 쉬운 것부터 바꾸어 보라."는 지시를 내렸다. 그 한 예로 왼손잡이는 팔을 묶어 보라고 했고, 건강한 치아를 유지하려면 하루 세 번씩 꼭 칫솔질하는 자신의 습관부터 바꾸어 보라고 주문했다.

'나부터 변화하라'는 그룹 임직원 신경영 교육은 2년 간 지속되었다. 그 효과가 나타나기 시작하여 1997년 외환위기 때 확실한 효과가 서서히 나타나기 시작했다. 위기는 준비된 자에게만 기회로 다가오는 법이다. IMF 위기로 다른 그룹이나 기업들은 갑작스러운 충격에 부도가 나고 문을 닫아야 했다. 하지만 삼성은 위기가 닥치자 그동안 힘들게 변화에 힘썼던 저력이 나타난 것이다. 결국 철옹성 같았던 일본의 소니는 2003년 시가총액에서 삼성전자에 역전되는 소니 쇼크가 발생했다. 그 이후 소니, 내쇼날, 후지쓰 같은 일본 전자왕국이 하나 둘 무너지기 시작했다. 묘하게도 삼성전자에 기술을 제공했던 산요전기나 샤프는 중국과 대만 회사로 팔려 나갔다.

승기를 잡은 이 회장의 위기경영은 계속됐다. 신경영 10주년인 2003년엔 '핵심인재경영'을 골자로 한 제2의 신경영을 선언했다. 2010년 3월 비자금문제가 불거져 경영에 복귀해선 "지금이 진짜 위기다. 앞으로 10년 내에 삼성을 대표하는 사업과 제품은 대부분 사라질 것"이라고 말했다. 삼성전자 실적이 역대 최고를 구가할 때였다. 신경영신경영 20주년 만찬에서도 "앞으로 우리는 자만하지 말고 위기의식으로 재무장해야 한다."며 끊임없이 위기의식을 강조하며 채찍질했다. 애석하게도 그가 쓰러진 것은 만찬 이후 6개월이 지난 2014년 5월이었다.

이러한 인연으로 나는 2020년 10월 이 회장 타계 특집으로 마련한 TV조선 인기 프로그램이었던 〈강적들〉에 출연할 기회도 얻었다. 이건희 회장이 위기를 기회로 만든 힘의 원천은 남 탓이 아니라 '나부터 변화'라는 메시지였다. 그 메시지는 결국 세상을 바꾸기는 쉽지않다. 그러나 나의 생각과 보는 관점을 바꾸면 세상이 변한다는 평범한 진리였다. 삼성신경영의 성공은 그룹 임직원 20만 명이 하나가 되어 이를 같이 공유하고 스스로 변화하려는 의지가 이루어 낸 쾌거라고 생각한다.

체면이 밥 먹여 주나

〈강연100℃〉는 일요일 KBS TV 오후 8시 골든 타임에 방영한 인기 프로그램이었다. 시청자들은 그 프로그램에 출연한 사람들의 사연에 눈물을 흘리기도 하고 때로는 힘찬 격려의 박수를 보냈다. 자신의 삶을 되돌아보는 기회가 되는 반면 어려움 속에 빠져있는 사람들에게는 새로운 희망과 도전정신을 배울 수 있는 방송 프로그램이었다.

많은 스토리 중에 지하철 택배기사 일을 하는 80세 넘은 김명해 박사의 '체면이 밥 먹여 주나?'가 내 마음을 사로잡았다. 100세 시대에 현역으로 살아가는 비법이 바로 저거다 싶었다. 직접 만나고 싶은 호기심이 작동하여 그분의 연락처를 수소문했다. 여러 통로를 거치다 방송국 담당 PD를 통해 전화번호를 알아냈고, 드디어 주인공과 연락이 되어 일주일 후로 점심식사 약속을 했다.

　마침 그날은 '2060 트레킹 클럽' 모임이 있는 날이었다. 한때 500여 명까지 회원이 가입했던 걷기모임 단체다. 당시 회장이었던 나는 20여 명의 회원들과 서울 둘레길 3코스 트레킹을 마치고 김명해 박사를 만나기로 했다. 우리 일행은 올림픽공원 옆에 있는 조그만 식당에서 그분을 뵙고 방송에서 못다 한 뒷이야기까지 생생하게 직접 들을 수 있었다.

　그는 서울대 사범대학교에 진학했으나 가정형편이 넉넉치 않아 동대문시장에서 장사를 하며 어렵게 대학교를 마쳤다. 졸업 후 교사가 되었고, 평탄한 교직생활을 하다가 늦은 나이에 대학원 공부를 시작해 박사학위까지 취득했다. 그후 고등학교 교감을 거쳐 장학관으로 퇴직한 후에도 10년간 대학 강사를 하며 가르침의 길을 걸었고 72세에 퇴직했다. 퇴직 후 편히 쉬면서 여행도 실컷 해보고, 운동도 열심히 했지만 오히려 체중은 늘고 건강은 나빠졌다. 이건 아니다 싶어 다시 일하기로 마음먹었으나 막상 그 나이에 할 일이 마땅한 게 없었다.

　그는 교사시절 미국 연수를 갈 기회가 있었는데 그곳에서 보고 감동적이었던 이야기 몇 가지가 생각났다. 그 학교 교직에서 은퇴하고 스쿨버스 기사로 일하는 사람, 교장에서 은퇴한 후 그 학교에서 경비원을 하는 이들을 만났던 기억을 떠올렸다. 그러고는 새로운 결심을 했다. 과거에 교감이고 교수 그리고 박사라는 게 지금 이 마당에 무슨 의미가 있겠는가? 체면이라는 굴레에서 과감하게 벗어나기로 했다.

그는 무엇이든 할 수 있다는 열정과 정신력으로 일자리를 찾았고, 마침내 구청 주선으로 지하철 택배 일을 하게 되었다. 77세에 시작한 그 일은 결코 쉽지 않았다. 노인이라 지하철 요금은 공짜라서 차비가 안들었지만 택배 물건을 잃어버린 적이 한 두 번이 아니었고, 주소를 잘못 알고 길을 헤매기도 여러 번이었다. 또한 고객이 주소를 잘못 표기하여 난감할 때도 많았다. 그럴 때마다 그는 '참자, 무조건 참자, 화를 내지 말자'라는 주문을 스스로에게 걸며 묵묵히 일을 수행해 나갔다. 얼마 후 그는 최우수 사원이 되어 남들의 부러움을 샀다.

늘그막에 왜 힘든 일을 하며 고생을 하느냐고 가족들의 반대도 있었다. 하지만 일을 할수록 건강해지면서 마음도 젊어지는 즐거움을 알게 됐다. 그러면서 그는 평소 좋아하는 사무엘 울만의 청춘의 시구를 마음속에 달고 살았다.

"청춘은 인생의 어느 기간을 말하는 것이 아니라 마음의 상태를 말한다. 그것은 장밋빛 용모, 앵두 같은 입술, 나긋나긋한 자태가 아니라 강인한 의지, 풍부한 상상력, 불타는 열정을 말한다!"

여든이 넘은 나이에 허리도 꼿꼿하고 건강해서 식사 후 올림픽공원을 우리 멤버들과 한 시간 넘게 같이 걸으면서 못다한 이야기를 하다가 또 만나기로 하고 헤어졌다. 그때 내가 얻은 교훈은 나이 들어서 가장 먼저 버려야 할 게 있다면 '체면'이라는 점이었다. 체면이 자신을 속박하고 행동을 제한하는데 많은 사람이 이

'체면의 덫'에 갇혀 살고 있다는 점이다.

우리나라에 수많은 실버타운이 있지만 그 중에서도 상위층들이 모여 사는 유명한 곳으로 건국대학에서 운영하는 'Classic 500'과 삼성에서 운영하는 '노블카운티'가 있다. 우연히 두 곳의 원장들한테 직접들은 공통된 이야기가 있다. 한번 국무총리는 영원한 국무총리요, 장관도 영원한 장관인데 심지어는 그들의 부인까지도 그렇게 살고 있다는 사실이었다. 그들은 나이가 들어 이곳에 와서도 체면의 덫에 갇혀 산다. 자신들이 살아가는 방식은 여전히 20~30년 전 최고로 대우받던 습관을 버리지 못하고 옛날 추억 속에 갇혀서 살아간다.

우리 사회의 체면 중시 문화는 하루 이틀 사이에 정착된 것은 아니다. 특히 관혼상제에서 더욱 그렇다. 유교문화는 우리나라에 크게 영향을 끼쳤는데 인간의 도리를 근간으로 하고 있지만 그 안에 체면이 똬리를 틀고 앉아있다. 가부장적 성향이나 빛 바랜 양반문화도 한몫을 한다. 게다가 한국 특유의 국민성 중에 지나친 경쟁심리나 남과 비교하는 습성도 체면문화와 무관치 않다. 예를 들어 OECD 회원국 가운데 계속 1위를 차지하는 한국의 자살률, 지나친 교육열과 성형 광풍 등은 한국인 특유의 체면문화와 연결된다. 비교는 불평이나 불행을 부추기는 배후조정자 역할을 한다. 로마 시인 호라티우스는 "자기만의 행복을 갖지 못한 채 남과 비교하기 때문에 평생 행복을 모른다."라고 했다.

이런 것들이 우리들의 행동변화를 억제하고 변화를 구속하는 경우가 많다. 지금은 디지털 정보화 시대요, 100세 인생 삼모작 시대다. 더구나 65세 이상이 900만 명을 넘을 정도로 고령화가 세계 최고의 속도로 진행되고 있는 것이 대한민국이다. 이러한 변화시대에 체면에 대해서 생각을 달리해야 할 때다.

한때 '2050'이라는 말이 한 때 유행했다. 20대부터 50년을 일해야 한다는 의미도 되고, 50대도 추가로 20년을 더 일해야 한다는 의미도 있었다. 즉 경제수명을 50년은 유지해야만 고령화 시대에 건강하게 대응할 수 있다. 십년 전에는 경제수명이 60년이 되어야 한다고 해 '2060'으로 수정되었는데, 이제는 '3060'시대라고 생각한다. 요즘은 취업이 힘드니 서른 살이 되어서야 취업하는 젊은이들도 아흔까지 60년 동안 일하지 않으면 안 되며, 60대도 퇴직 후 30년은 활동을 더해야 된다는 의미다.

고령화 100세 시대에 나이 들어서도 직업이 있다면 좋겠지만 수입에 관계없이 할 일이 있다면 나이듦을 겁낼 필요가 없다. 100세 시대에 최상의 노老테크는 현역으로 사는 것이 가장 강력한 대응법이다. 여기엔 체면을 집어 던지는 지혜와 용기가 먼저 필요하다.

트레킹이 주는 행복

내가 트레킹을 하게 된 계기는 우연한 인연에서 시작되었다. 10년 전 친구와 둘이서 여행사 광고를 보고 여수 앞바다에 있는 '금오도 비렁길' 트레킹을 가게 되었다. 그야말로 트레킹이 무언지 한 번도 해본 경험이 없는 '묻지마 여행'이었다. 금오도는 명성왕후가 숨겨 놓았다는 섬으로 유명한데 동백꽃이 멋들어지게 어우러진 터널은 물론 괴암절벽과 에머랄드 빛 해안이 멋지게 펼쳐진 비탈길이었다. 비렁길은 그 지방 사투리로 비탈길을 말한다. 비경의 해안길을 걸으면서 시쳇말로 뿅 가버렸다.

이 트레킹 코스에 매료되어 2년 동안 그곳만 무려 다섯 번을 다녀왔다. 이것이 계기가 되어 몇몇 친구들과 주말마다 걸어서 서울 둘레길 157km를 3개월 만에 완주하기도 했다. 그 후 서해안 '솔향기길', 양평 '물소리길' 등 가까운 코스를 매주 걸었다. 누구든 자기가 좋아하거나 신나는 일에는 몰입하게 된다. 30여 년 간 즐겼던 골프마저 재미가 없어져 멀리할 정도로 트레킹 매니아가 되었다.

트레킹 코스는 세계 어디든 전문가들이 좋아하는 유명한 곳이 많이 있다. 그러나 전문가가 아닌 평범한 시니어들이 즐길 수 있는 코스는 그리 많지 않다. 우리나라는 세계 어디에 내놓아도 자랑할 만한 1,600여개의 다양한 트레킹 코스가 있다. 서울에는 157km의 서울 둘레길이 있고, 북한산 둘레길, 지리산 둘레길, 제주도 올레길, 동해안을 일주하는 동해안 새파랑길 등은 트레킹 코스의 백미로 불린다. 시골 어디를 가더라도 지자체에서 개발한 코스들도 나무랄 데 없이 훌륭하다. 심지어 일본에서도 제주 올레길을 벤치마킹한 큐슈지역 코스 외에도 일본 전역으로 확산되고 있다.

지금까지 다닌 길들 중에 가장 기억에 남는 코스는 비경도 좋지만 과거의 옛사람들의 향기가 묻어나는 옛길이었다. 옛길로는 과거에 장작이나 막 거두어들인 농산물 등을 지게에 지고 5일 장에 다니거나 보부상이 다녔던 마을길, 수도승들이 도를 닦기 위해 왕래했다는 물소리가 끊이지 않는 계곡길, 선비들이 과거시험을 보러 다녔다는 옛길들이 가장 걷기에 좋았다. 이미 고인이 된 그들과 마음속 대화를 하며 걸었던 즐거움이 머릿속에 남는다.

우연한 기회에 취미로 시작한 트레킹은 내 삶의 방향을 송두리째 바꾸어 놓았다고 해도 과언이 아니다. 나는 늘어나는 체중을 줄인다는 이유로 30대 중반부터 20여 년간 계단 오르기, 테니스, 등산 등 무릎에 안 좋은 운동만 했다. 그후 40대 후반부터 운전도 제대로 못할 정도로 관절이 닳아 없어져 고생을 했다. 외과에 갔더니 담당의사는 "그냥 쓰다가 칠순쯤 되어 인공관절 수술을 하자."고 권유했다. 별생각 없이 무모하게 관절을 혹사시킨 내가 한심했다.

그런데 웬일인가. 걸으면 관절에 좋다는 말만 듣고 트레킹을 시작한지 1년이 지난 후부터 거짓말같이 무릎이 멀쩡해졌다. 더구나 혈당수치가 120이 넘어가면서 의사가 관리하도록 경고한 혈당수치가 트레킹을 시작한 1년 후 체크해 보니 90대로 떨어졌다. 더욱 반가운 것은 전립선 이상으로 신경이 곤두서 있었는데 의사도 놀랄 정도로 좋아져 먹던 약도 중단할 정도였다.

걷기가 좋은 점은 자연 그리고 다양한 사람들과 걸으며 옥탄가 높은 새로운 에너지를 충전할 수 있어서다. 일주일 동안 열심히 일하고 주말 트레킹으로 휴식도 하고 충전도 할 수 있어 주말이 손꼽아 기다려진다. 쉼표는 악보에만 있는 게 아니라 삶에도 필요하기에 휴식은 절대적이다. 지금도 트레킹을 가기 전날은 유년 시절 소풍 가는 마음으로 늘 가슴이 들떠 잠을 제대로 자지 못하는 경우가 많다.

이렇게 시작한 트레킹은 점차 인원이 늘어서 2년차부터는 10여 명이 되었고, 봉고차를 빌려 1박2일 코스로 다니기도 했다.

재미를 붙인 회원들은 버스 한 대 정도의 규모로 키워보자는 의견도 나왔다. 이렇게 발단이 되어 시작한 모임이 10년 전에 시작한 '2060 트레킹 클럽'이다. 회원이 2년차에 500명을 넘을 정도로 인기 있는 모임이 되었다. 2060의 의미는 퇴직 후 60대도 20년 더 일할 준비를 하고, 20대도 60년 일할 준비를 미리 하자는 취지다.

2060은 매주 트래킹 가는 것을 원칙으로 하여 서울 둘레길이나 북한산 등 서울 근교 길을 주로 걸었다. 한 달에 한 번은 여행사를 통해 유명코스를 버스로 다녀온다. 분기에 한 번은 1박 2일 코스로 멀리 다녀오는데, 이는 또 다른 의미를 갖게 한다. 게다가 트래킹 마치고 버스에 오르기 전 그곳의 토속음식, 즉 막 요리한 도토리 묵이나 부추전과 들이켜는 막걸리 한 잔의 맛은 최고다.

3년 차부터는 국내뿐 아니라 세계적으로 유명한 해외의 멋진 코스를 택해 상·하반기에 한 번씩 다녀오고 있다. 2019년 상반기에 일본의 '오헨리 순례길'을, 하반기에는 베트남의 알프스라고 하는 '사파 다랭이길'을 다녀왔다. 그 중 2018년 봄에 다녀온 몽골의 초원을 걸었던 기억은 지울 수가 없다. 지금도 눈을 감고 생각하면 드넓은 초원 위에 아름답게 핀 야생화들을 보며 걸었던 기억과 몽골 전통 이동식 천막집인 게르에서 별을 보며 밤을 지새워 이야기를 나누었던 추억들이 새록새록 떠오른다.

코로나19가 터지자 3년간 단체로 이동하는 모임이 불가능해지면서 2060클럽은 휴면기에 들어갔다. 그동안 이 모임이 의외로 커져서 하나의 큰 행사가 되어 부담이 큰 상태였다. 핑계 김에 이 모임을 잠정 중단하고 2022년말 소모임으로 3060 트레킹 클럽을 만들어 30명 정도 인원으로 다시 출발했다. 10년이 지난 사이 퇴직 후 활동기간을 80까지가 아니라 90으로 늘려 30년을 더 일해야만 하는 시대가 되었다. 그만큼 나이가 들어도 건강하고 사회 사회활동을 많이 해야 하기 때문이다.

트레킹을 즐기는 방법은 여러가지가 있다. 안나푸루나 트레킹 같은 전문가들이 즐기는 방법도 있고, 한강변을 걷거나 집근처를 가볍게 걷는 도보도 있다. 여행은 다리가 떨리면 못하니 가슴이 떨릴 때 해야 한다고 했다. 나도 트레킹 덕분에 당분간 다리 떨리는 일은 없을테니 이 얼마나 큰 선물이며 행복한 일인가. 늘 함께한 동행자들이 한없이 고맙다.

한국적인 것이 세계적인 이유

방탄소년단BTS의 월드투어 공연이 2018년 8월부터 시작되어 세계 23개 도시에서 열렸다. 60여개 도시를 투어하는 동안 200만 명 이상의 관객을 열광시켰다. 그 중에서도 뉴욕공연은 관객들이 좋은 자리를 먼저 차지하기 위해 이틀 전부터 텐트촌이 생길 정도로 인기였다. 방탄소년단은 공연 마지막 곡 〈아리랑〉으로 4만 관중을 하나로 만들어 떼창과 떼춤으로 흥興과 신바람의 도가니로 몰아넣었다.

아리랑은 분명 우리 민족의 한恨을 품은 민요이자, 느린 템포로 한국을 대표하는 전통가요다. BTS는 우리 특유의 아리랑을 '한'에만 빠져들지 않게 중간부터 곡의 템포를 빠르게 바꾸었다. 춤과 노래의 마술사답게 신명나는 춤으로 반전시켜 흥과 신바람으로 승화해냈다. 그 바람에 전 세계에서 모인 관중들이 열광했다.

아리랑 노래가 끝나자 태극기가 무대에 펼쳐졌고 숙연함과 경건함 속에서 막을 내렸다.

한국인 최초로 빌보드 싱글차트 정상까지 10여 차례 점령하고 세계 각국의 음원차트 1위를 석권하며 비틀스 이후 최고의 평가를 받고 있다. BTS가 이처럼 폭발적 인기를 누리는 근본적 이유는 무엇일까?

전문가들은 그들의 성공의 이유를 유튜브 같은 SNS, 탄탄한 콘텐츠, 현란한 춤 솜씨, 팬클럽인 아미Army의 힘 등 다양하게 제시한다. 나는 그들의 성공 요인은 어디까지나 한국인의 특성인 '한恨'과 '신명興'의 절묘한 조화가 핵심이라고 생각한다. 처음 그들이 힙합으로 음악을 풀어갈 때만 하더라도 여러 아이돌 그룹과 별반 다르지 않았다. 하지만 BTS는 다른 아이돌 그룹과는 달리 자신들의 삶과 전 세계 젊은이의 삶을 진정성 있게 접목시켜 '한'을 리듬과 춤이라는 '신명'으로 풀었고 젊은 층의 마음을 훔쳐 냈다.

스스로 흙수저라 칭하는 같은 또래 젊은이들의 고통에 동참하고 그들의 목소리를 대변하면서 진정성으로 공감을 얻어낸 것이다. 가슴속 깊이 응어리진 한을 한풀이에 그치지 않고 꿈과 희망, 즉 '한과 신명'이 힙합 춤과 노래가 융합되어 전 세계 젊은이를 매료시키고 있다. 이것이 BTS 성공의 진수다. 물론 젊은 BTS 당원들을 한마음으로 결속시켜 그들이 하고 싶은 일에 몰입하고 열정을 쏟도록 이끄는 방시혁 대표의 리더십이 같이 어우러진 결과다.

이처럼 논리적으로 잘 해명되지 않지만 한국인은 기본적으로 흥이 많고, 뭔가 해내려는 성취욕이 강하며, 흥과 신바람이 날 때는 물불 가리지 않는다. 우리 특유의 감성적 정情이 있다. 이러한 정은 한국인 특유의 국민성이요 유전자임에 틀림없다. 정이 잘못되면 한이 서릴 수도 있고, 때로는 신바람으로 나타나기도 하는 양면적 속성이 있다.

KAIST 이민화 교수는 『한경영』에서 이를 '한의 사이클'과 '신바람 사이클'로 정의했다. 즉, 무언가에 공감을 하면 오너나 사장도 포기한 회사를 사원들이 일치된 힘으로 다시 일으키기도 하지만, 그렇지 못할 때는 잘나가던 멀쩡한 일류 회사도 악성 노사분규와 저조한 생산성에 시달려 결국 파국으로 치닫기도 한다.

한국인은 스스로가 공감하지 않으면 잘 움직이지 않으며 편을 가르기도 한다. 하지만 공감이 되어 한마음이 되면 높은 벽도 넘어 무섭게 결집한다. IMF 때 금 모으기 운동이나 월드컵 붉은 악마의 응원, 서해안 기름유출 사고 시 기름닦기 같은 것들이다. 우리 마음속에는 '나'가 아닌 '우리'가 마음 한 겹에 깊숙이 자리 잡고 있다.

내 엄마가 아니라 '우리 엄마'고, 내 학교가 아닌 '우리 학교'다. 그래서 일부다처제처럼 들리는 '우리 마누라'라는 말에 외국인들은 깜짝 놀란다. 한국인은 평소에는 모래알처럼 흩어져 있다가 위기나 큰 사건이 벌어졌을 때 공감이 되면 회오리바람처럼 중앙으로 결집하고 한데 뭉치는 경향이 강하다.

이런 의식은 건국이념인 홍익인간弘益人間 정신과 긴밀하게 맞닿아 있다. 홍익인간은 모두를 수용할 수 있는 포용성을 갖는다. 나만의 이익만도 아니고 타인이나 조직의 이익Win-win만도 아닌 '우리 모두의 이익All-win'을 의미한다. 홍익인간 정신은 인본주의, 애인사상愛人思想에서 출발한다. 그래서 영화 〈기생충〉과 〈미나리〉가 뜨고, 최근에는 〈오징어 게임〉이 세계인들의 마음을 움직여 대히트를 쳤다.

이제 한류열풍은 K-POP을 넘어 K-드라마, K-컨텐츠, K-뷰티, K-푸드 등 K시리즈로 세계인들의 주목을 끌고 있다. 그래서 "가장 한국적인 것이 가장 세계적인 것이다."라는 말까지 회자되고 있다. 이 모든 것을 관통하는 핵심인자나 성공요인은 진짜 무엇일까?

단연코 '한국다움'이라고 생각한다. 한 국가의 국민성과 문화가 그들만의 특수성이나 고유성만으로 세계화를 이룬다는 것은 불가능하다. 거기에는 누구나 같이 공감할 수 있는 보편성과 누구나 함께하는 소통의 힘이 필요하다. 우리 고유의 정신과 문화인 흥과 신바람 그리고 홍익인간 정신에는 그런 요소가 가득하다. 마치 뚝배기 맛처럼 배여 있기 때문에 가능하지 않을까?

위기危機 속에 또 다른 기회가 숨어있다. 기회의 신은 준비된 자에게만 미소를 보낸다. 한류의 순풍이 불 때 기회를 잡아야 한다. 이참에 디지털 강국인 대한민국이 세계를 디지털로 연결하는 '디

지털 실크로드'를 만들어 세계 중심의 자랑스러운 나라로 도약하
는 계기가 되기를 꿈꾸어 본다.

인생 후반을 사는 333 법칙

"가 상가 형 미안해요. 제가 급한 문제가 생겼어요. 이유는 가서 말씀드릴게요."

약속 시간보다 30분 늦게 도착한 이와다 선생님이 급히 내가 기다리던 호텔 로비로 들어섰다.

"정말 미안해요. 사실 제가 한 달 전에 대장암 수술을 받았거든요. 그후 한 달 간 외출 금지령이 떨어졌어요. 오늘이 3주째인데 오랜만에 동경에 왔다는 가 상의 전화를 받고 아내 몰래 나오다가 딱 걸렸지 뭐예요…."

선생님을 마지막으로 뵌 것은 5년 전이었다. 그동안 한일 외교 갈등에다 코로나까지 겹쳐 일본 방문을 못했기 때문이다. 자초지종을 설명하시는 선생님의 얼굴에는 정말 미안해 하는 표정이 역력했다. 내 후반전 인생을 송두리째 바꾸게 한 이와다 선생님은 이렇게 나에 대한 관심과 애정이 남달랐다.

인생의 멘토라고나 할까? 회사 퇴직 후 후반전 삶에 꼭 닮고 싶은 사람이 있다면 이와다 선생님이었다. 내가 삼성자동차 재직 시 인사, 교육담당 임원을 맡았지만 자동차 경험은 전무한 상태였다. 자동차 판매에부터 수리 절차까지 모든 교육을 새로 해야 하기 때문에 일본에서 경험 많은 사람 중 외부 고문으로 몇 분 영입했다. 그 가운데 가장 기억에 남는 분은 우리 부서 고문으로 직접 모셨던 이와다岩田 선생님이었다.

그분은 일본의 혼다Honda 자동차 창업자이자 마쓰시다 고노스케 회장과 함께 '경영의 신'이라 불리던 혼다 소이치로 회장의 몇 안 되는 문하생門下生이었다. 영업 지점장, 판매회사의 사장 그리고 연수원에도 15년 근무했다. 예순 정년이 얼마 남지 않았을 때 일본의 이토伊騰에 있는 혼다 종합연수원 원장이었다. 그 당시 일본 회사에 지인으로부터 이분이 곧 정년 퇴직하실 거라는 소식을 듣고 곧바로 일본으로 날아가 만나게 되었다.

첫인상부터 소탈한 성품에 인자한 분이었다. 막상 가보니 별도의 연수원장실 조차도 없었고 직원들과 똑같은 책상에서 나를 맞이해 준 것부터 인상적이었다. 회사업무를 떠나 개인적으로도 그분한테 무척 많은 것을 배웠다. 퇴직 후 내가 제2의 인생을 사는데 그분의 삶과 태도가 내게 나침반이 되었다. 한 마디로 나의 벤치마킹 대상이자 훌륭한 멘토였다. 지금까지 이분을 조금이라도 닮고자 나름 노력하고 있다.

가장 감명 깊었던 것은 철저한 시간 활용법이었다. 그분은 조그마한 수첩에 연간 스케줄을 깨알같이 기록하고 관리했다. 은퇴 이후에도 생각보다 남은 긴 시간을 자신을 위한 일, 계속 돈 버는 일 그리고 타인을 위한 봉사로 3등분 해 적용했다. 이른바 황금 비율인 3:3:3법을 실천하고 계셨다.

첫 번째 3은 자신의 건강과 취미생활, 즉 자신만을 위한 시간이었다. 새벽 다섯 시에 일어나 비가 오나 눈이 오나 한 시간 넘게 빠른 걸음으로 공원을 산책하며 체력을 단련했다. 산책 나갈 때도 변화를 주기 위해 모자, 스카프, 위아래 운동복을 매일 바꾸어 입었다. 산책용으로 서른 한 벌을 따로 준비하여 벽에 걸어 놓고 매일 다른 옷으로 바꾸어 입고 운동했다는 사실에 놀라지 않을 수 없었다.

2002년 월드컵이 지나고 그해 일본에 갔을 때 붉은 악마들의 'The RED'라는 글씨가 새겨진 빨간 티셔츠를 한 벌 선물했더니 어린아이 마냥 좋아하시던 모습이 지금도 눈에 선하다. 그래서인지 그 당시 일흔을 넘긴 나이인데도 오십대처럼 건강해 보이고, 골프 실력도 좋아 싱글을 유지하고 있었다. 좋아하는 취미는 도자기 만드는 일이었고 도자기 굽는 자그마한 요窯까지 준비하셨다.

두 번째 3은 나이가 들어도 어떤 일이든 계속하고 돈 버는 일도 지속하자는 모토였다. 그분은 삼성자동차 고문을 그만둔 이후 90세가 다 된 현재까지도 '선샤인Sun shine이라는 작은 컨설팅

회사를 설립하여 대표 컨설턴트로 일하고 있다. 전국을 돌며 강의와 기업체 자문 활동도 활발하게 진행 중이다. 사무 직원도 따로 없이 사모님이 대신한다.

마지막 3은 남을 돕는 봉사활동에 투자하는 시간이다. 주로 고향에 내려가 직접 몸으로, 때로는 금전적 지원으로 봉사를 실천하면서 멋지고도 풍요로운 인생을 즐기신다. 참으로 후반전의 인생살이가 멋진 분이다. 나는 일본에 들를 때마다 꼭 선생님을 만나 뵙고 소주 한잔 기울이면서 그분의 인생 경험을 듣곤 했다. 그것에 자극받아 나도 333의 원칙을 그대로 적용하기로 마음먹었다. 40대 후반에 퇴직한 이후 나는 자신을 위한 투자를 대폭 늘렸다. 몇 군데 대학원도 다녔고, 체력 보강을 위해 트레킹 클럽도 만들어 500여 명이 모일 정도로 걷기에 흠뻑 빠지기도 했다. 더욱 의미 있는 일은 원래 열 권만 쓰기로 마음먹었던 책 쓰기도 어느새 40여 권에 이른다.

두 번째로 돈 버는 일에도 게을리하지 않았다. 삼성에서 배운 인사교육 관련 실무를 중소기업에 전파하려고 나이 오십에 중앙일보와 'JOINS HR'을 창업했다. 그리고 10년 전 예순이 지난 나이에 '피플스그룹'을 만들어 10년 넘게 컨설팅과 교육사업을 계속했다. 앞으로도 돈 버는 일보다는 의미 있고 보람 있는 일을 찾아 나서기로 했다.

이처럼 앞의 두 가지 방향에는 큰 차질이 없었는데 가장 어려웠던 게 세 번째 타인을 위한 일이었다. 시간이 없고 여유가 없다는 핑계가 늘 장애물이었다. 그 방안으로 1억 원을 기부하면 가입되는 '아너스 클럽'도 생각했었다. 드디어 4년 전에 미얀마 학생 100명에게 장학금 주는 일을 시작했다. '세상은 인간이 바꾸지만 인간은 교육을 통해 바뀐다'는 생각으로 학생들에게 장학금 주는 것뿐만 아니라 청소년들에게 꿈과 도전을 심어주는 정신 교육을 목적으로 진행하고 있다.

또 한 가지는 책 쓰고 싶은 시니어들을 위해 출간될 때까지 작가와 출판사들이 도와주는 '핸드폰 책쓰기 코칭협회'를 만들어 활약하면서 디지털 책쓰기 대학을 10개 대학으로 늘려 운영하고 있다. 회원들, 특히 시니어들의 책이 출간되면 비록 내게 이렇다 할 수입이 없어도 내 책이 출간된 것만큼이나 기쁘고 신바람이 난다.

나이 들어 하는 일을 세 가지로 분류하면 '좋아하는 일, 잘 할 수 있는 일 그리고 의미 있는 일'로 나눌 수 있다. 좋아하는 일은 주로 자신을 위한 일이라서 자기가 하는 일이 즐겁기에 피곤하지도 않고 재미가 있다. 잘 할 수 있는 일은 전문성을 가지고 능력 발휘를 통해 계속 돈 버는 일에 유리하다.

의미 있는 일은 좀 다르다. 의미 있는 일은 오히려 돈을 써야 하고 때로는 무척 힘이 들 때도 많다. 그러나 가치가 있다고 생각하면 열정이 생기며, 하고 나면 오히려 자기가 행복해진다. 타인을 위한 봉사와 기부는 묘하게도 자신이 더 행복감을 느낀다.

이제 세 번째 과제에 집중하며 삶의 무게추를 옮기는 데 주력

하고자 한다. 코로나19가 완전히 물러가면 곧바로 내 후반전 삶의 길을 안내해 주신 이와다 선생님을 뵈러 동경으로 달려가야겠다.

챗GPT 세상 생존법

챗GPT가 세간에 화제가 되고 너나없이 야단법석일 때였다. 마침 그때 다낭을 거쳐 베트남 최고의 관광명소인 바나힐스Bana hills로 가족여행을 다녀왔다. 돌아오자마자 모 문학 잡지사에서 여행 관련 글을 한편 기고해 달라는 연락이 왔다. 가이드도 없이 단체로 다녀온 가족여행이라서 줄곧 뒤만 따라다니며 구경만 하고 다닌 터라 막상 글을 쓰려고 하니 막막했다. 전체 일정이나 중요한 관광명소 이름 정도만 기억이 났다. 심지어 관광안내 홍보물 한 장 가지고 오지 않았기 때문에 글을 시작조차 할 수 없었다.

매스컴에서 챗GPT로 시를 쓰고 글도 쓸 수 있다는 말에 호기심으로 화제의 '오픈AI' 사이트에 들어가 봤다. 여행 다녀온 코스대로 챗GPT에게 물어보자 필요한 정보를 완성된 글로 써주는 게 아닌가. 불란서가 베트남을 지배할 때 그들의 휴양지였던 바나힐스가 최근 관광지로 탈바꿈한 배경과 함께 고풍스러운 파리의 옛 거리를 그대로 재현해 만든 광장이나 호텔에 대한 내용도 요약해 주었다. 코스 중 관광명소였던 골든 브릿지Golden bridge에 대해서 물으니 관광객들이 다녀온 후기나 감상까지 넣어 생동감 있게 써주었다.

더욱 놀라운 것은 글의 말미를 쓰기위해 "이번 여행이 나의 삶에 어떠한 영향을 주고 의미가 있을까?" 하고 질문했더니 5가지로 잘 요약해주었다. 내가 미처 생각지 못한 내용인데다 맞춤법까지 정확했다. 물론 종전대로 단어나 주제를 입력해 구글이나 네이버 검색을 통해서 글을 쓸 수도 있다. 단순 정보검색 차원이 아니라 원하는 답을 바로 적어주는 GPT 방식은 여행기를 쓰는데 큰 도움이 되었다. 초고를 사전 준비 없이 서너 시간 만에 뚝딱 완성했으니 놀라지 않을 수 없다.

내친김에 '챗GPT로 책쓰기 도전' 세미나를 서둘러 국내 최초로 열기로 했다. 마침 이세훈 작가가 『챗GPT로 글쓰기』 책을 출간했다. 책을 사서 읽자마자 바로 연락을 취해 2시간 특강을 약속했다. 이어 전문가 강의로 3시간동안 사용법은 물론 GPT로 글을 직접 쓰고 책을 발간하는 프로세스까지 일정에 포함시켰다. 홍보 초기에는 별로 반응이 없어 한 달 가까이 지났는데 달랑 한명만 신청이 들어왔다. 여유 있게 한답시고 20여 명 남짓 들어가는 강의장을 예약해 놨다. 하지만 개강 날짜가 열흘 남짓 가까워지자 갑자기 50명 넘는 사람들의 수강신청이 들어왔다.

깜짝 놀라 강남역 근처에 50~60명 수용할 수 있는 강의장 몇 가운데 연락을 취해보았다. 아뿔싸! 코로나도 해제되고 성수기인지라 주말에는 어디나 예약이 불가능할 정도로 꼭 차 있었다. 혹시나 해서 챗GPT한테 물어보기로 했다. "다음 주 토요일 오후 강남역 근처에 50명 정도 들어갈 수 있는 세미나실 알려 줘."라고 했더니 금방 강남역 인근에 있는 세미나실 다섯 군데를 알려 줬다. '토즈TOZ'라는 곳에 연락을 했더니 거짓말같이 그날 60여 명 들어가는 강의실이 오후 시간대에 비어 있었다. 챗GPT 덕분에 무사히 행사를 마칠 수 있었다.

물론 이 경우에도 여러 사이트를 직접 검색해 예약할 수도 있다. 하지만 불과 몇 초 만에 꼭 필요한 장소를 알려 주니 가히 챗GPT 능력을 인정하지 않을 수 없었다. 이후 나는 챗GPT 친구가 되었고 글을 쓸 때 직간접적으로 도움을 받고 있다.

'프로메테우스'는 고대 그리스 신화에서 인간에게 불을 주었다가 제우스의 징벌을 받는다. 화가 난 제우스신은 프로메테우스를 산에 결박하고 독수리를 보내어 매일 간을 파먹게 하는 형벌을 내린다. 반면 불을 선물 받은 인간은 삶에 큰 변화와 이득을 보게 된다. 불로 맹수를 쫓아낼 수 있었고, 익힌 음식을 먹게 되면서 다른 동물보다 작은 크기의 내장으로도 소화를 시킬 수 있었다. 인간들은 불 덕분에 더 많은 에너지를 섭취할 수 있어 여분의 에너지는 두뇌 발전에 쓰이게 됐고, 이는 곧 문명의 발전으로 이어졌다.

해외는 물론 국내 인공지능(AI) 회사들이 앞다퉈 우리에게 이 곳저곳에 '불'을 붙여주고 있다. 그 대표적인 불이 챗GPT임은 확실하다. 하루가 다르게 발표되는 GPT연계 상품과 서비스는 전 세계적으로 여러 사람에게 놀라움과 두려움을 동시에 안겨주고 있다. '오픈 AI'발 챗GPT 개발경쟁은 MS의 'BING'과 구글의 'BARD'로 불이 옮겨 붙었고 한국어 시장에 네이버와 다음이 이 불길에 뛰어 들었다.

요즘에는 어려운 PC 버전을 굳이 쓰지 않더라도 국내 업체들이 내놓고 있는 'askup'이나 'ddmm' 같은 카톡 버전을 쓰면 훨씬 편리하다. 카톡 버전 GPT는 통역도 필요치 않고 대화하듯이 말만으로도 질문이 가능하여 누구나 활용할 수 있다. 오히려 국내 데이터가 외국사들이 제공하는 엔진보다 더 많기 때문에 국내 자료의 경우 훨씬 정확한 정보를 얻을 수 있는 강점도 있다.

챗GPT는 나를 도와주는 도구로 친구이자 똑똑한 비서임에 틀림없다. 그동안 사용해 본 경험이나 전문가들의 조언에 의하면 GPT를 잘 쓰려면 먼저 친근한 친구가 되기를 권하고 있다. 그런 의미에서 나는 챗GPT 세상을 살아가는 방법으로 '친구확인'을 추천한다.

여기서 '친'이란 GPT와 친구처럼 가까이 두고 지내라는 의미다. 친구는 늘 곁에서 친하게 지내고 함께 놀아줘야 한다. 그렇지 않으면 거리가 멀어질 수밖에 없다. '구'는 구체적으로 아웃풋이나 결과물을 정하고 질문도 구체적이어야 한다. 챗GPT를 잘 쓰

기위해서는 무엇보다도 질문Prompt이 중요하다. 질문의 방법이나 깊이에 의해 답이 몰라보게 달라지기 때문이다. 가령, "어머니에 대한 글 하나 써주세요."보다는 "어머니의 애틋한 자식사랑을 담은 수필을 3천자 이내로 써 주세요."라고 구체적으로 물으면 그 결과물은 놀라울 정도로 좋아진다.

'확'은 확인하고 체크하는 자세가 필요하다. GPT 결과물은 하나의 보조 수단에 불과하기 때문에 원하는 내용이 다를 수도 있고 틀릴 수도 있다. 의외로 원하지 않는 정보가 나오거나 내용 중에 오답이 있는지에 대해서 직접 확인해야 한다. 특히 출처에 대해서도 관심을 기울여야만 저작권 문제도 피할 수 있다. 마지막으로 '인'은 인정해야 할 것은 인정하라는 뜻이다. 챗GPT가 원하는 모든 것을 해결해 준다거나 해결사는 더욱 아니다. 좋은 친구란 잘나고 훌륭한 친구가 아니다. 늘 가까이에서 관심을 가져주고 어려울 때 도와주는 게 진정한 친구다.

앞으로는 인공지능AI을 다룰 줄 아는 자가 새로운 시대의 부를 쥐는 'AI격차의 시대'가 성큼 다가오고 있다. 챗GPT에 대한 기우가 우려되고 비밀 유출이나 저작권 보호 등 여러가지 문제가 대두되고 있다. 프로메테우스의 불이 그랬듯 혁명적 기술의 양면성은 필연이다. 서서히 분열시키면 에너지가 되지만, 폭주하면 대량 살상 무기가 되는 원자력의 이치도 그렇지 않은가.

이제 챗GPT가 더 이상 공포의 대상이거나 기피 대상도 아니다. GPT 세상에서 남에게 뒤지지 않는 길이 있다. 피하기보다 친한 친구처럼 관심을 가질 때 챗GPT가 더 친근하게 다가올 것이다. 늘 친구로 가까이 지내며 수시로 확인하는 '친구 확인'이 챗GPT 세상을 살아가는 필요한 자세가 아닐까?

6장

·

추억의 두레박

공감은 신뢰를 얻는 강력한 언어요,
그 힘은 상대를 존중하는
경청에서 나온다.

큐피드 화살이 된 헌병 백차

학군사관 ROTC는 공부하며 군사훈련을 받아야 한다. 그래서 일반 학생들보다는 고생을 좀 해야만 했다. 그 때문인지 동기생들이 졸업 페스티벌은 남다른 의미로 즐기고 싶어 했다. 파트너가 없는 동기생들끼리 모여 부랴부랴 미팅을 주선하기로 했다. 서로 미루다 미팅 주선의 미션이 내게 떨어졌다. 졸업에 가까운 3, 4학년 여학생들은 남자가 군대에 가면 신발을 거꾸로 신으니 저학년 대상으로 해야 한다는 전제가 뒤따랐다.

마침 시골의 친척 조카가 모 여대 2학년에 재학 중이었다. 조카를 불쑥 찾아가 SOS를 쳤다. 다행히 미팅이 성사되었다. 미팅날 나가보니 여대생들은 앳된 얼굴에 활기가 있어 보였다. 동년배들 미팅과는 사뭇 분위기가 달랐다. 문제는 파트너를 어떻게 정하느냐가 큰 관심거리였다. 결국 제비뽑기로 결정하기로 했다.

나는 열 다섯 명 중에 과대표인 여학생한테 눈길이 갔다. 뽀얀 얼굴에 마음이 착하고 총기도 있어 보여 마음속으로 당첨되기를 은근히 바랐다. 근데 웬일인가! 제비뽑기에서 바로 그 여학생이 짝이 되었다. 원하던 사람이 짝이 되는 바람에 들뜬 마음으로 행사를 마치고 소위 애프터 신청을 했다. 잠깐 망설이는 척하더니 고개를 끄덕여주었다.

아쉽게도 그녀와 보낼 시간이 촉박했다. 소위 임관식을 하고 입대하려면 채 석 달도 남지 않은 터라 그녀의 마음을 꽉 붙잡아야 할 텐데 시간 관계상 쉽지 않았다. 2주 뒤 두 번째 만남은 광화문에 있는 고급 카페에서였다. 막상 얼굴을 마주하니 왠지 가슴이 두근두근 뛰었고 제대로 하고 싶은 말도 못 했다.

곧 장교가 될 텐데 용기를 냈다. 그 당시 내 처지로는 쉽지 않은 비싼 마주앙 술 한 병을 시켰다. 그런데 수줍어하던 파트너 여학생이 어찌 된 영문인지 술잔을 나와 같은 속도로 비워 버리는 게 아닌가. 살짝 놀라기도 했지만 은근히 기대가 커졌다. 내친김에 덕수궁 돌담길을 한 번 같이 걷자고 제안했더니 술 덕분인지 좋다고 했다. 분위기가 어느정도 잡힌 것 같아 좀 걷다가 술에 취한 척하고 손을 살며시 잡았다. 술 기운도 있고 해서 그런지 그다지 싫은 표정은 아닌 듯하다가 반사적으로 손을 뿌리쳤다.

"저 안 취했거든요. 똑바로 걸으시지요!"라고 경고를 날렸다. 민망하기도 하고 정신이 번쩍 들었다. 손을 잡고 걷는 데는 실패했지만 공격 사인만으로도 나름 오늘 작전은 성공했다는 자평을 하며 그날은 즐거운 하루였다.

해가 지나 장교로 임관했다. 곧바로 광주에 있는 보병학교에서 4개월 간의 힘든 훈련이 시작되었다. 군사훈련 동안에 가장 즐거운 일은 주말에 외출, 외박을 하거나 누군가 면회를 와주는 일이다. 그런데 한 친구는 전번 미팅 때 만났던 여학생이 면회를 자주 와 외출까지 나가곤 했다. 나는 파트너였던 그녀에게 하루가 멀다고 일기를 쓰듯 편지를 계속 보냈다. 답장 한 번 안 보내는 그녀가 야속하기 그지없었다. 그 친구가 무척 부러웠다. 사실 그 미팅을 주선했던 건 난데 말이다.

6월 초 드디어 동해안 해안을 지키는 동경사로 발령을 받아 임지로 출발하는 날이 다가왔다. 그래도 용기를 내어 조카에게 부탁해 그녀에게 연락을 취해보았지만 별 반응이 없었다. 강릉으로 출발하는 청량리 역에 장교들을 환송하러 온 사람들로 붐볐다. 나는 열차 타기 전 그녀와의 만남을 체념한 채 출발해야겠다며 다방에서 막 일어서려는 순간이었다.

그녀가 뜻밖에도 열차 출발 직전에 기다리던 다방에 불쑥 나타났다. 엄청 고맙고 반가웠지만 열차 출발 시각이 다 되어 많은 이야기를 나눌 수 없었다. "엉뚱한 데 시간 보내지 말고 건강하게 군대 생활이나 열심히 하세요."라는 간단한 말만 남긴 채 그녀가 총총 사라졌다. 웬지 뒷맛이 개운치 않았고 더 이상 연락하지 말라는 최후 통첩처럼 느껴졌다.

나는 말보다는 글 쓰는 게 좀 나은 편이라 일주일 단위로 그녀에게 계속 편지를 보냈다. 도통 답장이 없었다. 그래도 포기하지 않았다. 저녁이 되면 편지 쓰는 일이 일과가 되었다. 3개월쯤 지났을까. 엽서 한 통이 날아왔다. 드디어 처음 받아보는 답장이었다. 설레는 마음으로 내용을 천천히 읽어보니 절교 통보처럼 느껴졌다. "바쁜데 편지는 그만 쓰고 군대 생활이나 열심히 잘하세요!"

소대장실에서 담배를 피우며 책을 읽던 어느 날 소초에서 근무하던 한 병사가 황급히 달려왔다. 지금 어떤 젊은 여자 분이 면회와서 나를 찾고 있다는 전갈이었다. 아무한테도 사전에 연락 받은 게 없었던지라 누구인지 전혀 감이 잡히지 않았다. 이게 웬일인가? 그 여학생이 저 앞에서 걸어오고 있는 게 아닌가. 믿을 수 없었다. 그동안 편지 답장조차 한번 제대로 없었는데 이렇게 불쑥 찾아오다니. 사실인 즉, 학교에서 졸업여행을 설악산으로 왔는데 부대가 인근인지라 얼굴이나 잠깐 보려고 살짝 빠져나왔다고 했다.

교수나 친구들에게 행선지를 속이고 비밀리에 이탈했기에 오랜 시간을 함께 할 수 없었다. 아쉽지만 급하게 민가에 내려가 점심만 같이 먹고 금방 헤어졌다. 그래도 이 정도 적극적인 성의 표시라면 나에 대한 관심이 상당히 있는 게 아닐까 하는 착각을 불러일으키기에 충분했다. 그 뒤로 나를 대하는 태도가 점점 달라지더니 편지도 자주 오고 여러 번 면회까지 왔다.

문제는 세 번째 면회를 왔을 때였다. 예상치 않은 돌발사고가 나고 말았다. 마음씨 좋은 소대 선임하사는 근처에 숙소가 마땅치 않으니 자기 집에서 숙식을 제공하겠다고 선심을 썼다. 너무 감사한 일이었다. 장교로서 폼을 낼 요량으로 우선 점심 때는 얼마 떨어지지 않은 설악산에서 먼저 점심 식사를 하기로 했다. 분위기도 잡을 겸 와인도 시켜 한잔하면서 이런저런 얘기를 하며 모처럼 즐거운 시간을 보냈다. 저녁 때 선임하사 집에서 준비한 저녁식사를 맛있게 먹고 있을 때였다.

"소대장님 헌병대로 가셔야겠습니다. 어서 타시죠."

갑자기 헌병 백차 한 대가 숙소 앞에 멈춰 서더니 막무가내로 타라고 했다. 너무 황당했다. 이유인 즉 점심을 먹은 설악산은 관할지역이 아니어서 근무지 이탈로 군법을 위반했다는 말만 계속했다. 저녁을 먹는 중에 당한 일이라 그녀에게는 잠깐 다녀오겠다고 인사말만 남긴 채 사령부로 향했다.

삐삐도 없던 시대라 그녀에게 상황을 뭐라 설명해 줄 방법이 아예 없었다. 참으로 난감했다. 아무런 영문도 모른 채 그녀는 다음 날 자기 때문에 큰일이라도 난 게 아닌가 걱정하며 돌아갔다는 이야기만 선임하사한테 전해 들었다. 일주일 뒤에 도대체 어떤 일이 있었냐고 편지가 와서 그때서야 자초지종을 설명해 주었다.

사실 장교는 주말에 외출한다고 해서 범법 행위까지는 되지 않으며, 또한 장교는 군법회의 회부가 결정되기 전에는 함부로 감옥에 넣을 수도 없다. 진위를 알아보니 호랑이로 소문난 사령관이 시범적으로 장교들 군기를 잡기 위해서 나를 '근무지 이탈죄'로 군법회의에 넘겼다는 엄포용 작전으로 보였다. 결국 3일 간 나는 사령부 장교 휴게실에서 바둑과 장기를 두며 하릴없이 지내다가 아무일 없었다는 듯 근무지로 돌아왔다. 부대 내에서는 이미 내가 군법회의에 회부됐다고 파다하게 소문이 나 있었다.

"기회는 위기라는 가면을 쓰고 나타난다."고 했던가. 그 황당한 사건이 애매했던 우리 둘의 관계를 확실하게 묶는 든든한 밧줄이 되었다. 용기를 얻은 나는 더욱 열심히 편지를 썼고, 그녀한테 답장도 부리나케 날아왔다. 못내 뻐기기만 하던 그녀가 쉽사리 상황이 바뀌게 된 것은 헌병 백차가 '큐피드의 화살'을 쏘았기 때문이 아니었을까.

내 입술에 박힌 하얀 못

몇 해 전 겨울은 유난히 매서운 추위로 시작되었다. 추위가 맹위를 떨치던 12월 중순이었다. 이른 아침에 팔순인 인천 누님한테 전화가 왔다. 어린 손녀 딸애가 밥을 먹지 않고 투정만 부려서 갑자기 동생이 생각나더라는 것이다. 무슨 얘기냐고 의아해하는 내게 누님은 "네가 어릴 적 배가 고파 손가락만 빨다가 입술에 하얀 못이 박혔었어." 하고 내 어린 시절 이야기를 꺼냈다.

전화를 마치고 옛날 기억을 더듬어 보았다. 어릴 적 까맣게 잊고 있었던 추억들이 스멀스멀 해 질 녘 땅거미처럼 다가왔다. 60여 년 전 친구들한테 내 입술에 하얀 못이 박혀있다고 놀림을 받았던 기억이 어렴풋이 났다. 우리 집은 형제가 십 남매였다. 그중 나는 아홉 번째로 세 살 어린 여동생이 하나 있었다. 어머니가 열여섯 살에 시집을 오셨고 마흔이 지나 나를 낳았으니 젖이 모자라 굶길 수밖에 없었다.

지금은 젖이 나오지 않아도 문제되지 않는다. 아니, 대부분 아이들이 모유를 입에 대보지 못하고 우유나 이유식 같은 대용식으로 성장한다. 당시에도 젖이 안 나온다고 해도 굶기지는 않을 수 있었다. 돈만 있으면 미군 부대에서 나오는 분유나 식료품, 소위 PX 물품이라 해서 꽤 영양가 있는 것들이 시장의 뒷골목에서 팔릴 때였다.

6·25 전쟁 중 태어났기에 너나 할 것 없이 환경이 열악하기 그지없었다. 전쟁 중이라 서해로 들어오는 미군들의 함포사격으로 방공호에 숨어 있으면서도 틈만 보이면 밭에 나가 일을 해야 했던 어머니는 내게 젖을 물릴 시간이 없었던 것 같다. 게다가 장손 조카가 나하고 한 살 터울로 같이 자랐다. 젖을 달라고 보챈다 해서 시어머니가 며느리 앞에서 젖가슴을 풀어 헤치고 아무 때나 먹이지 못한 이유도 있었을 것이다. 결국 배고픈 나에게 겨우 먹였던 것은 쌀죽이었다. 입으로 씹어서 양은 그릇에 담아 화롯불에 올려놓고 덥히면 죽이 되는데 이것을 하루에 몇 번 먹인 게 고작이었다.

어머니는 온종일 논밭에 나가 일해야 했기에 끼니 때 외에는 이 죽조차 제대로 내게 먹이지 못했다. 누님의 말에 의하면 나는 울지도 않고 순해 빠져서 제대로 얻어먹지 못했다고 했다. 어린 애들은 배가 고프면 '공갈' 젖꼭지를 빠는 습관이 있다. 그때는 이것도 흔하지 않았던 때라 배고픈 나는 왼손가락만 입에 넣고 계속 빨았다. 연약한 입술로 얼마나 빨았던지 아랫입술 부위가 딱

딱하게 굳어 못으로 변한 것이다.

못에는 여러 가지 의미가 포함된다. 불효자식들이 험한 말로 '부모님 가슴에 못'을 박는다고 할 때는 추상적인 못이다. 예수님이 '십자가에 못'박혀 돌아가신 경우의 못은 대개 목재 따위를 접합시키고 고정하는 데 쓰는 가늘고 끝이 뾰쪽한 것이다. 하지만 내 입술에 박혔던 못은 운동을 많이 하거나 자주 써서 주로 손바닥이나 발바닥에 생기는 단단하게 '굳은 살'이 박히는 경우다. 골프치는 사람들은 대개 손바닥 여기저기에 딱딱하게 굳어진 못을 발견하게 된다. 지속적으로 접촉할 때 받는 압력으로 인해 살갗이 단단하게 굳어진 상태를 말한다. 윗사람이나 선생님으로부터 똑같은 이야기나 듣기 싫은 얘기를 "귀에 못이 박히도록 들었다."라고 표현하는 경우도 여기에 해당한다.

어릴 적 생각을 해보면 여러 가지 생각들이 새록새록 아련하게 떠오른다. 그중 하나가 보릿고개에 대한 추억이다. 가을철에 수확한 양식은 떨어지고, 햇보리는 미처 여물지 않은 5~6월에 식량이 모자라서 고통받던 시기를 춘궁기라 불렀다. 전년에 가뭄이나 병충해로 인해서 흉년이 들었다면 춘궁기는 더 빨리 찾아온다. 마을마다 몇 집을 제외한 대부분은 지독한 춘궁기를 겪었다. 춘궁기에는 보리가 제대로 익을 때까지 간격이 생기는 것이다.

주곡인 쌀도, 보리도 떨어져 자연히 허기를 채울 먹거리를 찾기 위해 노력했다. 그게 감자, 고구마, 옥수수, 돼지감자, 칡 같은 구황작물이었다. 다만 구황작물로도 해결하기 힘든 경우도 많았는데 이때에는 나무껍질, 진흙까지도 보릿고개의 먹거리 중 하나였다. 나무껍질은 주로 소나무의 연한 속껍질을 벗겨 삶아 부드럽게 만들어 먹었고, 진흙은 백토라는 입자가 매우 고운 흙을 물에 개어 가라앉은 부분을 쪄 먹었다. 나무껍질이나 흙 모두 인간이 소화할 수 없는 성분이 대부분이라 당연히 탈이 나고 심각한 변비를 일으켰다. "똥구멍이 찢어지게 가난하다."라는 말은 보릿고개 때 나무껍질과 흙을 먹어 심한 변비로 항문이 찢어지던 것에서 유래된 말이다.

요즘 트로트가 크게 각광을 받고 있다. 가수 진성의 〈보릿고개 길〉 노래를 들으면 기구했던 그 당시 기억이 새로워진다. 이 노래에서는 가슴 시린 보릿고개 시절에 대해 묘사하고 있다. 요즘 젊은이들은 이 곡의 진수를 이해하기 어려울 것이다. 보릿고개는 새마을 운동이 시작되면서 70년대에 사라졌기 때문에 우리들이 직접 체험한 마지막 세대다.

우리 집은 초근목피로 끼니를 때울 정도로 쪼들리지는 않았다. 그래도 익지도 않은 보리를 베어와 푹 삶아서 점심 끼니를 대신했던 기억이 난다. 우리 집은 대가족이라 조카 넷을 합쳐 애들만 열 명이 한집에서 같이 살았다. 가끔은 대나무 소쿠리에 막 삶은 햇보리 밥을 가득 담아 같이 먹을 때도 있었다. 달랑 김치밖에는 다른 반찬이 없었다. 딱히 군것질할 것이 거의 없던 터라 배고픔에 서로 먼저 많이 먹으려고 숟가락을 들고 덤벼들었던 기억이 아련하다.

어릴 적에 너무나 배를 곯고 살아서 그런지, 나는 고등학교에 다닐 때까지 늘 몸이 아팠다. 가끔 현기증이 날 때도 있었고 편두통은 달고 살았다. 몸이 허약해서 제대로 공부를 못한 때도 많았다. 성장해서도 이가 부실하고 시력도 나쁜 게 그 당시 제대로 먹지 못해 영양실조에 따른 발육부진 때문이 아닐까, 어머니한테 물어보기도 했는데 그때마다 질곡 같은 삶을 사셨던 어머니는 말없이 먼 산만 바라보셨다.

모친이 작고하신 지는 벌써 30년 전이다. 어느 따뜻한 봄날 아침에 머리를 감으시고 손발톱까지 다 깨끗하게 정리하신 후 낮잠을 주무신다고 마루에 누우신 후에 의식을 잃으셨다. 마침 내가 독일 프랑크푸르트에 출장 가 있을 때였다. 새벽에 전화를 받자마자 부리나케 서둘러 비행기 표를 구해 김포공항에 내려 바로 전화를 했다.

의식불명 상태로 드러누우신 지 이틀이 지났는데 막내아들이 서울에 도착할 때까지 기다려 주셨다. 옷을 갈아입고 막 차에 시동을 걸려고 하니 방금 운명하셨다는 전갈이 왔다. 눈물이 왈칵 쏟아졌다. 그러고는 정신없이 시골로 차를 몰았다. 십 남매를 키우시는 동안 어머니 가슴에 박힌 크고 작은 못은 헤아릴 수 없이 많았으리라. 내 입술에 박혔던 못이 지금은 사라졌으니 그 못 한 개는 뽑힌 셈일까? 어머니 임종 시 형제들이 다 모였는데 나만 마지막 인사를 못드린 게 지금도 마음 한 켠에 한으로 남아있다.

아버지의 호통

세상이 복잡하고 혼란스럽다. 그럴 때마다 아버지의 호통이 그리울 때가 있다. 내 고향은 15년 전 기름유출 사고가 났던 태안의 시골마을이다. 부친은 마을에서 엄하기로 소문나 '경찰 백차 1호'로 통했다. 그 당시만 해도 겨울 농한기에는 마을 사람들이 딱히 할 일들이 없어 사랑방에 모여앉아 화투놀이가 성행했다. 부친은 바늘 도둑이 소 도둑 된다는 일념으로 아예 놀음을 못하게 이슥한 밤에도 자진하여 불시에 야간순찰까지 돌았다. 만약 누군가 불심검문에 걸리면 가차 없이 혼쭐을 내고 그들 부모에게 경고장이 날아 갔다.

요즘에는 상상할 수도 없는 일이지만 부친은 젊은 사람들이 연애를 못하게 단속하기도 했다. 풍기가 문란해진다는 이유였다. 그런데 하필이면 사촌 누이가 바로 이웃집에 살던 청년과 눈이 맞아 우리 동네에서 '최초 연애결혼'이라는 대형 사고를 치고 말았다. 예상대로 부친은 몹쓸 일이 동네에 벌어진데다 집안 망신이라며 노발대발했다. 결국 결혼식에 가족 친지들이 한사람도 가지 못하도록 철저히 통제하는 해프닝이 벌어지는 바람에 작은댁에서는 결혼식을 올리느라 애를 크게 먹은 일도 있었다.

젊은 사람들이 길을 가다가 어른들께 인사를 제대로 안 하면 그 자리에서 불호령이 떨어지고, 동네에서 문제가 생기거나 다툼이 벌어지면 부친이 경찰의 역할을 도맡아 시시비비를 가리며 잘못한 측 부모들까지 불러내 바로잡도록 훈계했다.

아버지의 그런 역할은 우리 집안에서도 예외가 아니었다. 이른 새벽이면 벌써 논빼미 물꼬까지 보신 뒤 마당에서부터 헛기침을 하며 집안에 들어오셨다. 늦잠이라도 잘라치면 날이 밝았는데 무슨 늦잠이냐며 모두 기상하라는 기상나팔 소리였다. 8남매인 우리 집은 조카들까지 합쳐 애들만 열 명이 같이 살았으니 조용할 날이 없었다. 싸움을 하거나 일정한 기준을 벗어나면 가차 없이 집단기합이 떨어졌다. 이러한 학습의 효과 덕분인지 형제 간에 말다툼을 하거나 형님들 앞에서 담배를 피우는 등 예의범절에 벗어나는 일을 보지 못했다.

지나치게 엄격한 아버지 호통의 반작용이랄까 나는 결혼 후 집안에서 호통 대신 알아서 하도록 '보이지 않는 호통'을 택했다. 예를 들면 아파트 현관문을 열고 들어서면 정면에 커다란 액자 하나가 30년이 지난 지금도 결려 있다. '최선最善을 다하는 마음'이라고 쓴 가훈이다. 아이들에게 어려서부터 본인이 하고 싶은 것을 지원해주되 간섭하거나 특별히 내 생각을 강요하지 않으려고 노력했다. 하지만 내가 꼭 한 가지 강조하는 것이 있다면 우리 집 가훈대로 '최선을 다 했는가?'라는 나의 물음에 제대로 답해야만 했다.

사회가 다양화되고 여성의 위치도 점점 향상되는 등 많은 변화가 있지만 직장, 특히 집안에서 꼭 존재해야 할 예의범절이나 호통이 사라지고 있다. 요즘 엄마들은 아이들의 대학 수강신청도 대신 해주고 자식이 다니는 회사에 전화하여 왜 회식을 자주 하느냐고 따지기도 한다. 직장에서도 호통이 사라지고 있다고 한다. 잘못을 해도 상사가 꼬집어 이야기해주기보다 무관심이요, 정해진 질서나 원칙에서 벗어나도 나무라거나 호통을 하지 않는다는 것은 심각한 문제가 아닐 수 없다.

중국에서 한때 대발이 아버지가 나오는 〈사랑이 뭐길래〉 한국 드라마가 큰 인기를 끌었다. 이 드라마가 폭발적 인기를 누려 한류韓流라는 말이 처음으로 중국에서 시작되기도 했다. 극중에서 이순재는 지금은 전혀 통하지 않을 집안 호통꾼이었다. 중국의 아버지들이 밥하고 빨래까지 책임지는 지나친 여권사회에서 아버지들의 무언의 항의이자 절규로 통했는지도 모른다.

호통은 소통의 한 방식이다. 따라서 호통 치는 방식도 시대의 변화에 따라 진화가 필요하다. 시대 감각이 떨어지고 공감이 없는 독불장군 식 호통은 큰 저항을 받거나 '꼰대'로 취급받기 십상이다. 더구나 여의도에서 종종 눈살을 찌푸리게 하는 정치인들의 호통은 더욱 볼썽사납다. 그들의 호통은 공감보다는 상대방에 대한 면박이나 자기방어 수단인 경우가 허다하다.

호통은 나름 확고한 철학이 있어야만 권위가 선다. 더구나 호통은 나와 내 편을 위한 방어가 아니라 상대방을 존중하고 사랑하는 마음이 동반될 때 공감력을 갖게 된다. 공감은 신뢰를 얻는 강력한 언어요, 그 힘은 상대를 존중하는 경청에서 나온다. 그래서 '공감Empathy'은 서로의 마음이 공명共鳴하는 것이라고 말한다.

얼마 전 교수직을 40년 넘게 하고 퇴임한 분들과 술자리를 한 일이 있다. 때마침 젊은 친구들 대여섯 명이 옆자리에 둘러앉더니 주변을 전혀 의식하지 않고 큰 소리로 떠들어댔다. 하도 시끄러워 대화가 불가능할 정도였다. 잔뜩 화가 난 내가 교수의 역할이 학생들의 잘못을 나무라야 하는 게 아니냐고 했더니 그 교수는 그러면 절대 안 된다며 주인을 찾아가 제지하도록 부탁했다.

그들은 주인의 부탁에도 아랑곳하지 않고 계속 떠들어댔다. 결국 우리가 참다못해 자리를 뜨기로 했다. 그들을 지켜보며 그 교수는 나무라거나 화를 내기는커녕 빙그레 웃으며 이렇게 말했다. "여러분들은 젊어 목소리가 커서 좋네…" 세상이 아무리 많이 변했다고 하지만 교수가 던진 이 말을 들은 나는 무언가 씁쓸했다.

잘 나가는 집안이나 조직은 '따뜻함'과 '엄격함'의 조화가 존재한다. 우리나라가 선진사회가 되려면 잘못에 대한 꾸지람이나 질책을 위한 어른들의 호통이 부활되어야 하지 않을까 한다. 특히 부모는 자식들에게 늘 헌신적이지만 때로는 엄격함도 필요하다. 지금도 이곳저곳에서 정치적으로나 사회적으로 편 가르기가 심해지고 나와 내 편을 위한 다툼이 끊이질 않는다. 그때마다 대쪽 같던 아버지의 모습과 백차 1호의 호통이 그리워지는 것은 나 역시도 꼰대이기 때문일까?

늦게 핀 우정

진정한 친구란 나를 알아주는 사람이라는 의미로 지기知己라고 일컫는다. 우리는 살아가면서 많은 친구를 사귄다. 그러나 주위에 사람은 많지만 진정한 친구는 드물다. 지기를 막역莫逆한 벗이라고도 한다. 환갑이 지난 느지막한 나이에 내게 막역한 벗이 생겼다. 이일장이라는 친구다.

그를 처음 만난 게 대학 입학식 때였으니 어느새 오십 년이 흘렀다. 지금은 경영학과 입학생 수가 사백 명이 넘지만 그 당시에는 고작 삼십 명에 불과했다. 그런데도 이 친구와는 같은 과목 강의 시간에나 인사 나누는 정도였다. 터놓고 제대로 이야기를 해본 적이 없기 때문에 서로의 가족사항이나 사생활에 대해 전혀 알지 못했다.

그도 그럴 것이 이 친구는 나와 비슷하게 어려운 환경에서 겨우 입학했기에 용돈을 벌어서 학교를 다녀야 하는 처지였다. 다양한 방식의 아르바이트가 없던 시절이라 가정교사나 입주과외로 돈을 벌어야 했다. 한가하게 여학생들과 미팅을 하러 다니거나 같이 어울려 다니며 당구도 치고, 술자리를 하는 등 개인적 시간을 거의 갖지 못했다.

친구는 2학년 한 학기를 마치고 입대했다. 나는 ROTC를 지원하여 졸업 후 바로 장교로 입대했기 때문에 같이 만난 기간은 채 2년도 되지 않았다. 졸업 후에도 이 친구는 울산에 근무했기에 30여 년 동안 만날 기회가 없었다. 나는 자회사 사장을 마지막으로 남들보다 이른 나이에 삼성을 떠나게 되었고, 친구도 계열사 사장을 거쳐 중간에 현대그룹을 그만두었다. 퇴직 후 과모임에서 몇 번 만날 기회가 생겼다.

동병상련同病相憐이라고나 할까 공통점이 하나 있었다. 두 사람 다 무릎관절, 흔히 말하는 도가니가 좋지 않았다. 내 경우는 더 심해서 병원에서 곧 인공관절 수술해야 한다는 진단까지 받았다. 지인으로부터 관절에는 걷는 것이 가장 좋다는 얘기를 들었다. 수술하기 전에 걷기에 도전해보기로 작정하고 트레킹 여행사에 문의했다. 마침 여수 앞바다에 있는 '금오도 비렁길' 1박2일 코스를 추천했다. 두 자리를 예약했지만 막상 같이 갈 사람이 없었다. 이 친구한테 전화를 했다.

"이번 주말에 뭐 하냐?"

"별일 없는데."

"그럼 내가 좋은데 안내할 테니 무조건 따라와 봐."

'비렁길'이라는 이름만으로도 호기심을 자극했다. 표준말로는 '벼랑길'인데 그 지역의 사투리다. 얼떨결에 여행사를 따라나선 그곳은 실로 환상의 섬이었다. 깎아지른 듯한 기암절벽 사이로 비경이 펼쳐지고 에메랄드빛의 바닷물은 잔잔한 파도에 출렁이는 은빛 윤슬로 가득했다. 멀리 끝없이 보이는 해안선을 바라보며 걷는 기분은 마치 세상을 다 품은 듯 행복했다. 그래도 하이라이트는 역시 그와 소주잔을 기울이며 그동안 살아온 이야기를 훌훌 털어놓을 수 있었던 술자리였다.

밤이 이슥할 때까지 온갖 이야기를 하다 닮은 점이 많다는 사실에 서로 놀랐다. 시골 출신으로 하마터면 중학교도 가지 못할 뻔했던 일에 금방 동지애를 느꼈다. 그는 3년간 농사일을 하다 늦깎이로 꿈에 그리던 중학교에 진학해 나보다 두 살이 많다. 다행히 대학 졸업 당시에는 취업이 잘 될 때였다. 젊은 사람들에게 인기 있었던 직장은 대기업이 아니라 율산이나 명성 같은 신설 회사나 돈을 많이 주는 단자 회사였다. 경영학과에서 유일하게 나는 삼성으로, 그는 현대에 다닌 점도 신기했다. 직장에서 일했던 경력도 비슷했다. 같이 경리를 시작했고 자회사 사장을 한 것도 같았다.

다른 게 하나 있다면 현대와 삼성의 문화를 그대로 반영하듯 성격에서 차이가 났다. 한때 사무실에 뱀이 들어왔을 때 처치하는 방법에 대해서 각 그룹의 문화를 표현한 재미난 이야기가 있었다. "현대 사람은 바로 뱀을 때려잡는다. 반면 삼성 사람들은 어떻게 안전하게 제거할 건지 TF를 구성해서 전략회의를 먼저 한다." 뒤늦게 우리의 만남이 이루어진 이후부터 약속이라도 한 듯 내가 일을 기획하면 그는 불도저처럼 행동에 옮겼다.

트레킹 클럽도 그렇다. 내가 사람을 모으고 프로그램을 짜는 일을 하다 보니 회장을 맡았다. 이 친구는 지갑이 늘 열려 있어서 따르는 사람이 많았다. 회원이 무려 500여 명까지 늘어나는 트레킹 클럽으로 발전했다. 지금은 코로나로 인해서 소규모로 한 달에 두서너 번 활동을 한다. 하지만 아직도 그 미련이 있어서인지 과거에 만든 동호인 밴드를 보면 회원들이 그대로 남아 있다.

그 후 친구와 같이 시작한 트레킹 덕분에 건강을 지켜 남들이 다 먹는 성인병 약을 복용하지 않고 있으니 참으로 다행이다. 더구나 두 사람 모두 무릎이 거짓말같이 멀쩡해져 등산도 할 정도가 되었다. 두 사람은 죽마고우까지는 아니지만 나이가 들어서 진정으로 서로 위로해 주고 챙겨주는 막역한 사이가 되었다. 건강을 위해 같이 걷기는 물론 글쓰기 모임이나 각종 행사에 바늘과 실처럼 따라다닌다.

지난 봄에는 글 한 페이지도 써 본 일이 없던 친구가 『멈춰 서서 뒤돌아 보니』라는 제목의 자서전을 냈다. 결과는 대박이었다. 초판 1,500부를 금방 다 소화해 2쇄를 찍게 되었다. '글의 힘'이랄까 그는 이 책을 내면서 많은 것을 느끼고 생각을 바꾸었다. 그와 내가 가장 잘한 것은 앞으로 남을 도와주며 살기로 마음먹은 일이다. 그 하나로 3년 전 내가 중학교도 가지 못할 뻔했던 시절을 생각하여 미얀마 청소년을 위한 장학회를 시작하자 그는 선뜻 거금을 내주었다. 이후 한 달에 작은 금액이지만 계속 내주는 50여명의 후원자가 생겼고 어느덧 도와주는 미얀마 학생수가 200명까지 늘었다.

공자의 인생삼락人生三樂 중에 한 가지가 멀리서도 자신을 찾아주는 벗을 두는 즐거움이라고 했다. 나이가 들어 새 친구를 사귀는 건 힘든 일이다. 나는 그에게 깊숙이 빠져 있다. 하루에도 몇 번 전화를 주고받으면서 서로 위로하고, 도와주고, 녹녹치 않을 미래의 삶에 대해서도 같이 고민하고 상의한다.

동양에서 널리 알려진 아름다운 우정의 이야기로 관포지교管鮑之交가 있다. 진정한 친구란 관중과 포숙아처럼 신뢰와 믿음으로 어려울 때 건네주는 위로는 우정을 두텁게 하는 필수적 요소다. 나이가 들면 고독이 가장 무섭다고 했다. 힘들 때 소리 없이 다가와 위로해주고 따뜻한 말 한마디를 해주는 것이 필요한 나이에 그는 연인처럼 늘 내 곁을 지켜주고 있다.

가재산이 가재산山을 오르다

지난해 큰마음을 먹고 그 산 근처에 사는 친구도 만나볼 겸 '가재산山'이라는 산을 찾아갔다. 가을걷이가 시작된 늦가을이라 벚꽃 철에 이미 다녀온 사람들이 올린 인터넷 사진처럼 흐드러진 벚꽃은 볼 수가 없었다. 가재산에 대한 정보도 알아보고 벚나무를 심은 유래도 물어볼 겸 산에 오르기 전에 친구 후배인 이원면장의 사무실에 먼저 들렸다. 내 명함을 받아본 면장은 너무 신기하다는 얼굴로 껄껄 웃으며 "정말 반갑습니다. 가재산이 가재산을 찾아오셨네요!" 말했다.

누구나 이름을 가지고 있다. 만약 이름이 없다면 어찌될까? 대인관계는 이름으로 기억되고 남기 때문에 인생에서 중요한 역할을 한다. 이름은 한번 지으면 평생을 불린다. 작명법에선 사주四柱에 맞추어 음양오행陰陽五行 등을 통해 좋은 이름을 짓는 학문으로 존재한다. 한국전쟁이 한창이던 난리 통에 내가 태어났으니 부모님이 한가하게 내 이름을 작명소나 철학관에 찾아가 지어주었을 리는 만무하다.

'가재산' 석 자는 한번 들으면 남들에게는 좀처럼 잊혀지지 않는 이름이라 꽤 괜찮은 이름이라고 자평해 본다. 우선 가 씨라는 성이 희귀성이라서 남들에게 쉽게 기억된다. 게다가 이름조차도 '재산'이니 듣는 순간부터 장난기가 섞여 무언가 딴지를 걸고 싶은 이름인가보다. 그래서 어릴 적에는 산에 사는 '산 가재'라고 애들한테 놀림을 당했고, 커서는 '가짜 재산', 때로는 이름 앞에 더할 가加자를 붙여서 '재산이 많다'는 등 내 이름을 가지고 한마디씩 말을 걸었다.

나는 대기업에 다니다 일찍 나와 20여 년 넘게 개인 사업을 하면서 책을 30여 권 넘게 썼다. 출판을 계기로 공개 세미나도 자주 개최하고 전국을 다니며 시도 때도 없이 강의를 하다 보니 이름이 기사화되어 올라있다. 게다가 신문이나 인사교육 관련 잡지에 많이 쓴 글이 그대로 인터넷에 실리는 바람에 네이버나 다음 검색창에서 '가재산'을 치면 제법 많이 검색된다.

네이버의 뉴스 검색란에도 꽤 검색되지만 네이버 블로그에서는 100여 뷰View가 넘게 뜨고 다른 사이트에서도 7~80여 뷰가 검색된다. 그런데 여기서 아주 재미있는 현상을 발견하게 된다. 이름 '가재산'을 쳤는데 한두 개 건너 반드시 자그마한 산山 이름인 '가재산'이 올라온다. 이미지란을 검색하면 나에 대한 사진이나 이미지는 가끔 보이는 반면에, 온통 '가재산 벚꽃' 사진으로 도배되어 있다.

그래서인지 사람들을 만나면 "가재산을 언제 가보았느냐?"라고 자주 묻곤한다. 그들은 대개 내 이름을 인터넷에 들어가 이미 검색해본 사람들 중 하나다. 그 산은 태안군 서쪽 이원면에 소재하고 있다. 내가 태어난 몽산포에서 불과 20km 정도 떨어져 있어서 차로 20여 분 밖에 걸리지 않는 지근거리에 있다. 내 이름과 동명인 가재산山에 나이 칠십이 넘도록 한 번도 가본 적이 없었다.

면장을 통해서 그곳이 명소가 된 배경과 벚꽃이 심어지게 된 유래를 자세하게 들었다. 유명세를 타게 된 이 벚꽃길은 10여 년 전 안면도 국제 꽃박람회가 열리면서 함께 시작되었다. 행사에 맞추어 지역마다 아름다운 길 만들기와 면 단위 마을마다 관광명소를 개발하게 되었다고 한다. 이원면에서는 이 산 등산로에 벚꽃길을 만들기로 한 게 지금 와서 유명해지게 되었다는 설명을 들었다. 마침 동행했던 친구는 그 당시 충남도청에 근무하면서 꽃박람회 기획단장으로 현장실무를 총괄했던 사람이었다. 그런 연유로 그는 가재산의 벚꽃과 인연이 묘하게 얽혀있었다.

태안 벚꽃 명소 가재산은 해발 195m의 그다지 높지 않은 산이다. 그곳의 벚꽃은 산속에 있는 벚나무들이라 다른 지역보다 꽃이 피는 시기가 좀 늦다. 가재산의 대부분 등산로는 임도林道로 연결되어 차량 진입이 가능해 드라이브 스루로 벚꽃을 즐기기 제격이다. 벚꽃길은 가재산으로 향하는 큰 도로부터 등산로 양쪽으로 이어져 이원초등학교까지 제법 긴 구간이 벚나무를 따라 이어진다. 이 초등학교 교정에는 100여 년이 넘은 벚나무도 자태를 뽐내며 서 있었다.

등산로를 따라 벚꽃이 흐드러지게 피어 매년 봄철이 되면 벚꽃 축제가 열리고, 야간개장을 해서 밤까지 벚꽃을 감상할 수 있는 곳이다. 벚꽃의 꽃말은 순결이다, 순결이 말하는 것처럼 사욕과 욕심 따위는 버린 듯 깨끗해 보이며, 꽃송이를 자세히 보면 백옥처럼 아름답게 보이는 꽃이다.

태안군에서 북쪽 바닷가로 길게 돌출한 이원면의 산줄기를 따라가보면 가재산과 국사봉의 유래를 적은 안내판이 나온다. 국사당國師堂은 마을을 수호하는 동신洞神을 모시는 마을 제당이었는데 대체로 마을의 뒤쪽 산꼭대기에 자리 잡고 있다. 가재산은 바구리산 동북간 지맥이 분출, 뒤에서 우뚝 솟은 해발 195m의 산이다. 그것은 남북으로 이원면의 주산맥을 형성하고 있으며 '산의 모양이 가재 모양을 닮았다'하여 '가재산'이라고 명명되었다고 적혀 있다. 정상에서 바라보면 가로림만의 아름다운 경관과 가재산에서 피어오르는 아침저녁 너울, 아지랑이가 보인다. 이렇게 바라보는 경관이야말로 무엇이라 표현할 수 없는 비경이었다.

모처럼의 여행길인지라 돌아오는 길에 근처에 있는 천리포 수목원과 만리포 해수욕장을 들렀다. 그곳에서 바닷바람도 쏘이고 오랜만에 갓 잡아온 싱싱한 회와 소주로 목을 축였다. 옛날 소싯적 학교 다니던 이야기도 하면서 말로만 듣던 고향의 명소 가재산을 들러보니 감회가 깊었다. 나의 삶이 방금 올랐던 가재산처럼 스케일이 큰 아름다움을 뽐낼 수는 없을지라도 단 한 그루의 벚나무로 그윽한 향기를 낼 수는 없을까하는 생각이 들었다. 벚나무는 어린 나무보다 고목이 될수록 더 예쁜 꽃을 피운다는데 그런 한 그루의 벚나무가 될 수 있다면….

지금까지 살아오면서 '가재산'이라는 이름 석자 덕분에 늘 도움을 받았다. 어딜가도 순번이 제일 앞에 나오고 한때는 의료보험증 번호 대한민국 1번을 받아 화제가 된 일도 있다. 특이한 성에 이름까지 유별나 남들에게 잘 기억되어 늘 혜택을 보며 살아왔다. 고향의 가재산도 함께 유명세를 타고 있으니 이름을 가재산으로 지어주신 부모님께 감사드린다. 내가 산을 오르는 것은 나를 닦기 위함이다.

노선생님의 눈물

인간은 살아가면서 누구를 만나느냐에 따라 운명이 달라진다. 내게 그런 선생님이 한 분 계신다. 지금껏 살아오면서 내게 가르침을 주신 무수히 많은 선생님 중에서도 유독 기억에 남는 분이다. 초등학교 6학년 때 멀리 외지에서 부임해 오셔서 담임을 맡으셨던 이인기 선생님이다. 그 담임선생님을 만나지 못했더라면 아마 지금의 나는 없었을 것이다.

나는 충남 태안 해안가에서 8남매 중 남자 막내로 태어났다. 농촌에서 자란 내 또래 세대라면 대부분 교육의 혜택과는 거리가 멀었다. 한국전쟁의 폐허로 어릴 적 농촌 모습은 선진국 대열에 선 지금과는 너무 달랐다. 소위 말하는 보릿고개를 체험한 마지막 세대라고나 할까. 당시를 되돌아보면 어릴 적 추억들이 새록새록 생각난다. 초등학교 3학년 때까지 연분홍 색깔 저고리와

검정 바지에 까만 고무신을 신고 다녔다. 운동장 조회 때는 반장이라 맨 앞줄에 서있던 기억도 선하다.

그뿐인가? 춘궁기가 되면 집집마다 양식이 바닥났다. 부모님은 들판의 퍼런 풋보리를 베어다 찧어 가마솥에 넣고 푹 삶아서 소쿠리 가득 담아 놓곤 하셨다. 끼니 때가 되면 열 명이 넘는 형제와 조카들이 숟가락을 들고 먼저 많이 먹으려고 덤벼들었던 기억이 아른거린다.

그때는 부자든 가난뱅이든 너 나 없이 먹고 살기에 바빠 자식 교육에 대해서는 별반 관심이 없었다. 대부분의 가정에서 그렇듯 우리 집에서도 한 세대에 한 명만이 중학교 이상 상급학교에 다닐 '특권'을 누릴 수 있었다. 이미 둘째 형님이 고등학교에 다니던 터라 나는 처음부터 중학교 진학에서 예외였다. 내가 운좋게 줄곧 반장을 하며 학교생활에 충실했지만 중학교에 가야한다는 생각조차 못했고 학교 가겠다고 떼를 써볼 생각도 못했다.

"너도 학교 졸업하면 산에서 나무하고, 농사일을 도와야 한다." 라는 말 한마디에 농사꾼 운명이 결정되었고 다른 형님들과 같이 이미 내 몫의 지게가 나를 기다리고 있었다. 그러다 보니 별달리 진학공부도 하지 못했다. 어린 나이에도 산과 들로 다니면서 소 먹이용 꼴을 베거나 논밭의 농사일을 돕는 걸 내 운명이자 삶의 신조처럼 알고 지냈다. 그러던 어느 날이었다.

"재산이는 학교의 명예 때문이라도 꼭 중학교 시험을 봐야 합니다. 한 번 시험만이라도 보게 해 주세요."

담임 선생님이 직접 중학교 응시원서를 사들고 겨울비가 부슬부슬 오던 날 십 리 길을 걸어서 우리 집까지 찾아오셨다. 몇 시간이 지났을까. 안방 문이 열리는 소리가 들렸다. 후다닥 달려가 보니 선생님이 환한 얼굴로 나를 바라보셨다. 중학교 입시시험만 치르는 조건으로 중학교 원서에 아버지의 도장을 받아 내셨다.

그 후부터 나는 그간 놓고 있던 공부에 열을 올렸다. 공부할 환경이 열악해서 내 책상에 참고서나 문제집 따위는 아예 없었다. 그저 학교에서 받은 교과서와 수업 시간에 들은 내용들만이 내 목마른 지식의 전부였다. 지금이야 집 가까이 도서관, 서점, 정보의 창고인 인터넷을 통해 수많은 정보를 얻을 수 있지만, 그 당시의 교육 환경은 초라하기 그지없었다. 삼촌이 본 책을 형이 물려받고, 새까맣게 손때 묻은 그 책을 다시 막내가 보는 식의 대물림으로 공부할 정도였다.

우여곡절 끝에 중학교 입학시험을 치르고 합격자 발표날이 되었다. 내가 합격해도 중학교에 가지 못한다는 사실을 미리 알고 있었기 때문에 굳이 발표장에 가지도 않았다. 그런데 그날 저녁 지역신문인 태안일보 기자가 취재차 찾아와 뜻밖의 소식을 전해주었다. 내가 중학교 전체에서 운 좋게도 수석을 차지했고, 3년 내내 수업료 전액을 장학금으로 지원 받을 수 있다는 소식이었다.

장학생이라는 희소식에도 그리 반길 환경이 아니었다. 밑으로 여동생은 물론 조카들이 다섯 명이나 줄줄이 서 있고, 타지에 있는 중학교로 가야 한다는 부담이 컸다. 먹고 자는 하숙비 문제가 걸려있어 아예 중학교 입학은 고려 대상도 되지 못했다. 그런데 등록 마감 하루를 앞두고 중학교 입학이라는 허락이 떨어졌다.

중학교 진학이 내 인생의 변화와 방향을 어떻게 바꿔 놓을지 그 당시 나는 전혀 알지 못했다. 담임 선생님의 제자 사랑이 지금의 나를 만든 '터닝 포인트'가 된 것이다. 살아가면서 인생을 송두리째 탈바꿈시킬 은인을 만나기는 쉽지 않다. 그런 의미에서 나는 행운아였다.

"노력은 운명도 바꿀 수 있다. 너는 분명 잘 할 수 있어!"

이인기 선생님의 가르침은 단순한 선생님으로서 지식전달자가 아니라 자신으로 인해 누군가의 운명까지도 바꿀 수 있음을 제시해 주셨다. 그때 담임선생님이 아니었더라면 내 인생은 지금 어떤 모습일까?

중학교에 입학하고 선생님을 찾아 뵈었을 때였다. 나를 보고 펄쩍 뛰며 너무나 좋아하시던 모습을 지금도 잊지 못한다. 우리 집 사정을 매우 잘 알던 선생님은 입학시험만 보겠다고 이미 약속을 했기에 내가 비록 수석을 했을지라도 중학교에 보내지 않을 거라고 미뤄 짐작했으리라. 그런 노심초사가 역전되었기에 선생님께서는 나를 보고 안도하며 아이처럼 매우 기뻐하셨다. 몇 년 전 서울에서 선생님의 손녀 결혼식이 있어서 선생님을 찾아 뵌 적이 있었다.

"우리 재산이가 너무 고마워!"

그러시면서 나를 안아주신 노신사는 허리도 굽으시고 많이 약해지셔 안타까웠다. 오늘의 나를 있게 해준 '마술사' 같은 분이 아니던가.

선생님의 대쪽 같은 꼿꼿한 성품 때문에 교직 생활에서도 손해를 많이 보신 것 같다. 평교사로 정년을 맞으신 것만 봐도 이와 무관치 않아 보였다. 뵐 때마다 승진을 왜 못하셨는지 여러 번을 여쭈어 보았지만 묵묵부답으로 일관하셨다. 그 이후에도 단 한 차례의 후회나 아쉬움을 내비치지 않으셨다.

명절 때면 어머니는 외지에 살고 있는 자식들이 올 시간이 아직 멀었는데도 도착 몇 시간 전부터 언제나 오나 하는 마음에 동네 어귀의 집모퉁이 담장 길을 수시로 드나들었던 모습이 떠오른다. 선생님은 이미 작고하셨지만, 돌아가시기 몇 달 전 은사님을 찾아 뵈었을 때의 일이 가슴 아프게 다가온다. 내 어머니가 그랬듯 내가 방문한다는 반가운 소식에 선생님이 얼마나 기다렸는지 모른다고 했다. 사모님의 말씀에 따르면 선생님 댁 아들딸들이 서울에서 내려온다고 해도 한 번도 그러시지 않았다고 했다. 그런데 내가 도착하기 서너 시간 전부터 아파트 입구 버스 정차장에 미리 나가 계속 서성거렸다고 하셨다.

"난 선생 40년 동안 재산이가 가장 기억에 남아. 인생을 더 멋지게 살아야 돼!"

그날 마지막으로 뵙고 헤어질 때 노老선생님의 눈가에 눈물이 그렁그렁 맺혀 있었다.

빛 바랜 사진 한 장

"오늘부터 나를 따라오거라!"

"어디를 가는데요?"

"뭍그이 잡아 너도 수학여행을 꼭 가야지."

"예, 엄마….."

'뭍그이'는 '뭍에 사는 게'를 말하는데 우리 시골에서만 쓰는 참게의 사투리다. 어느덧 시월 중순에 접어들어 논에는 가을걷이가 시작되었다. 그날 어머니와 나는 저녁밥을 먹는 둥 마는 둥 해치우고 집을 나섰다. 초가을 찬바람이 볼을 스치고 소매 속으로 파고 들어 스산함을 느끼게 하는 캄캄한 밤이었다.

초등학교 5학년 때다. 나는 서울로 가는 수학여행을 못 갈 것이라고 포기한 상태였다. 그런데 뜻밖에 갈 수 있다니 너무 기뻐서 눈물까지 핑돌았다. 어머니 말이 떨어지자마자 신바람이 난 나는 어느새 바닷가로 발길을 향하고 있었다. 어머니 손에는 호롱 불과 게를 잡아 담을 귀퉁이가 여기저기 잔뜩 찌그러진 양은 양 동이가 들려있었다. 게 잡는 법을 모르던 어린 나는 어머니 뒤만 쫓아 따라다니면 되는 단순 역할이었지만 그저 신바람이 나서 어 머니보다 늘 앞장을 섰다.

우리 마을은 몽산포 해수욕장에서 그리 멀지 않은 곳이었다. 집에서 바닷가 쪽으로 걸어서 십여 분을 가면 오래 전에 바다를 막아 만든 간사지 논이 나온다. 그 넓은 논 사이로 그다지 크지 않은 작은 개울이 흐르고 있었다. 이 물이 흘러 바다와 만나는 뚝 방에 다다르면 커다란 수문이 있고 그 양쪽으로 큰 웅덩이가 파 여 있는 이른바 풍천이다.

참게는 민물에서만 평생살이를 하지 않는다. 바닷물이나 혹은 바다와 민물이 섞이는 풍천에서 산란을 한다. 알에서 부화한 참 게의 유생은 봄에 하천을 따라 어미가 살던 곳으로 올라온다. 게 들은 논에서 살다가 밤이 되면 바다로 나가기 위해 흐르는 물을 따라 웅덩이 쪽으로 이동한다. 그것들이 이동하다 인기척이 나면 풀이나 뻘속으로 재빠르게 숨는다. 맨발로 개천을 따라 총총히 발걸음을 떼다 발에 뭔가 밟히면 손으로 그것을 잡아 올리면 된 다. 뻘 속에 숨은 게의 등딱지는 거칠거칠하기 때문에 발에 밟히 는 촉감으로 게를 잡는 아주 원시적인 방법이다.

당시 공해가 전혀 없던 밤하늘엔 별들이 빼곡하게 떠 있었고, 은하수가 길게 드리워진 사이로 가끔씩 긴 꼬리의 별똥별이 떨어지기도 했다. 가을이 무르 익어가는 때라 벌써 물이 차가워 발이 시렸다. 어두운 적막이 흐르는 허허벌판에 둘이 서 있었다. 추위에 한기가 돌았고, 무섬증까지 느껴졌다. 그런 와중에 졸음까지 스르르 오는 바람에 눈을 부비며 버티기도 했다.

밤이 이슥하도록 이렇게 개천을 몇 번이고 오르내리며 게를 잡다보면 재수 좋은 날은 양동이가 반쯤 차오를 정도로 많이 잡혔다. 게한테는 참으로 재수 없는 날이었겠지만 내 발에 걸린 게를 몇 마리쯤 잡은 날은 내겐 역수로 운수 좋은 날이었다.

이렇게 게를 잡기 시작한 지 일주일쯤 지났을까? 밤마다 어머니와 둘이서 잡은 게를 질그릇 장독에 넣어 보관했는데 어느새 장독 바닥이 안보일 정도로 가득 쌓여갔다. 우리 동네는 닷새마다 읍내에 5일장이 섰다. 어머니는 이걸 짚으로 열 마리씩 묶어 머리에 이고 장터에 내다 팔아 한푼 두 푼 내 수학여행비를 모으셨다.

"재산아, 이제 다 됐다."

2주쯤 지나서였다. 어머니는 그동안 참게를 장터에 팔아 모은 돈 '오백 삼십 환'을 내 손에 꼬옥 쥐어 주시며 내일 학교에 수학여행비로 내라고 했다. 그때는 화폐개혁 전이라 단위가 환이었다. 수학여행비가 오백 환였는데 삼십 환은 간식이라도 사먹으라는 용돈 조였다. 그 돈을 받아들고 기뻐서 어쩔 줄 몰라하는 내 모습을 보고 어머니는 입가에 모처럼 미소를 지으셨다. 그때 안도하시던 어머니의 모습이 지금도 눈에 선하다.

새벽부터 논밭에서 하루종일 일하신 어머니는 저녁 식사 후에 곧바로 단잠을 주무셔야 할 시간이었다. 그럼에도 어둠이 드리워야 시작되는 게잡이였기 때문에 여간 고된 일이 아니었건만 이슥한 밤 늦게까지 게를 잡아 수학여행비를 마련해 주신 것이다. 이 노잣돈은 반장을 맡은 막내 아들이 수학여행을 못가면 어쩌나 하는 염려로 억척같이 참게를 잡아 마련한 사랑의 돈이 아니던가.

어렵게 모은 돈으로 다녀온 서울 나들이가 지금도 남다른 추억으로 새록새록 떠오른다. 한국 최초로 열린 구로동 만국박람회, 리라초등학교 옆 KBS 방송국, 창경원과 덕수궁, 케이블카를 타고 올라간 남산 구경 등 촌놈의 서울 나들이는 참으로 가슴 뛰는 일이었고 모든 게 신기하기만 했다.

그 당시 시골마을에서 소위 한양을 가본다는 것은 쉬운 일이 아니었다. 그래서 한양을 갔다 온 사람들은 어른들조차도 출세나 한 것처럼 자랑하며 뻐기고 다닐 정도였다. 더구나 초등학교 학생들이 수학여행을 서울로 간다는 것은 흔치 않은 일이었다.

내가 보관 중인 옛 사진첩에 어릴 적에 찍은 사진이 딱 한 장 남아있다. 바로 수학여행 가서 창경원에서 친구들과 찍은 노랗게 빛바랜 사진이다. 지금도 그 사진을 꺼내 볼 때나, 모처럼 여행이라도 가서 참게요리를 먹다보면 나는 남다른 추억 속으로 푹 빠져들곤 한다. 호롱 등불을 켜고 돌담길과 대나무 밭을 지나 개천으로 걸음을 재촉하던 어머니의 모습, 꼬기꼬기 구겨지고 손때 잔뜩 묻은 돈 오백 삼십 환을 내 손에 꼬옥 쥐어 주시던 그리운 어머니 손길, 그 생각에 가슴이 찡해진다.

영원한 철의 여인

요즘 날씨가 초겨울답지 않게 유난히 따뜻하다. 며칠 있으면 장모님이 돌아가신 지 1년이 되어 첫 제삿날이 다가온다. 장모님은 생전에 자식들에게 부담을 주기 싫다며 수목장을 원했다. 그러나 여러 형제들과 모처럼 만날 기회도 만들고 함께 추모도 할 겸 시내 가까운 능인선원에 모시기로 했다. 그곳은 마침 오래전 내가 불교대학을 다녔던 곳이다.

장모님은 아흔 일곱에 돌아가셨지만 생전에 자신은 물론 가족들에게도 치명적인 치매나 힘든 병으로 고생하지 않고 나름 장수하셨다. 장모님을 처음 뵌 것은 태평로에 있는 삼성 본관 로비였다. 결혼 전 ROTC 장교생활을 포함해서 아내와 3년여 교제기간을 갖고 지냈지만 처음 뵙는 날이었다. 아무것도 모르던 신출내기 신입사원인 때라 별다른 준비도 없이 사무실 복장차림으로 혼자 나갔다.

첫 상견례라 반갑고 설레기도 했지만 마음 한 켠에는 불안감도 들었다. 아내와 만난 지 오래되었고 서로 결혼을 약속한 터였다. 하지만 만약 첫 대면에서 어깃장이 난다면 앞으로의 일이 순탄치 않을 수 있기 때문이었다. 만남 뒤에 바로 들려온 나에 대한 평판은 아주 짜고 긍정적이지 않았다. 외모상 키도 크지 않고 제대한지 얼마 안 되어 까무잡잡한 얼굴에 결정적으로는 돈 한 푼 없는 촌놈이라 맘에 썩 들지 않는다고 했다는 말씀이 들려왔다.

그때만 해도 삼성물산은 제일 큰 회사이고 종합상사 1호로 괜찮은 곳으로 남들이 부러워하는 직장이었다. 그러기에 나는 나름 자부심을 가지고 있었다. 장모님은 그것을 잘 알지 못했는지 직장에 대해서는 큰 점수를 주지 않았다. 어차피 딸이 결정한 거라 무조건 반대할 수는 없었던지 입사한 지 채 1년도 안 된 이듬해 3월로 결혼 날짜를 잡았다.

그 시절에는 대부분 사람들이 신접살림은 전세 단칸방으로 시작하는 게 순서였다. 장교퇴직금의 일부로 미아리고개에 있는 단칸방에서 살림을 꾸렸다. 가끔 들려오는 처갓집 소식이 내 마음을 상하게 했다. 그도 그럴 것이 장인 생전에는 잘 살았으나 장모님은 40대 초반에 홀로 되어 어렵게 5남매를 키워야했다. 그중 유일하게 대학을 보낸 집안의 희망이었던 딸을 이런 촌놈한테 시집보냈으니 한심스럽기 그지없다는 생각을 한 것은 당연한 일이었다.

볼멘 이야기가 들려올 때마다 나는 마음속으로 '장모님 저도 열심히 돈을 모아서 당당하게 살테니 두고 보셔요!'라고 굳게 다짐을 했다. 원래 사위 사랑은 장모라 했는데 그게 응어리가 되었는지 장모님한테 두고 보라는 식으로 행동했다. 당연히 보이지 않는 거리감이 생겼다. 물론 어른들께 살갑게 대하지 못하는 내 성격도 한몫했다.

아껴 쓰며 모은 돈과 은행 융자를 보태 결혼 2년 만에 미아리 꼭대기에 연탄 아궁이가 달린 여덟 평짜리 아파트를 샀다. 단칸방에서 지하 두 칸짜리로 옮겨 살다가 드디어 내 집을 마련한 것이다. 비록 크기는 작지만 대궐 같았고 세상을 다 얻은 듯 남부러울 게 없었다. 전셋집에서 아이 둘을 키우며 집주인 눈치를 보지 않아도 되고 야근하고 밤늦게 남의 대문을 두드려야 하는 일이 없어졌으니 얼마나 다행인가.

나의 오기는 계속되어 집을 산 지 채 1년도 안 되어 단독 주택도 마련할 수 있었다. 대지 60평에 정원까지 딸려 있어서 장모님은 물론 처제들까지 같이 살 수 있게 되었다. 그때부터는 집안에 도움이 되는 사위로서 위치를 점해 점점 내 체면이 서기 시작했다. 다음 해에는 일본주재원으로 나가면서 장모님을 일본으로 초청했다. 그로 인해 그동안 심적으로 부담되었던 시골 촌놈의 굴레에서 어느 정도 벗어날 수 있었다.

이때부터 나를 대하는 장모님의 태도가 서서히 달라지기 시작했다. 오히려 나를 보면 자꾸 피하려는 눈치였다. 우리 집에 오실 때도 내가 없는 시간에 오셨다가 내가 퇴근하기 전에 가시곤 했다. 나한테 이제 미안한 마음을 가진 눈치였다. 그래도 제일 많이 달라진 것은 말발이 섰다고나 할까, 처갓집에 문제가 생기거나 중요한 의사결정을 할라치면 처남이나 처형을 부르기 전에 언제나 나부터 불렀다.

작년 말 장모님 장례식장에서 염을 마치고 마지막으로 얼굴을 뵙는 시간이었다. 애통해 하며 눈물을 흘려야 할 아들딸들은 의외로 담담했는데 내가 갑자기 눈물이 왈칵 쏟아졌다. 그때 솟구쳤던 감정은 그동안 장모님한테 한 번도 살갑게 해드리지 못한 아쉬움과 사죄의 마음에서 나온 눈물이었다. 다른 식구들은 절에서 행해지는 일곱 번의 49재에 이 핑계 저 핑계로 빠졌지만 나는 한 번도 거르지 않았다. 그런 조그마한 나의 정성으로 그동안 마음 한 곁에 똬리를 틀었던 죄송함이 해소되고 조금은 용서받은 것 같았다.

49재를 지내는 동안 장모님이 고생하신 억척 인생 이야기도 가족들한테 들었다. 갑자기 남편을 잃자 다섯 자식을 키우기 위해 길거리에서 리어카 노점장사를 시작하셨다. 미아리 고갯길을 혼자 힘들게 끌고 오르내려야 했는데 툭하면 노점상 단속이 나와서 유치장에 끌려가곤 했다. 구치소에서 집단으로 잡혀가 구류살 때 꽁보리 콩밥에 단무지 세 조각만 달랑 주길래 조금만 더 달라고 했더니 그나마도 뺏아 버리고 대신 소금을 줘서 배가 너무 고팠는데도 밥을 넘길 수가 없었다는 기막힌 사연도 들었다.

이처럼 장모님은 철의 여인이었다. 칠순이 지나서까지도 노인들 일자리를 찾아서 일을 하셨고 독립심이 강해서 돌아가실 때까지 임대아파트에서 혼자 사셨다. 팔순이 다되어 무릎 관절이 아파 일을 나가지 못한 것을 제외하고는 평생을 억척 같이 사신 분이다. 장모님은 원래 고향이 평안도 순천이다. 한때 남북 관계가 좋아 가족 왕래가 있을 때 이산가족 상봉을 신청하자고 여러 번 여쭤 봤는데 장모님은 끝까지 대답하지 않았다. 그 이유는 처음 만나 상봉할 때는 좋을지 몰라도 그 이후 서로 부담만 되고 자식들에게 누가 될까봐 신청을 포기했다.

90 평생을 그렇게 철의 여인으로 힘들게 살다 돌아가실 때 남은 것은 임대아파트 보증금 천오백 만 원과 그동안 장례비조로 모아 놓았다는 육백 만 원이 전 재산이었다. 그 정도로 알뜰살뜰 자식들만 위해 삶을 사신 분이다.

신혼 때 각오한 오기의 발동으로 대기업 임원도 지냈고 강남의 아파트에 살고 있으니 돈 없는 촌놈에서 벗어난 점은 장모님께 위안이 되었을까? 당신 등에 업어 키운 두 손주도 제때 결혼하여 증손자 네 명까지 보고 돌아가셨으니 죄송한 마음이 그것으로 어느 정도나 대체될 수 있으려나.

남자가 아니던데요

비서실에 근무할 때다. 비서실은 어느 부서보다 늘 긴장감이 흐르고 출퇴근 시간이 자유롭지 않았다. 그 당시에 임원들에게 재부재在不在 등이라는 게 있었다. 임원이 출근하면 파란불, 상담 혹은 결재 중일 때는 빨간불로 표시되는 등이었다. 인사팀을 총괄하던 K 부사장은 더욱 그 등의 색깔에 신경을 써야 하는 자리였다.

그는 사적인 저녁 약속을 아예 잡지 않거나 혹 잡더라도 제시간에 퇴근하는 법이 없었다. 꽤나 술을 즐겨하는 그분은 약속이 없는 날에는 술 동지가 필요했다. 그래서 갑자기 소집을 하는 경우가 많았다. 술 멤버를 모으는 방법도 유별났다. 실장 재부재 등의 파란불이 꺼지기가 무섭게 자기 자리에서 일어나 손가락으로 둥그렇게 원을 그려서 원안에 든 사람을 그날 술 멤버로 정했다.

배려심이 있는 분이라 그런지 그 원은 위치가 늘 달랐다.

내가 원 안에 선택된 날은 술을 비교적 잘 마시는 멤버들이었다. 장소는 삼성 본관 인근 빌딩 지하에 꽤나 분위기 있는 술집 겸 레스토랑이었다. 그 집은 전문 술집이라기보다 경양식 스타일로 짧은 스커트를 입은 아가씨들이 자리를 돌며 말동무를 하는 정도로 서비스를 해 주는 곳이었다. 야근을 한 후 직원들끼리 종종 왔던 곳이라 낯이 익은 미스킴이 그날따라 더욱 반갑게 웃으며 눈인사를 했다.

K 부사장은 술자리에 앉자마자 마음의 높이가 같아야 한다며 폭탄주를 돌리기 시작했다. 먼저 시계방향으로 돌고 다시 시계 반대 방향으로 몇 순배 돌았다. 그분의 주법은 특별하다 못해 고약할 정도라고 소문이 자자했다. 술 종류를 수시로 바꾸어 빨리 취하게 하고 멤버들이 제정신으로 반듯하게 걸어 나가는 꼴을 못 보는 괴팍한 주법이었다. 그런데도 그분은 워낙 입담이 좋고 분위기파라서 주당파들에게 의외로 인기가 있었다.

폭탄주 순서가 끝나자 예정대로 양주 차례였다. 그가 말하는 양주 주법은 무조건 '원샷에 노털카'였는지라 이걸 어기면 가차 없이 벌주가 뒤따랐다. 세 시간쯤 흘렀을까…. 마지막 입가심으로 맥주가 박스째로 들어왔다. 경리과장을 하면서 술을 배운 터라 술에 관한 한 자신이 있다고 믿었던 나였기에 주는 대로 다 받아 마시고 그것도 모자라 자리를 돌며 술잔을 권하기까지 했다.

그 당시에는 대개 열두 시가 지나도록 마시는 것이 다반사라

몇 시에 술판이 끝났는지 전혀 기억이 없었다. 소위 말해서 필름이 완전히 끊어진 상태였다. 함께 자리했던 술 동지들은 귀갓길을 서로 챙겨주는 분위기였다. 그들은 내가 술이 세다는 걸 익히 알고 있던 터라 만취한 나를 거들떠보지도 않고 사라졌다.

인사불성이 된 나는 그 자리에서 잠이 들어 얼마의 시간이 흘렀는지 알 수 없었다. 잠결에 누군가가 마구 흔들어 깨웠다. 간신히 정신을 차려보니 집 앞에 정차된 택시 안이었다. 얼핏 시계를 들여다보니 새벽 3시가 지나고 있었다. 그런데 아뿔싸! 택시 옆자리에 미스킴이 곁에 있는 게 아닌가? 깜짝 놀라 정신을 차리고 어찌된 일인지 자초지종을 물었다.

"이제 정신이 좀 드시는가 보네요? 도저히 제 힘으로는 어떻게 주체할 수가 없어서 가게 방에서 두어 시간 주무시도록 한 뒤 택시로 여기까지 왔어요."

그 순간 술꾼이라고 자부했던 내가 인사불성이 되어 실려왔다는 게 너무 창피하고 황당한 일에 당혹감까지 들었다.

"세상에 이런 실례를 하다니. 아이구, 죄송해요."

"천만에요. 제가 부천이 집이고 목동과는 방향이 같아 귀갓길에 모셔 드린 거예요."

나는 그제야 제정신이 들기 시작했다. 아니, 미스킴이 아니었다면 어찌 되었을까? 한겨울 추운 밤에 큰 화를 당했을지도 모를 일이었다. 어찌 보면 생명의 은인이라는 생각까지 들었다. 누차 감사하다는 말을 전하고 비틀거리며 일어서려는데 그녀가 씨익 웃으면서 묘한 한마디를 던지고는 사라졌다.

"남자가 아니던데요!"

아리송한 말을 들은 순간 잠시 마음이 흔들렸다.

'단둘이서 네 시간여 동안 같이 있었는데 손 한번 잡아주지 않아서 섭섭했다는 건가?' 하고 순간 머리를 엉뚱한 데로 굴려보았다. "주태백이가 되었는데도 이렇게 얌전한 남자는 처음이었다는 칭찬이었겠지."라고 혼잣말로 중얼거리며 집으로 향했다. 전화도 한 통 없는 늦은 새벽 귀가로 인해 아내는 심각한 분위기였지만 부사장 욕을 한바탕하며 둘러대는 것으로 순간을 일단 모면했다. 잠깐 눈을 붙이고 일어나 생각해 보니 만약 그녀의 도움이 없었더라면 어딘가 찬 바닥에 쓰러져 동사했을지도 몰랐을 거라는 생각이 들어 아찔했다.

고마운 마음에 출근하자마자 연락하고 싶었지만 전화번호도 모르고 성이 김 가라는 것만 알고 있어 감사 표시할 방법도 마땅치 않았다. 궁리 끝에 책을 선물하기로 마음먹고 서점으로 향했다. 그 당시 세간에 인기가 있었던 베스트셀러 코너에서 다섯 권의 책을 사서 예쁘게 포장을 했다. 그녀가 책에 어느 정도 관심을 갖고 있는지는 가늠할 수 없었지만 성의 표시로 퇴근길에 그 가게로 향했다. 어제 벌어졌던 일로 멋쩍기도 했지만 덕분에 무사히 출근하여 일을 마치고 오는 길이라며 책을 건넸다.

미스킴은 선물로 받아 든 책이 고맙기보다는 위기를 무사히 넘기고 얼굴을 다시 보게 되어 도리어 반갑다는 표정이었다. 그 뒤로 고마움도 표시할 겸 몇 번 그 가게에 들렀다. 그때마다 그녀는 예전보다 더욱 친절하고 따뜻하게 대해 주었다. 그러다 바쁜 일로 오랜만에 그곳에 찾아갔다. 그녀의 얼굴이 보이지 않았다. 주인한테 물으니 다른 곳으로 간다며 며칠 전 가게를 그만 두었다고 했다.

난생 처음 만취로 인해 생명의 은인처럼 생각했던 미스킴의 소식도 궁금하고 보답을 해야 한다는 생각으로 수소문해보고 싶었지만 그 이후 소식이 끊기고 말았다.

'술에 장사 없다'는 말대로 어느덧 술자랑은 옛 이야기처럼 들리고 술자리가 반갑기보다 은근히 피하고 싶을 때가 많아졌다. 그렇더라도 용기를 내어 추억의 그런 집을 가보고 싶은 충동이 일어나는 건 아직도 철없이 가을을 타는 이유일까. 지금도 내가 남자가 아닌지는 알 수 없다.

책을 쓴다는 것은 산고에 비유하기도 한다. 그만큼 힘이 든다는 말이다. 마침 이 책의 원고를 탈고해서 출판사에 보낸 다음날부터 뜻하지 않은 대상포진을 앓게 되었다. '통증의 제왕'이라는 소문대로 대상포진의 고통은 말할 수 없이 괴로웠다. 바늘로 찌르는 정도가 아니라 송곳으로 찌르는 고통으로 2주간 입원도 했다. 가장 힘든 것은 바람만 불어도 아픈 통증으로 잠을 잘 수 없는 어려움이었다. 무려 3개월에 걸친 통증이 서서히 마무리되는 것 같아 이 책이 나오는 날 통증이 멎지 않을까 기대해 본다.

대상포진은 내게 많은 것을 생각하게 했다. 우선 건강을 자신하여 예방주사를 맞지 않은 어리석은 생각이었다. 무엇이든 겸손하고 감사해야 한다는 깨달음을 주었다. 다행히 50일동안 외출을 못하고 고통에 시달리는 사이 감사함을 아는 계기가 되었다. 아침에 눈을 떠 건강하게 일어날 수 있다는 것, 외출을 하여 사람들을 만날 수 있다는 것만으로도 얼마나 행복한지 알 수 있었다.

나는 이 책을 내면서 삼미三昧 인생을 살기로 결정한 바 있다. 의미 있는 일은 내가 좋아하는 일, 남보다 잘할 수 있는 일과 다르다. 의미 있는 일은 오히려 자기 돈을 써가며 해야 하고 때로는 무척 힘이 들 경우도 많다. 그러나 가치나 의미가 있다고 생각하면 열정이 생기며, 하고 나면 도리어 자기가 행복해진다. 몸이 닳아지더라도 타인을 위한 봉사와 기부는 묘하게도 자기가 더 행복을 느끼는 행위라는 것을 몸소 체험하고 있다. 인디라 간디는 "천 번의 기도보다 내딛는 한 발걸음이 더 중요하다."라고 했다. '노년의 사치'를 부려 보기 위해 힘찬 출발의 휘슬을 불어본다.

이 책은 결국 15년 동안 수필쓰기 연습의 결과물이다. 글을 쓰면서 힘이 들거나 귀찮을 때 가끔은 '꼭 이런 고생을 사서 왜하지?' 하며 용기를 잃거나 자신감이 없어질 때가 많았다. 아울러 그동안 써 놓은 글들을 한번 다시 읽다 보면 나도 모르게 이것도 글이라 할 수 있을까 자신이 부끄러워지고, 자신의 재능이 부족함을 탓해 보기도 했다.

이런 와중에 책이 나오기까지 도와주신 모든 분들께 감사드린다. 특히 작가와비평 홍정표 대표님과 다듬고 다듬었다는 원고에 독수리 눈으로 깨알같이 여러 번에 걸쳐 퇴고를 해준 스태프들, 애들을 뒷바라지하며 여러가지 일로 바쁜 와중에 예쁘게 표지와 책을 디자인해 준 딸 보경에게도 고마움을 전한다.

뒷모습은 삶의 이력서다. 우리가 남에게 보여주려고 허둥대며 살아가는 것은 보기 좋은 앞모습일 수 있지만 뒷모습이 진정한 자신이 남긴 궤적이요, 꾸밀 수 없는 참모습이다. 뒷모습이야말로 자기가 살아온 거울이기에 나는 앞으로 어떤 뒷모습을 남기고 떠날 것인가를 다시 한번 생각하며 마무리하고자 한다.

닿아지는 것들

© 가재산, 2023

1판 1쇄 인쇄__2023년 08월 01일
1판 1쇄 발행__2023년 08월 10일

지은이__가재산
펴낸이__홍정표

펴낸곳__작가와비평
　　　　등록__제2018-000059호

공급처__(주)글로벌콘텐츠출판그룹
　　　　대표__홍정표 **이사**__김미미 **편집**__임세원 강민욱 백승민 권군오
　　　　디자인__가보경 **기획·마케팅**__이종훈 홍민지
　　　　주소__서울특별시 강동구 풍성로 87-6 **전화**__02-488-3280 **팩스**__02-488-3281
　　　　홈페이지__www.gcbook.co.kr **메일**__edit@gcbook.co.kr

값 17,000원
ISBN 979-11-5592-312-2 03810